W9-CRE-874

COLLECTION
FOLIO CLASSIQUE

Guy de Maupassant

Mont-Oriol

Édition présentée
et établie par
Marie-Claire Bancquart
Professeur à la Sorbonne

Gallimard

© *Éditions Gallimard, 1976.*

PRÉFACE

Mont-Oriol est sans doute le moins connu des romans de Maupassant. Pourtant, à le lire objectivement, on est frappé par la maîtrise avec laquelle Maupassant a retracé les métamorphoses d'une ville d'eaux par le capitalisme. La toute-puissance de celui-ci s'affirmait, en 1885, sous la forme moderne d'une concentration de capitaux ; mais la concentration était encore parisienne et non multinationale, et elle pouvait demeurer entre les mains d'un seul homme : cela permet au romancier de ramasser autour d'un individu son intrigue financière, en lui donnant un appétit de puissance immédiatement suivi d'effets sensibles sur un paysage et des existences. Mont-Oriol entrelace à cette intrigue une intrigue amoureuse fortement construite, qui se termine, elle, par un sentiment de néant et de fatalité mauvaise, habituel chez Maupassant quand il traite de la passion. L'interpénétration des deux thèmes est si forte, que Mont-Oriol est le seul des romans de Maupassant à porter comme titre le nom d'un lieu où se rencontrent l'amour et la spéculation ; ses autres romans impliquent par leur titre même qu'ils retracent le destin d'un individu (Une vie, Bel-Ami, Pierre et Jean) ou d'un couple (Fort comme la mort, Notre cœur).

Peut-être est-ce dans cet équilibre exceptionnel qu'il faut chercher la raison de la méconnaissance dont nous faisons souvent preuve à l'égard de Mont-Oriol. *Nous n'y retrouvons pas le Maupassant attaché à sa terre normande, ni l'amateur cynique et blasé des femmes ;* Mont-Oriol *n'est pas non plus, comme les deux derniers romans publiés du vivant de l'écrivain, une histoire d'élégants oisifs à la façon de Bourget, où les mignardises des descriptions étouffent la tristesse du sens profond de l'aventure. Le paysage auvergnat, le mélange du collectif et de l'individuel, nous déroutent d'autant plus que très peu de contes ou de chroniques apparaissent comme des premiers crayons ou des reprises de ce roman de Maupassant, contrairement à ce qui se passe pour les autres. C'est que* Mont-Oriol, *comme il le dit lui-même dans* Le Temps *du 12 février 1887, est sorti de lui avec une spontanéité exceptionnelle pour un écrivain qui peine sur les intrigues romanesques, et qui exige beaucoup de lui-même. « C'est un livre que j'ai voulu tout de tendresse et de douceur. Je l'ai écrit presque malgré moi, après un mois de rêveries promenées à travers la Limagne, dans un pays de douceur extraordinaire qui m'a enveloppé, amolli, attendri. J'ai pris plaisir à rêver* Mont-Oriol, *couché dans les bois, sur cette terre qui embaume, avec les horizons bleus de la Limagne déroulés à mes pieds. J'ai tâché de mettre dans mon livre ce fond de ciel, ce parfum de terre. »*

Sans doute Maupassant veut-il marquer dans cette interview la différence entre Mont-Oriol *et le roman précédent,* Bel-Ami, *qui avait pu paraître dur et cynique. Mais sa correspondance privée confirme la naissance en lui, devant le paisible et majestueux paysage auvergnat, d'un sentiment de plénitude qu'il a transposé dans son œuvre. C'est à sa mère, en août 1885, qu'il écrit : « Je ne fais rien que préparer tout doucement mon roman. Ce sera une histoire assez courte et très simple dans ce grand paysage calme ; cela ne ressemblera guère à* Bel-Ami. » *Quand* Mont-Oriol *passe de l'état de projet à celui de manuscrit, il*

confie à Mme Lecomte du Noüy, le 2 mars 1886 : « *Je fais une
histoire de passion très exaltée, très ardente et très poétique. Ça
me change — et m'embarrasse. Les chapitres de sentiment sont
beaucoup plus raturés que les autres* [...] *J'ai peur que ça ne me
convertisse au genre amoureux, pas seulement dans les livres,
mais aussi dans la vie.* » *Cette dernière* « *crainte* » *ne devait
pas trouver réalisation : dans la vie, Maupassant demeura celui
qui se servait des femmes en les méprisant, quitte à s'en mépriser
lui-même. Pour les romans, c'est seulement deux ans après qu'il
devait songer à écrire* Fort comme la mort, *et passer
franchement au roman d'analyse : l'intervalle est considérable
pour une carrière littéraire qui a duré en tout dix ans.* Mont-
Oriol *est bien le roman d'un équilibre momentané, atteint au
moment où Maupassant était en proie à une fièvre de création, à
une excitation d'écrivain qui est un des aspects de sa cyclothymie.
En 1885 et 1886, il publie, outre* Bel-Ami, *cinq recueils de
nouvelles. Il écrit plusieurs de ses contes majeurs de la folie :* Le
Horla, Un cas de divorce, Madame Hermet. *Équilibre,
on le voit, qui n'est pas tranquillité, mais angoisse un instant
surmontée. C'est toujours le cas avec Maupassant, dont on se
demande par quelle mystification il a pu être pris pour un joyeux
drille, alors qu'il s'usa de toutes les manières possibles, fuyant
devant un désastre qui allait l'anéantir, cinq ans après* Mont-
Oriol.

*Le roman fut conçu et écrit en quinze ou seize mois, bien plus
vite qu'*Une vie, *plus rapidement aussi que* Bel-Ami *pour
lesquels deux ans avaient été nécessaires ; le processus d'accélé-
ration ne devait par la suite que s'accentuer,* Fort comme la
mort *étant l'œuvre d'une année,* Notre cœur *de quelques mois.
Équilibre donc, là encore. Maupassant fréquente régulièrement,
depuis 1883, la station de Châtelguyon réputée pour soigner les
affections gastro-intestinales et les névroses. Il y effectue en
1885 ses* « *vingt-cinq jours* » *de cure après un voyage en Italie et*

*en Sicile ; on peut penser que les douceurs italiennes préparèrent
Maupassant à mieux apprécier celles de la Limagne, qu'il avait
déjà ressenties, d'ailleurs, comme le prouvent les chroniques de
1883,* Horrible drame *et* En Auvergne *; mais la correspondance avec sa mère montre que de cette saison de 1885 date une
sorte de cristallisation sentimentale sur l'Auvergne. Le roman
n'est composé que dans le cours de l'hiver et du printemps de
1886, à la villa Muterse, à Antibes. Maupassant tient à
vérifier ses descriptions et ses allusions à la vie locale durant la
saison de 1886. Il habite à l'auberge de Mme Parat, originaire
du pays, à laquelle il lit chaque soir des pages écrites ou révisées
au bord même de ce lac de Tazenat qui joue un si grand rôle
dans* Mont-Oriol. *Le propriétaire du lac, châtelain des
environs, a prêté à Maupassant un petit pavillon riverain. Au
rez-de-chaussée, une pièce tendue de toile à voile ; on monte par
une échelle au premier étage où Maupassant écrit : solitude,
clapotement régulier des eaux, ne les retrouve-t-on pas dans
certaines des pages les plus harmonieuses du roman ? Maupassant ne le termine qu'à l'automne 1886 au « Chalet des Alpes »,
à Antibes. Il paraît du 23 décembre 1886 au 6 février 1887 dans
le* Gil Blas, *quotidien « très parisien » auquel Maupassant
donne régulièrement des contes, et qui a publié* Bel-Ami *au
printemps de l'année précédente. C'est ensuite l'édition de*
Mont-Oriol *en librairie, chez Havard.*

*L'alternance d'éloignements et de séjours sur les lieux qui
présida à la composition de* Mont-Oriol *permet de mieux
définir ce que Maupassant entendait par « réalisme » : tout le
contraire d'une plate photographie. Sans doute chaque détail
doit-il être exact, vérifié, mais l'ensemble de l'œuvre est écrit
pour elle-même, à distance du décor. Maupassant se montre ici
le disciple de Flaubert, qui déclare à Sainte-Beuve à propos de*
Salammbô *: « Je crois avoir fait quelque chose qui ressemble à
Carthage. Mais là n'est pas la question. Je me moque de*

Réaliste

l'interprétation de réalité par le narrateur

la vie réel

c'est faux - pas réel

est son narrateur personnage

l'archéologie ! Si la couleur n'est pas une, si les détails détonnent [...] s'il n'y a pas, en un mot, harmonie, je suis dans le faux. Sinon, non. Tout se tient. » N'est-ce pas la doctrine même que reprend Maupassant, en la généralisant, dans l'Étude sur le Roman, *parue en préface de* Pierre et Jean ? *Seule, écrit-il, compte dans le roman la réussite artistique, en dehors de toute doctrine d'école :* le roman est une écriture. *Elle nous livre la vision personnelle du romancier, qui* se dérobe *derrière des observations ressemblantes, des* « groupements adroits de petits faits constants ». *L'artiste donne toujours* une illusion *: quand c'est celle de vérité, c'est précisément parce qu'il a manipulé la* vie quotidienne *pour la faire* « plus complète, plus saisissante, plus probante que la vérité même ». *Solitaire, irrémédiablement coupé des autres, il ne peut que se projeter dans chacun de ses personnages :* « C'est toujours nous que nous montrons. » *A lui donc de créer une impression d'ensemble, qui procure au lecteur le sentiment* d'entrer dans un univers naturel, *en apparence, et profondément calculé, en réalité. Doctrine de subtilité dans la stylisation, et de dissimulation dans la confidence personnelle, qui pourrait bien avoir été élaborée par Maupassant à la lumière de la composition de* Mont-Oriol *autant que de celle de* Pierre et Jean, *qui est de dimensions restreintes pour un roman. En tout cas, l'étude des éléments de* Mont-Oriol *vérifie parfaitement, avant la lettre, cette préface écrite en septembre 1887.*

*

L'opération financière qui fait d'Enval une ville thermale en vogue, et le personnel de la station thermale, ont été étudiés d'après nature, puis « reformés » par Maupassant. La ville d'Enval n'est autre que Châtelguyon ; Maupassant lui a donné le nom d'un village qui se trouve à 3,5 km de Châtelguyon, sur *l'Ambène. Ce ruisseau mène en dix minutes au site du « Bout du Monde » décrit dans* Mont-Oriol. *Sous le couvert d'une très légère transposition qui permet de garder ses grandes lignes au paysage des Puys et de la Limagne, Maupassant tire la quintessence de l'histoire fort récente de la station dans laquelle il se soigne. Après une exploitation purement locale des eaux de Châtelguyon, un établissement modeste est construit en 1817 par le maire Gröslier, aux frais de la commune. Il comporte une piscine et deux baignoires, puis des douches ; le médecin inspecteur réside à Riom. Un seul hôtel convenable, des chemins piteux, une gestion hésitante : vers 1840 se déroule la première bataille entre les possesseurs de finances privées qui veulent racheter les eaux à la commune. Jules Barse, pharmacien à Riom, achète le terrain de la Vernière, forme une compagnie d'exploitation, mais se fait distancer par les frères Michel et François Brosson, déjà fermiers des eaux de Vichy : ils obtiennent les sources de la commune, réelles et éventuelles, et une partie du communal de bains. Les affaires traînent longtemps : sur la rive gauche du Sardon, la source de la Vernière est petitement exploitée par Barse dans un établissement qui comporte piscine, baignoire, douches ascendantes et descendantes, et une buvette. Des maladies (et d'autres exploitations plus rentables !) retiennent les Brosson. Mais en 1855, le chemin de fer parvient à Riom, à cinq kilomètres de Châtelguyon. La ville devient donc accessible à une large clientèle. Camille Brosson, cousin et héritier des premiers acquéreurs, vient sur place étudier les terrains et reconnaît que les eaux sourdent de deux axes de fractures, par des conduits souvent bouchés par les dépôts d'aragonite et de travertin. L'exploitation est décidée : construction d'un réservoir, aménagement d'une promenade, ouverture en 1855 d'un établissement sur la rive droite du Sardon, acquisition du terrain des meuniers, riche en sources. Celles-ci jaillissent du reste à chaque coup de pioche,* ainsi lorsqu'on édifie le *Grand Hôtel des Bains*, puis *l'Hôtel des Thermes*. L'établissement Barse est éclipsé par Brosson. Un service d'omnibus relie Châtelguyon à Riom, mais la route macadamisée n'est terminée qu'en 1874 par la commune toujours besogneuse, et des embranchements de la route vers les bains et vers la ville elle-même ne sont envisagés qu'en 1876. Ville? Village plutôt, qui a conservé ses rues tortueuses, son vieil hôtel Barthélemy, et ne s'est guère accru que de quatre fontaines d'eau courante, érigées en 1868; la plus grande, en lave noire, se dresse sur la place du Marché.

Telle est la protohistoire de Châtelguyon, que Maupassant laisse ignorée du lecteur de Mont-Oriol : rivalités entre deux groupes locaux, exploitation timide, rien n'en pouvait être retenu pour un roman du capitalisme moderne. Ce sont les rivalités qui se déroulèrent de 1876 à 1884 entre les capitaux parisiens et les capitaux auvergnats qui ont été transposées par Maupassant dans son roman. L'après-guerre de 1870 est propice au développement des stations thermales à une échelle nationale : avec un patriotisme exacerbé depuis la défaite, les médecins français s'appliquent à démontrer que notre patrimoine en eaux thermales est largement comparable, sinon supérieur, au patrimoine allemand. Le premier, en 1872, le docteur Gubler exalte la vertu des eaux de Châtelguyon et les égale à celles de Carlsbad et Kissingen. Deux ans après, un ambitieux médecin est nommé inspecteur de la station : c'est Armand-Alexis Baraduc, natif de Latour-d'Auvergne, ami de Clemenceau. Guy de Maupassant le connaît par son père. Il en fait le prototype du docteur Bonnefille de Mont-Oriol. Comme Bonnefille, Baraduc a écrit sa brochure sur les eaux (Châtelguyon et les eaux purgatives allemandes, 1876) ; comme lui, il énumère leurs nombreuses indications, tube digestif, maladies utérines, paralysies, congestion du cerveau, rhumatismes, goutte. Comme Bonnefille, il utilise l'eau à 30° pour les lavages d'estomac, *grâce à un appareil de son invention. En 1878, il rencontre un banquier parisien nommé Brocard, qui a déjà pris à ferme l'exploitation de Royat et de La Bourboule. Brocard, jouant l'un des rôles seulement qu'Andermatt assure dans le roman, trouve des actionnaires, pendant que Baraduc fait céder les terrains : domaine de la Vernière, domaine Brosson, et quarante-sept autres propriétés de moindre importance. En août 1878, on lance en souscription 2 780 actions à 500 francs l'une. La Société en commandite comporte vingt-quatre parts de 25 000 francs, réparties entre treize personnes. Le notaire est Me Parret, le Me Alain de Mont-Oriol. Un médecin permanent, le Dr Groslier, enfant du pays, modèle du Dr Honorat de Maupassant, cherche à s'entendre aussi bien avec Baraduc qu'avec son rival le docteur parisien Voury, modèle du Dr Latonne. Celui-ci écrit en 1882 une brochure sur* Les Eaux de Châtelguyon. *Plus « moderne » que Baraduc, il émet le vœu que l'on construise rapidement des salles pour les lavages d'estomac, les inhalations. Il insiste sur le climat égal qui règne à Châtelguyon durant les mois d'été, l'air très pur de cette station située à 380 m d'altitude, aux limites de la Limagne et des montagnes : on reconnaît les théories de Latonne sur l'utilité de mettre dans la tête des lecteurs parisiens que la moyenne des températures d'Enval, en été, est supérieure à celle des autres stations.*

Châtelguyon se transforme. L'établissement s'enrichit d'une salle d'hydrothérapie et de mécanothérapie ; un parc aux allées sinueuses est tracé, qui comporte un kiosque à musique ; la source « Gubler », découverte en 1878, donne naissance à une nouvelle buvette. Un Casino est établi sur les flancs du Chalusset ; c'est un ancien pavillon de l'Exposition universelle de Paris de 1878, dont les guides vantent l'aspect gracieux. Brocard monte avec des architectes et entrepreneurs de Clermont une société en commandite, la « Société civile du Grand-Hôtel » ; l'hôtel est

ouvert le 1er juillet 1881 et confié en gérance à M. et
Mme Parat ; bientôt il prend le nom de « Splendid Hotel » que
lui a conservé Maupassant dans Mont-Oriol. Une belle
avenue menant du village aux bains est achevée en 1880 ; des
commerces de frivolités, des cafés, les villas des médecins, le
Grand Hôtel des Bains rénové s'y dressent. La Compagnie des
eaux minérales ne néglige ni la publicité, ni les démarches
auprès des médecins parisiens (c'est le Dr Naquet-Tule qui
enverra Maupassant à Châtelguyon). On gagne les deux curés
qui se succèdent, l'abbé Reige remplacé en 1883 par l'abbé
Vialle. Une « messe des baigneurs » est célébrée à 12 h 30 ; des
quêtes fructueuses permettent en 1884 la restauration de l'église.

Qui ne reconnaîtrait dans ce développement de Châtelguyon
l'origine d'épisodes épars dans Mont-Oriol, la quête et la
messe, l'inauguration du Casino, les spéculations immobilières,
le changement d'aspect de la région d'Enval et de ses routes ?
Mais tout n'avait pas été si simple dans la réalité que dans le
roman. Si le Dr Honorat résiste un temps au banquier dans
Mont-Oriol, si le père Oriol est long à céder ses terres, la
victoire est pourtant prévisible dès le début pour Andermatt. Les
initiatives locales faillirent au contraire balancer les initiatives
du banquier Brocard : des personnalités auvergnates se réuni-
rent en une seconde société dès 1881, et constituèrent à Clermont
en 1882, par-devant Me Tarneau, « la Grande Compagnie
thermale des eaux de Châtelguyon ». Elle s'aidait, il est vrai,
des fonds d'un banquier parisien, Marius Martin. La Grande
Compagnie « débauche » à son profit le Dr Voury et fait l'achat
de propriétés dont la plus importante est celle des agriculteurs
Chaput, réticents à signer une cession qui n'est acquise qu'en
décembre 1881. On reconnaît l'entêtement des Oriol. La réclame
est utilisée aussi bien que par la compagnie rivale : des
prospectus promettent un établissement modèle, un casino, des
chalets, qui sont peut-être à l'origine des chalets de bois vernis

mis à bas prix à la disposition des médecins parisiens par Andermatt. Comme les sources d'Enval, celles de la « Grande Compagnie » portent des noms féminins, Henriette, Nelly, Marguerite, alors que celles de la « Société des eaux minérales » portent des noms de médecins, Baraduc, Gubler. Mais la Grande Compagnie connaît bien vite la déconfiture : elle est dissoute dès le 17 avril 1884, et absorbée par la Compagnie des eaux minérales.

Ces événements sont tout récents lorsque Maupassant écrit Mont-Oriol : Châtelguyon retentit encore des luttes entre les deux compagnies, entre le maire et le curé, entre la commune et la compagnie parisienne. On mesure bien, à la simplification que fait subir Maupassant aux événements, comme sa volonté de styliser pour traduire seulement une atmosphère est différente d'un réalisme photographique : il a choisi dans les réalisations des deux Compagnies rivales les traits qui convenaient pour donner à la Compagnie des eaux d'Enval une physionomie originale et victorieuse ; il a fait du médecin parisien l'allié naturel du banquier parisien, et a ménagé à celui-ci une ascension foudroyante. En quelque dix mois, il domine tout Enval. Vraisemblance, clarté, rapidité, sont ainsi conquises par l'écrivain au mépris de l'étroite « réalité » des faits. Beaucoup de personnages qui ont existé à Châtelguyon sont transportés dans le roman qui en prend un caractère plus vivant. La donneuse d'eau Marie est le portrait de Marie Bideau. L'ingénieur Aubry-Pasteur n'est autre que l'ingénieur Caméré, rencontré par le banquier Brocard alors qu'il prenait les bains de Châtelguyon. Comme le fit Caméré, Aubry-Pasteur démontre que les eaux de pluie infiltrées et chargées de sels minéraux rencontrent l'eau volcanique et remontent le long de la faille comme une eau artésienne ; puis, se heurtant aux terrains imperméables de la Limagne, elles cheminent au fond de la vallée, dans le granit, selon une distribution dite « en pal-

mettes ». En forant au-dessous du point de sortie primitif, et non au-dessus, on capte les eaux. Cette découverte d'un géologue fait la fortune de Brocard, comme, dans le roman, celle d'Andermatt.

Fidélité donc des détails, dans un ensemble retouché : telle est la méthode de Maupassant. Ajoutons qu'elle se teinte d'ironie dès qu'il est question des médecins et de leur médecine. Maupassant était un malade sceptique, qui mesurait le délabrement de son organisme attaqué par les nombreux remèdes qu'on lui administrait. Assurément avait-il beaucoup trop attendu pour faire soigner de façon sérieuse sa syphilis. Parvenue au stade tertiaire, elle était devenue protéiforme, lésant les yeux, l'appareil digestif, aggravant les migraines et la névrose héritées de la famille maternelle de Maupassant. La médecine du temps était impuissante à juguler ces maux ; on combinait tranquillisants, excitants et drogues diverses, sans résultats bien concluants, si ce n'est que l'on finissait par ajouter une maladie médicamenteuse à la maladie d'origine. Maupassant devint éthéromane pour éviter ses horribles maux de tête, aggravés par un traitement dont il se moque d'emblée en énumérant les pseudo-prescriptions du Dr Bonnefille : elles réunissent les médicaments qu'il prenait lui-même, sulfate de quinine, bromure, iodure de potassium, salicylate, chloral, belladone. On n'augure pas mieux du « modernisme » de Latonne, adepte de la théorie de la congestion des organes. La prospérité d'Enval entraîne une prolifération de charlatans, l'onctueux et clérical Black, l'enjôleur Marelli, tous dominés par de solennels professeurs parisiens aux noms ridicules. On est dans le vaudeville quand Marelli enlève la fille du Pr Cloche. Une pièce du « nouveau théâtre » peut être évoquée par la plupart des dialogues entre médecins et malades, ou entre curistes. Maupassant y dresse un catalogue des lieux communs sur les régimes et les complexions ; il y atteint aisément le degré *zéro du langage. On entre dans un monde de tortures caricaturales, avec la description du « cheval artificiel » réellement inventé, sous le nom d' « appareil à vibration totale du corps », par le Suédois Zander, père de la mécanothérapie. Maupassant en avait tâté, tout comme de la douche stomacale selon le système Baraduc, fort exactement décrite au premier chapitre de la seconde partie du roman (« J'avale mon tube tous les matins et je commence à y prendre un certain plaisir », écrit-il en 1885 à son cousin Le Poittevin). Dans sa galerie de médecins, tous avides et exploiteurs, on ne saurait à vrai dire reconnaître de modèle « pur » : chacun d'eux est issu d'une combinaison de tics professionnels. Si l'on peut désigner les personnes qui ont servi à définir les fonctions de chaque médecin dans Enval, on ne peut dire que Mont-Oriol est un livre à clefs. Bonnefille n'est pas l'ami Baraduc, chez lequel Maupassant séjourna plusieurs années. Latonne emprunte au Dr Bertrand du Mont-Dore, demeuré célèbre après sa mort, son snobisme de la brusquerie. Il y a même contamination entre Voury et Baraduc, puisque celui-ci survécut à la chute de son confrère, disparu avec la « Grande Compagnie », en 1884. Même synthèse malicieuse dans les personnages des professeurs, en qui l'on peut reconnaître certains traits de Naquet et de l'illustre Potain.*

Il est évident que Maupassant, loin d'être un « réaliste » au sens courant du terme, s'inscrit ici dans la lignée qui va de Molière au Léon Daudet des Morticoles *et au Jules Romains de* Knock. *Pourtant, sa satire n'est pas tout à fait sans fondements objectifs. Le Dr Pécholier devait en 1888 déplorer, dans un article intitulé* La Thérapeutique tapageuse aux eaux minérales, *que des médecins élégants tracent des plans complexes de cure qui rendent plus malades leurs malades, d'ailleurs fatigués par le train luxueux des stations thermales. Ces doléances sont reprises et amplifiées par le Dr Caulet, dans*

un rapport édité en 1897 : Remarques sur l'état actuel de
la Médecine et de l'Industrie thermales en France. *Il se
plaint que les villes d'eaux soient ce qu'Enval menace de devenir
à bref délai, des lieux de plaisir et de jeu, où l'alimentation n'est
pas surveillée, où le malade est le jouet de médecins eux-mêmes
soumis aux pressions de la Compagnie fermière et des professeurs influents. Mais si* Mont-Oriol *ne comporte aucun
portrait de médecin savant et intègre, c'est sans doute que
Maupassant en voulait à la médecine ; c'est aussi qu'il voulait
laisser toute la place à Andermatt dans le processus du
développement de la station thermale. Un Baraduc aurait
affaibli la puissance du financier.*

*

*Celui-ci se trouve au sommet de la pyramide sociale. Car c'est
bien à une étude de la société contemporaine française que
Maupassant se livre dans le microcosme de la ville d'eaux. Il
diagnostique la maladie de l'ancienne classe dominante, l'aristocratie. Semblable au baron Le Perthuis des Vauds d'*Une vie,
*et Normand comme lui, le marquis de Ravenel s'est ruiné par
négligence et prodigalité. C'est un homme de goût, amateur de
peinture, mais il ne possède aucune force dans l'intelligence :
« sans opinions, sans croyances », il est le profiteur d'un monde
auquel il n'apporte aucun travail. Parasitisme accru chez son
fils Gontran. Celui-là, c'est l'aimable pourriture, le « petit
crevé » des boulevards qui tape sans arrêt et sans remords son
beau-frère. Il ne possède d'autre horizon, d'autre connaissance
que les potins du demi-monde parisien. Noctambule, coureur de
filles, totalement dénué de sens moral, Maupassant le connaît
bien : il le côtoie au café et au* Gil Blas, *journal à scandales. Il
est lui-même un peu Gontran. Viveur comme lui, il ne l'en juge
pas moins, car il ressent d'autres besoins que ces petits élégants*

qui doivent « *finir par un mariage riche, ou par un scandale, ou par un suicide, ou par une disparition mystérieuse, aussi complète que la mort* ». Avec Gontran, tombe au néant tout l'héritage de l'honneur et du courage ancestral. Malgré son insolence envers son beau-frère, il est sa créature ; il contribue à lui donner les terrains du pays, et, s'il faut pour cela changer de fiancée, il n'en ressent aucun scrupule.

Finies, les familles de la vieille société. Elles marient leurs filles à des juifs dont elles vivent, après avoir fait quelques façons : on n'aime pas faire entrer un nom israélite dans une vieille famille. Ainsi s'est mariée la catholique Mme Walter dans Bel-Ami : par ce roman, nous pouvons prévoir qu'il sera beaucoup plus facile de caser la petite Arlette Andermatt dans une famille à particule, à laquelle elle apportera son argent. Car les petites Walter épouseraient sans difficulté des nobles de race française. Maupassant n'avait qu'à regarder autour de lui pour observer ce ballet de l'argent et des anciens principes. Innombrables étaient les alliances entre les juives riches et les nobles. Les Américaines prennent le relais vers les années 1900, comme le montrent Cosmopolis de Bourget et l'Histoire contemporaine d'Anatole France. Les alliances en sens inverse se pratiquaient aussi : Arthur Meyer, directeur du Gaulois, antisémite du reste et anti-dreyfusard, épouse bien une Turenne. Absorption impitoyable des oisifs, car, renfloués ou non, ils sont complètement vidés de volonté. Ils font le Paris mondain de l'époque « décadente », en attendant de disparaître. Le diagnostic de Maupassant ne se nuance à l'égard de Paul Brétigny que parce que celui-ci n'est que de la première génération oisive. Son père, un énergique, a travaillé pour lui dans des affaires de farines. Mais les symptômes de décadence sont en germe chez Paul. Il fait preuve d'instabilité ; sa sensibilité exacerbée le rend très vulnérable et, s'il épouse Charlotte Oriol, c'est qu'il ressent déjà le besoin de se fortifier au contact d'un être proche de

*la terre. Il n'est pas encore cet « homme-fille » dont Maupas-
sant traça dans une chronique le méprisable portrait. Mais il a
beaucoup de la femme en lui, tout comme Maupassant,
d'ailleurs, qui devait ressentir une curieuse attirance pour la
« femme-homme » Gisèle d'Estoc. L'écrivain est suffisamment
misogyne pour que sa projection en Paul Brétigny soit une
autocritique, et une critique du jeune rentier.*

*Ne sont à leur place dans la société que ceux qui luttent pour y
vivre. Ils sont les vainqueurs de la France d'aujourd'hui ou de
demain. Maupassant se conforme par cette opinion aux doctrines
de Darwin et de Spencer, fort en vogue à l'époque, en les
transposant du domaine des sciences à celui de la société.
D'abord les Oriol, ignares, grossiers, mais puissants travailleurs d'une terre qui les abreuve de son vin et les enrichit de ses
eaux minérales. Maupassant, si grand peintre du paysan
normand, a décrit les paysans auvergnats par des traits qui sont
semblables chez tous les terriens : la simplicité dans l'habitat et
le vêtement ; le goût de cultiver, sans honte devant des amis
élégants, une propriété dont ils boivent volontiers le produit ; et
la finauderie en matière d'argent. De la naïveté, sans doute, il
en montre, ce père Oriol qui s'imagine consacrer une déclaration
en la couchant sur papier timbré. Il n'en fait pas moins ses
affaires. Il marque le pays de son nom même : c'est la nouvelle
aristocratie de la terre. Classe mutante, qui ne deviendra
présentable dans les salons que dans la génération des fils de
Coloche, mais qui a déjà muté chez les filles. Les petites Oriol,
élevées dans le meilleur pensionnat de la région, seront aussi
montrables que n'importe quelle femme élégante lorsqu'elles
auront fait des « mariages propres ». Elles se haussent, à la fin
du roman, au rang de Christiane Andermatt, née de Ravenel.*

*C'est pourtant le mari de celle-ci qui mène le jeu. Il n'est pas
un mutant, lui, mais c'est l'héritier d'une vieille race appelée à
supplanter la noblesse française. Il possède un véritable génie de*

l'argent : il transforme le paysage même de Mont-Oriol en quelques mois, après avoir aperçu d'un coup d'œil toutes les affaires connexes à la grande affaire de l'exploitation thermale. Achat de terrains, forages, tripotages dans l'immobilier, construction de routes, organisation de fêtes et de loisirs, séduction du clergé et du corps médical, rien ne lui est étranger, rien ne le rebute quand il s'agit de faire fructifier. Les Oriol enfouissent leurs richesses, retiennent l'argent liquide. Andermatt au contraire le prodigue judicieusement, afin qu'il rende. C'est son lyrisme : les grandes affaires, c'est, proclame-t-il, « le grand combat » qui permet de vivre largement, à l'instar des conquérants de jadis. Il sent très bien sa puissance : conquête d'une femme et d'un pays, conquête de toutes les classes d'hommes, nobles, paysans, savants. Il ne prend même pas le temps de les mépriser ; il s'en sert, comme il se sert de prête-noms pour constituer une société d'exploitation qui sera la sienne. Toujours en voyage, prompt à saisir et à assimiler les idées des médecins et des ingénieurs, il se donne beaucoup de mal. Il a gagné. Il est l'expression parfaite d'un capitalisme non encore parvenu à l'anonymat, et dont la jouissance demeure concrète. Il y a du Rastignac, et non du technocrate, en lui. Et il revendique fièrement sa race, comme parvenue à la domination de la terre civilisée.

Délicate question, que celle de l'attitude de Maupassant envers les juifs. Cet ami de Mme Cahen d'Anvers, de Mme Straus et du baron de Reinach ne s'est pas privé de tracer dans Bel-Ami *un portrait franchement antipathique de Walter, le directeur de* La Vie française. *Avare, malhonnête, exploiteur et mépriseur, le banquier tripote dans les affaires coloniales ; il ne connaît qu'un luxe ostentatoire et non les finesses du goût, puisque, dans sa galerie de tableaux, il ne se plaît qu'aux toiles les plus conventionnelles. Sans doute Andermatt est-il beaucoup plus honorable, ne réalisant que des*

*affaires légalement saines. Il est bon père, bon époux. Il ne
manque pas d'un certain sens artistique et s'y connaît en bibelots
et en peinture. Enfin, il possède les qualités moyennes qui le
rendent facile à vivre, et les grandes qualités qui forcent à une
espèce d'admiration (Maupassant savait ce dont il parlait, car
il était lui-même très âpre en affaires). Pourtant, il n'est pas
totalement sympathique. Il s'en faut. Tout, pour lui, passe par
l'argent, dont il possède une sorte de jauge intérieure infaillible ;
tout se vend, friperie, œuvre d'art, homme, femme. Ce gros
garçon rose, chauve, à l'esprit vif, n'aime pas l'amour. Il
n'aime pas la nature. Il n'aime pas l'art. Il aime seulement être
le premier, dans un monde entièrement aménagé par lui, où
les autres lui apparaissent comme de purs rapports avec sa
puissance potentielle. Sa femme même n'est pas Christiane,
mais une jolie femme, avantageuse à montrer, et par laquelle il a
étendu ses affaires à un certain monde. Autant dire qu'il est en
parfait antagonisme avec la nature de Maupassant. Semblable
à Christiane, l'écrivain estime qu'ils sont « de races trop
dissemblables ». Cette opposition raciste est un lieu commun de
la littérature française depuis les débuts du capitalisme
d'argent ; elle traverse le XIXe siècle, et dissimuler son
importance serait d'autant plus vain que la crise de l'Affaire
Dreyfus en deviendrait inexplicable. C'est en 1845 que Toussenel a écrit* Les Juifs rois de l'époque, histoire de la
féodalité financière ; *en 1883 qu'Auguste Chirac, empruntant à Toussenel l'épigraphe de son livre* Les Rois de la
République : Histoire des Juiveries, *attaque les Rothschild, les Camondo, les Cahen d'Anvers, les Ephrussi. L'année
où* Mont-Oriol *paraît en journal, sort une édition de* La
France juive *de Drumont qui remporte un immense succès.
Chez les écrivains réputés les plus libéraux, cette opposition se
marque : chez Michelet, chez ces futurs dreyfusards que sont
Zola et Anatole France. Maupassant ne présente pas son*

Andermatt comme Balzac son Nucingen, qui n'est nullement
assimilé ni assimilable ; ce n'est pas non plus l'affreux Busch
que Zola peindra dans L'Argent _en 1891, ni le sordide préfet_
_Worms-Clavelin qui apparaît dans l'_Histoire contemporaine de France _en 1896. Mais la mainmise d'Andermatt sur_
la société française ne lui agrée visiblement pas. Le portrait se
veut objectif. On n'en mesure que davantage l'absence de
connivence entre le banquier et son créateur, alors que le
beaucoup moins honorable « Bel-Ami », viveur, compatriote de
Maupassant, bénéficie d'une complaisance d'autant plus fla-
grante qu'elle apparaît moins méritée.

C'est le dernier grand bilan de la société française que
Maupassant devait dresser dans un roman, que cette présenta-
tion du monde de Mont-Oriol. Son diagnostic n'est pas
optimiste : refusant aussi bien la lâcheté des races déchues que
la nature des victorieux du jour, il montre un pays entièrement
dominé par le capital. Qui ne se vend pas, achète. Jamais de
fresque à la manière de Zola, jamais de transformation épique
de la réalité. Le caractère vraisemblable d'une affaire traitée
dans un cadre restreint fait mieux ressortir l'évolution impla-
cable de la puissance d'argent.

*

Non que Maupassant soit « de gauche », pas plus d'ailleurs
qu'il n'est « de droite » : il se défend de s'intéresser à aucun
parti, de prendre part à une politique dont il estime qu'elle se
_noie dans l'intérêt ou la démagogie (_Le Gaulois, _8 septembre_
1881). D'aucuns objecteront que c'est encore une politique. Ils se
méprendront ainsi sur le plan où se place Maupassant : celui
des rapports avec son corps, et des rapports de son corps avec le
monde. Voilà une échelle de valeurs autre que celle de la
politique, où l'on voit assez mal s'engager un homme qui exigea

d'être enterré sans bière, directement dans la terre, afin de s'absorber plus vite en elle. L'un des grands maux dénoncés sans phrases dans Mont-Oriol, c'est que la fonction de l'argent exclut celle de l'amour. La société officielle accepte les drames financiers, comme la « Californie de comique » que construisent immanquablement les médecins dans une ville d'eaux. Elle réclame le respect des convenances : faire la noce avec des cocottes, ou se marier et avoir des enfants, à la bonne heure. Mais les profonds mouvements de l'âme, la passion, la tragédie, elle les refuse absolument. C'est l'affaire des oisifs et des femmes, oisives par définition. Tout ce qui relève de la chair est mis au ban, marginal. Or, c'est ainsi la nature entière qui est rejetée de la structure sociale.

L'amour de Paul et de Christiane est en effet sécrété par le paysage à la fois majestueux et doux de l'Auvergne, qui en marque le progrès et l'épanouissement : sur la route de Laroche-Pradière, Paul révèle à Christiane des harmoniques insoupçonnées ; il lui laisse deviner durant la promenade à la « Fin du Monde » un désir qu'il lui avoue près du lac de Tazenat, devient son amant à Tournoël, et, après un mois de libre passion, embrasse désespérément sur la route de Laroche-Pradière l'ombre de Christiane, qui repart pour Paris. Toute la première partie de Mont-Oriol est comme une parenthèse de jouissance amoureuse enveloppée dans la jouissance d'un été épanoui. Les souffles voluptueux de la nature sont capables de troubler même l'ecclésiastique puritain de la nouvelle Clair de Lune, et, à plus forte raison, *la jeune mariée qu'est l'héroïne* d'Une vie *durant son voyage en Corse. Ils sont vivement ressentis par le tempérament de Paul Brétigny.* Cet enthousiaste s'identifie au paysage qui « lui emplit le ventre », et il est tout particulièrement sensible aux odeurs, dont il analyse les composantes. Nul doute que Maupassant parle ici par sa bouche : dans la chronique « Malades et médecins », il prend à

son propre compte, dès le mois de mai 1884, cette étude des
parfums de la vigne en fleur mêlés à la pointe vanillée de l'odeur
de la bouse de vache éparse dans la poussière. Ces composantes-
là ne seraient guère du goût de l'artificiel et raffiné Des
Essaintes de Huysmans, qui se complaît dans A Rebours aux
gammes odorantes. Grand lecteur de Baudelaire comme Huysmans, Maupassant possède un tempérament beaucoup plus
franc, plus « paysan », dans sa nervosité. Il le prête à son
double Brétigny, que les femmes simples attirent parce qu'elles
reflètent la nature, et qu'il peut leur communiquer sa vivacité
d'impressions.

 *Car, pour Maupassant, la femme est un être de reflet, qui a
besoin de l'homme pour être initié au bonheur sensuel.*
Engourdie, inerte par elle-même, elle attend la révélation. C'est
un lieu commun du romantisme que cette dépendance sensuelle de
la femme. Michelet le développe dans toute son œuvre. Le
pessimisme des réalistes reprend ce lieu commun, mais pour le
tourner en expérience malheureuse. Éminemment « plastique »
et passive, incapable d'analyse, mais prompte en intuitions, la
femme peut ne jamais rencontrer l'initiateur : c'est le cas
d'Emma Bovary. Le rencontre-t-elle, c'est pour un très bref
bonheur. Jeanne, dans Une vie, découvre tard et pour peu de
temps le plaisir sexuel. Christiane Andermatt, traitée en enfant
gâtée par son père et en possession familiale par Andermatt, est
initiée à tous les plaisirs, à toutes les sensations par Paul
Brétigny, qui a profité d'une préparation offerte par la nature
elle-même. Christiane est en effet excitée par les bains dont les
bulles rosissent et picotent sa peau, et par un air imprégné
d'amour. Tout la dispose à s'intéresser à ce garçon qui lui récite
du Baudelaire par un bel après-midi, et à aimer en lui ce
physique « un peu sauvage, lourd et brutal », celui de
Maupassant, qu'elle a tout d'abord trouvé laid. Elle s'ouvre
donc à la vie, par lui. Nul plus que Maupassant, qui partage

entièrement là-dessus les idées de Schopenhauer fort répandues
dans son milieu, n'a considéré le sexe féminin comme le
deuxième. « Les femmes, douées de bien plus d'intuition que de
compréhension, ne saisissent les intentions secrètes et voilées de
l'art que si on fait d'abord un appel sympathique à leur
pensée » : telle est la déclaration de Paul Brétigny, qui, lui,
possède « à l'excès le vrai tempérament des femmes, leur
crédulité, leur charme, leur mobilité, leur nervosité, avec
l'intelligence supérieure, active, ouverte et pénétrante d'un
homme »... Aussi, quand elles n'ont pas été irrémédiablement
rendues frigides et frivoles par la société (comme la Mme de
Burne de Notre Cœur) *ou quand, sous la même influence,*
elles ne deviennent pas d'aimables garces comme les héroïnes
jeunes de Bel-Ami, *les femmes sont-elles, au mieux, des pages*
blanches, qui attendent l'écriture de l'homme.

Maupassant ne s'est nullement dissimulé que cette inégalité
est une menace de discordance. L'homme, ne trouvant au plus
que sa propre marque en la femme, cherche de l'une à l'autre
celle qui la recevra le mieux. C'est ainsi que Paul trouve en
Charlotte Oriol une femme primitive en mutation, bien plus
naïve encore et plus sensible que Christiane. Quant à celle-ci, en
créature d'instinct, elle voit dans la maternité le couronnement de
sa liaison, qu'elle condamne elle-même à mourir. Elle a
méconnu la complication de Paul Brétigny, qui vient à elle après
avoir follement aimé une actrice, et qui n'aime la nature que
comme une expansion de son Moi. L'horreur de cet esthète pour
le corps déformé de sa maîtresse se double d'une répugnance de
civilisé pour la procréation. Pas plus que le beau Maze de
L'Héritage, *il n'aime cet étalement de l'animalité amoureuse,*
la grossesse. Maupassant, qui a tant écrit en faveur de l'amour
libre, n'a pas échappé aux complexes de son époque, parce qu'il
n'a jamais cru qu'une liaison pût s'établir durablement. Piège,
mystification par l'un ou l'autre des partenaires, ou dans le

meilleur des cas (celui de Mont-Oriol*) méconnaisance profonde de deux êtres, l'amour va toujours à sa propre perte. Et le
corps, tant exalté, est maudit d'autre part, parce qu'il est le
germe de cette mort. Le héros d'*Un cas de divorce *exprime
par une névrose un rêve d'amour désincarné qui est bien celui de
l'écrivain. Dans* En voyage *(1882),* L'Épave *(1886), il fait
l'éloge des passions à distance, les seules qui ne déçoivent pas.
Les autres ne démontrent finalement que l'irrémédiable incom-
municabilité des hommes. Le conte* Solitude *développe, un an
avant le philosophe Norbert de Varenne dans* Bel-Ami*, le
thème de l'enfermement accru par ces liaisons au cours desquelles
on a cru tout connaître de l'autre, pour ne pas même le
reconnaître toujours, cet autre, après la rupture.*

*L'enfant est alors un témoin durable de cette méprise.
L'œuvre de Maupassant est traversée par le thème du fils
abandonné, fruit du hasard, et plus encore par celui du « père
abandonné », si l'on peut dire : celui dont la vie est gâtée par la
découverte d'un enfant naturel idiot* (Un fils) *ou l'inceste
involontaire* (L'Ermite)*. Non moins fréquemment revient le
désespoir de ceux qui s'étaient crus pères et découvrent que leur
femme les a trompés* (Monsieur Parent)*. Maupassant avait
beaucoup souffert de la mésentente de ses parents ; il s'était cru
renié par son propre père et l'avait lui-même durement accusé.
Nul doute qu'il n'y ait une origine personnelle dans cette
obsession de la filiation, qu'il reprojeta lui-même en ayant d'une
serveuse d'eau de Châtelguyon trois enfants jamais reconnus.
Dans* Mont-Oriol*, c'est Paul Brétigny qui, après avoir
abandonné la mère, devient le « père abandonné ». Jamais il ne
verra la petite Arlette, jamais il ne rouvrira le corsage de
Christiane : les épingles qui le ferment ont été transférées aux
rideaux du berceau de sa fille, et ces minces objets, comme il
arrive souvent chez Maupassant, portent en eux toute la
signification de la rupture. Christiane a surmonté l'obsession de*

son imagination jalouse et le délire où l'abandon l'a jetée. Mais c'est pour porter sur la vie le jugement terrible que porte Maupassant lui-même : on ne procrée que pour renouveler la souffrance. Arlette est destinée elle aussi à connaître l'amour et l'abandon ; les générations ne sont qu'une longue perspective de tromperies et de tristesses.

Esthète et égoïste, Paul Brétigny n'est pas épargné par Maupassant, qui procède en lui à sa propre critique, comme il l'a fait avec Bel-Ami, comme il le fera avec Olivier Bertin de Fort comme la mort *et Mariolle de* Notre Cœur. *Brétigny est le premier des héros riches que dépeignent les romans de Maupassant ; il est aussi le premier à trahir une crainte cachée de l'écrivain, celle de ne pas être un créateur, ou de devenir un sous-créateur. Bertin a gâché dans le monde un réel talent de peintre. Mariolle est un amateur mondain ; pareillement Brétigny, ce dilettante que la musique « ravage » en le vampirisant, en « dissolvant » sa peau. Nulle sensation n'est plus proche de l'auteur du* Horla, *et plus redoutée par lui. Il sait bien qu'il dompte sa névrose en la transposant dans l'écriture. Ne plus pouvoir la transposer serait la folie, dans laquelle il sombra en effet en laissant des œuvres inachevées. Brétigny est donc bien son double, mais son double décalé, devenu commun. Lui-même possède un double caricatural en la personne du faux musicien Saint-Landri, qui soutient la doctrine harmonique de la nouvelle école wagnérienne contre les anciens mélodistes français, mais qui est incapable d'écrire une œuvre véritable : il parle sa musique sans l'accomplir. Et il la parle en névrosé : son apologie de l' « accord faux », l'accord dissonant de Wagner, est celle des complications et perversions d'une sensibilité blasée. Ce pseudo-artiste décadent est l'image grimaçante de Maupassant. On reconnaît dans la technique des doubles décalés, multipliables à l'infini, une des expressions de l'instabilité du Moi les plus fréquentés à l'époque. Wilde,*

Huysmans, Lorrain et le jeune Barrès en usèrent. *Maupassant*
l'emploie souvent : dans Lui?, Un lâche, Fini *et dans*
Garçon, un bock!, *où il montre comme ici un premier double*
médiocre parce qu'il n'est pas créateur, et un second double
déchu.

Toute la seconde partie de Mont-Oriol *est donc le*
renversement noir de la première, en ce qui regarde l'intrigue
amoureuse. Les mêmes lieux voient se défaire ce qui avait été
construit. L'image déformée de Christiane fait horreur à Paul,
sur la route de La Roche-Pradière. La scène de Tazenat est
évoquée avec nostalgie par la maîtresse délaissée, lors d'une
promenade au puy de la Nugère : le panorama des volcans,
naguère à peine évoqué, se charge alors d'une signification
bizarre et menaçante. Les ruines de Tournoël ne disent plus rien
à Paul.

Mais le roman contenait pourtant, dès son début, le germe de
cette dissolution. *Car l'aventure de Paul et de Christiane*
commence avec la mort du petit chien, déchiré par l'explosion du
Mont-Oriol, *et se termine sur la vision d'un âne crevé de misère*
au bord de la route. La nature elle-même, dans sa magnificence,
est un piège inexorable. Son dernier mot est la destruction. Éros
et Thanatos ne sont jamais en équilibre chez Maupassant, et
Thanatos n'a jamais le visage du repos.

*   hide/cover

Roman d'une société d'argent qui triomphe et d'une passion
qui meurt, Mont-Oriol *est certes une œuvre pessimiste,*
imprégnée des hantises de Maupassant. Mais il y dissimule son
pessimisme sous la volupté des descriptions et l'exactitude des
données matérielles. Établi sur l'entrelacement d'une ligne
montante (les affaires) et d'une ligne descendante (l'amour), le
roman est une réussite de structure. Il comporte deux parties de

longueur sensiblement égale, mais inégalement séparées en chapitres : ceux de la seconde partie sont les plus longs, car il n'y a pas catastrophe, mais dissolution de la liaison. Certains chapitres se répondent d'une partie à l'autre, comme les paysages et les thèmes. Les deux plus courts sont les deux chapitres V : séduction par Paul de Christiane, séduction par Paul de Charlotte. Les deux plus longs sont, dans la première partie, celui qui relate le bonheur de Paul et de Christiane, et, dans la seconde, celui de leur séparation. C'est le dernier ; c'est aussi celui d'une fin sans fin, puisque la petite Arlette va prendre la relève de Christiane et que les affaires d'Andermatt promettent de s'étendre considérablement. Par sa forme, réduplications et aventure, le roman « mime » donc sa signification. Mais cette réussite est, et se veut, discrète. A l'exemple de Flaubert, Maupassant croyait qu'il ne sied pas de forcer le lecteur. Celui qui veut ne prendre que l'apparence des choses doit pouvoir lire « couramment » une œuvre que le lecteur plus exigeant approfondit sans être déçu. Souhaitons que cette discrétion ne continue pas à rendre à Maupassant certains mauvais services. Il n'était pas superficiel, il n'écrivit pas des nouvelles ni des romans faciles. Il eut la malchance d'être casé par les manuels de littérature française dans une zone intermédiaire entre Flaubert et Zola, que l'on expliquait eux-mêmes de la manière la plus prosaïque, et de passer ainsi pour un petit maître du réalisme. Étrange contresens, qui se dissipe heureusement à mesure que nous échappons à la scolastique. Pour le sérieux et la stylisation de ses informations, pour son sens de la dure et attirante vie, Mont-Oriol est un des bons et solides romans d'un « avant-siècle » bien proche de notre sensibilité.

Marie-Claire Bancquart.

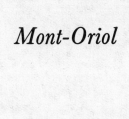

Mont-Oriol

PREMIÈRE PARTIE

Doctor Bonnefille trouve l'eau et l'appelle Bonnefille. C'est X en Enval. Dans le vallon d'Auvergne. [handwritten annotation]

I

Les premiers baigneurs, les matineux déjà sortis de l'eau, se promenaient à pas lents, deux par deux ou solitaires, sous les grands arbres, le long du ruisseau qui descend des gorges d'Enval.

D'autres arrivaient du village, et entraient dans l'établissement d'un air pressé. C'était un grand bâtiment dont le rez-de-chaussée demeurait réservé au traitement thermal, tandis que le premier étage servait de casino, café et salle de billard.

Depuis que le docteur Bonnefille avait découvert dans le fond d'Enval la grande source, baptisée par lui source Bonnefille, quelques propriétaires du pays et des environs, spéculateurs timides, s'étaient décidés à construire au milieu de ce superbe vallon d'Auvergne, sauvage et gai pourtant, planté de noyers et de châtaigniers géants, une vaste maison à tous usages, servant également pour la guérison et pour le plaisir, où l'on vendait, en bas, de l'eau minérale, des douches et des bains, en haut, des bocks, des liqueurs et de la musique.

On avait enclos une partie du ravin, le long du ruisseau, pour constituer le parc indispensable à toute

donneuse d'l'eau

ville d'eaux ; on avait tracé trois allées, une presque
droite et deux en festons ; on avait fait jaillir au bout
de la première une source artificielle détachée de la
source principale et qui bouillonnait dans une grande
cuvette de ciment, abritée par un toit de paille, sous
la garde d'une femme impassible que tout le monde
appelait familièrement Marie. Cette calme Auvergnate, coiffée d'un petit bonnet toujours bien blanc, et
presque entièrement couverte par un large tablier
toujours bien propre qui cachait sa robe de service, se
levait avec lenteur dès qu'elle apercevait dans le
chemin un baigneur s'en venant vers elle. L'ayant
reconnu elle choisissait son verre dans une petite
armoire mobile et vitrée, puis elle l'emplissait doucement au moyen d'une écuelle de zinc emmanchée au
bout d'un bâton.

Le baigneur triste souriait, buvait, rendait le verre
en disant : « Merci, Marie ! » puis se retournait et
s'en allait. Et Marie se rasseyait sur sa chaise de
paille pour attendre le suivant.

Ils n'étaient pas nombreux d'ailleurs. Depuis six
ans seulement la station d'Enval était ouverte aux
malades, et ne comptait guère plus de clients, après
ces six années d'exercice, qu'au début de la première.
Ils venaient là une cinquantaine, attirés surtout par la
beauté du pays, par le charme de ce petit village noyé
sous des arbres énormes dont les troncs tortus semblaient aussi gros que les maisons, et par la réputation des gorges, de ce bout de vallon étrange, ouvert
sur la grande plaine d'Auvergne, et finissant brusquement au pied de la haute montagne, de la montagne
hérissée d'anciens cratères, finissant dans une crevasse sauvage et superbe, pleine de rocs éboulés ou

menaçants, où coule un ruisseau qui cascade sur les pierres géantes et forme un petit lac devant chacune.

Cette station thermale avait commencé comme elles commencent toutes, par une brochure du docteur Bonnefille sur sa source. Il débutait en vantant les séductions alpestres du pays en style majestueux et sentimental. Il n'avait pris que des adjectifs de choix, de luxe, ceux qui font de l'effet sans rien dire. Tous les environs étaient pittoresques, remplis de sites grandioses ou de paysages d'une gracieuse intimité. Toutes les promenades les plus proches possédaient un remarquable cachet d'originalité propre à frapper l'esprit des artistes et des touristes. Puis brusquement, sans transitions, il était tombé dans les qualités thérapeutiques de la source Bonnefille, bicarbonatée, sodique, mixte, acidulée, lithinée, ferrugineuse, etc., et capable de guérir toutes les maladies. Il les avait d'ailleurs énumérées sous ce titre : affections chroniques ou aiguës spécialement tributaires d'Enval ; et la liste était longue de ces affections tributaires d'Enval, longue, variée, consolante pour toutes les catégories de malades. La brochure se terminait par des renseignements utiles de vie pratique, prix des logements, des denrées, des hôtels. Car trois hôtels avaient surgi en même temps que l'établissement casino-médical. C'étaient : le Splendid Hotel, tout neuf, construit sur le versant du vallon dominant les bains, l'hôtel des Thermes, ancienne auberge replâtrée, et l'hôtel Vidaillet, formé tout simplement par l'achat de trois maisons voisines qu'on avait perforées afin d'en faire une seule.

Puis, du même coup, deux médecins nouveaux s'étaient trouvés installés dans le pays, un matin, sans qu'on sût bien comment ils étaient venus, car les

médecins, dans les villes d'eaux, semblent sortir des
sources, à la façon des bulles de gaz. C'étaient : le
docteur Honorat, un Auvergnat, et le docteur
Latonne, de Paris. Une haine farouche avait éclaté
aussitôt entre le docteur Latonne et le docteur Bonnefille, tandis que le docteur Honorat, gros homme
propre et bien rasé, souriant et souple, avait tendu sa
main droite au premier, sa main gauche au second, et
demeurait en bons termes avec les deux. Mais le
docteur Bonnefille dominait la situation par son titre
d'Inspecteur des eaux et de l'établissement thermal
d'Enval-les-Bains.

Ce titre était sa force, et l'établissement sa chose. Il
y passait ses jours, on disait même ses nuits. Cent fois
dans la matinée il allait de sa maison, toute proche
dans le village, à son cabinet de consultation installé à
droite à l'entrée du couloir. Embusqué là comme une
araignée dans sa toile, il guettait les allées et venues
des malades, surveillant les siens d'un œil sévère et
ceux des autres d'un œil furieux. Il interpellait tout le
monde presque à la façon d'un capitaine en mer, et il
terrifiait les nouveaux venus, à moins qu'il ne les fît
sourire.

Comme il arrivait ce jour-là d'un pas rapide qui
laissait voltiger, à la façon de deux ailes, les vastes
basques de sa vieille redingote, il fut arrêté net par une
voix qui criait : « Docteur ! »

Il se retourna. Sa figure maigre, ridée de grands plis
mauvais dont le fond semblait noir, salie par une barbe
grisâtre rarement coupée, fit un effort pour sourire ; et
il enleva le chapeau de soie de forme haute, râpé,
taché, graisseux dont il couvrait sa longue chevelure
poivre et sel, « poivre et sale », disait son rival le

docteur Latonne. Puis il fit un pas, s'inclina et murmura :

« Bonjour, monsieur le Marquis, vous allez bien, ce matin ? »

Un petit homme très soigné, le marquis de Ravenel, tendit la main au médecin, et répondit :

« Très bien, Docteur, très bien, ou, du moins, pas mal. Je souffre toujours des reins ; mais enfin je vais mieux, beaucoup mieux ; et je n'en suis encore qu'à mon dixième bain. L'année dernière, je n'ai obtenu d'effet qu'au seizième ; vous vous en souvenez ?

— Oui, parfaitement.

— Mais ce n'est pas de ça que je veux vous parler. Ma fille est arrivée ce matin, et je désire vous entretenir à son sujet tout d'abord, parce que mon gendre, M. Andermatt, William Andermatt, le banquier... ~~Son-in-law~~

— Oui, je sais.

— Mon gendre a une lettre de recommandation pour le docteur Latonne. Moi, je n'ai confiance qu'en vous, et je vous prie de vouloir bien monter jusqu'à l'hôtel, avant... vous comprenez... J'ai mieux aimé vous dire les choses franchement... Etes-vous libre, à présent ? »

Le docteur Bonnefille s'était couvert, très ému, très inquiet. Il répondit aussitôt :

« Oui, je suis libre, tout de suite. Voulez-vous que je vous accompagne ?

— Mais certainement. »

Et tournant le dos à l'établissement, ils montèrent à pas rapides une allée arrondie qui conduisait à la porte du Splendid Hotel construit sur la pente de la montagne pour offrir de la vue aux voyageurs.

Au premier étage, ils pénétrèrent dans le salon attenant aux chambres des familles de Ravenel et Andermatt ; et le marquis laissa seul le médecin pour aller chercher sa fille.

Il revint avec elle presque aussitôt. C'était une jeune femme blonde, petite, pâle, très jolie, dont les traits semblaient d'une enfant, tandis que l'œil bleu, hardiment fixé, jetait aux gens un regard résolu qui donnait un attrait charmant de fermeté et un singulier caractère à cette mignonne et fine personne. Elle n'avait pas grand'chose, de vagues malaises, des tristesses, des crises de larmes sans cause, des colères sans raison, de l'anémie enfin. Elle désirait surtout un enfant, attendu en vain depuis deux ans qu'elle était mariée.

Le docteur Bonnefille affirma que les eaux d'Enval seraient souveraines et écrivit aussitôt ses prescriptions.

Elles avaient toujours l'aspect redoutable d'un réquisitoire. charge/indictment

Sur une grande feuille blanche de papier à écolier, ses ordonnances s'étalaient par nombreux paragraphes de deux ou trois lignes chacun, d'une écriture rageuse, hérissée de lettres pareilles à des pointes.

Et les potions, les pilules, les poudres qu'on devait prendre à jeun, le matin, à midi, ou le soir, se suivaient avec des airs féroces.

On croyait lire : « Attendu que M. X... est atteint d'une maladie chronique, incurable et mortelle ;

» Il prendra : 1° Du sulfate de quinine qui le rendra sourd, et lui fera perdre la mémoire ;

» 2° Du bromure de potassium qui lui détruira l'estomac, affaiblira toutes ses facultés, le couvrira de boutons, et fera fétide son haleine ;

» 3° De l'iodure de potassium aussi, qui, dessé-chant toutes les glandes sécrétantes de son individu, celles du cerveau comme les autres, le laissera, en peu de temps, aussi impuissant qu'imbécile ;

» 4° Du salicylate de soude, dont les effets curatifs ne sont pas encore prouvés, mais qui semble conduire à une mort foudroyante et prompte les malades traités par ce remède ;

» Et concurremment :

» Du chloral qui rend fou, de la belladone qui attaque les yeux, de toutes les solutions végétales, de toutes les compositions minérales qui corrompent le sang, rongent les organes, mangent les os, et font périr par le médicament ceux que la maladie épargne. »

Il écrivit longtemps, sur le recto et sur le verso, puis signa comme aurait fait un magistrat pour un arrêt capital.

La jeune femme, assise en face de lui, le regardait, avec une envie de rire qui relevait le coin de ses lèvres.

Dès qu'il fut sorti, après un grand salut, elle prit le papier noirci d'encre, en fit une boule, puis la jeta dans la cheminée, et, riant enfin de tout son cœur : « Oh ! père, où as-tu découvert ce fossile ? Mais il a tout à fait l'air d'un chand d'habits... Oh !... c'est bien de toi, cela, de déterrer un médecin d'avant la Révolution !... Oh ! qu'il est drôle... et sale... ah oui... sale... vrai, je crois qu'il a taché mon porte-plume... »

La porte s'ouvrit, on entendit la voix de M. Ander-matt qui disait : « Entrez, Docteur ! » Et le docteur Latonne parut. Droit, mince, correct, sans âge, vêtu d'un veston élégant, et tenant à la main le haut chapeau de soie qui distingue le médecin traitant dans la plupart des stations thermales d'Auvergne, le méde-

cin parisien, sans barbe ni moustache, ressemblait à
un acteur en villégiature.

Le marquis, interdit, ne savait que dire ni que faire,
tandis que sa fille avait l'air de tousser dans son
mouchoir pour ne point éclater de rire au nez du
nouveau venu. Il salua avec assurance, et s'assit sur un
signe de la jeune femme. M. Andermatt, qui le suivait,
lui raconta, avec minutie, la situation de sa femme, ses
indispositions avec leurs symptômes, l'opinion des
médecins consultés à Paris, suivie de sa propre opinion
appuyée sur des raisons spéciales exprimées en termes
techniques.

C'était un homme encore très jeune, un juif, faiseur
d'affaires. Il en faisait de toutes sortes et s'entendait à
toutes choses avec une souplesse d'esprit, une rapidité
de pénétration, une sûreté de jugement tout à fait
merveilleuses. Un peu trop gros déjà pour sa taille qui
n'était point haute, joufflu, chauve, l'air poupard, les
mains grasses, les cuisses courtes, il avait l'air trop
frais et malsain, et parlait avec une facilité étourdis-
sante.

Il avait épousé, par adresse, la fille du marquis de
Ravenel pour étendre ses spéculations dans un monde
qui n'était point le sien. Le marquis, d'ailleurs,
possédait environ trente mille francs de revenu, et
deux enfants seulement; mais M. Andermatt, en se
mariant, âgé de trente ans à peine, tenait déjà cinq ou
six millions; et il avait semé de quoi en récolter dix ou
douze. M. de Ravenel, homme indécis, irrésolu, changeant et faible, repoussa d'abord avec colère les
ouvertures qu'on lui faisait pour cette union, s'indi-
gnant à la pensée de voir sa fille alliée à un israélite,
puis, après six mois de résistance il cédait, sous la

(marginalia: Andermatt ? *)*

(marginalia bottom: Andermatt = juif *)*

pression de l'or accumulé, à la condition que les enfants seraient élevés dans la religion catholique.

Mais on attendait toujours, et aucun enfant ne s'annonçait encore. C'est alors que le marquis, enchanté depuis deux ans des eaux d'Enval, se rappela que la brochure du docteur Bonnefille promettait aussi la guérison de la stérilité.

Il fit donc venir sa fille, que son gendre accompagna pour l'installer, et pour la confier, sur l'avis de son médecin de Paris, aux soins du docteur Latonne. Donc Andermatt l'avait été chercher dès son arrivée; et il continuait à énumérer les symptômes constatés chez sa femme. Il termina en disant combien il souffrait dans ses espérances de paternité déçues.

Le docteur Latonne le laissa aller jusqu'au bout, puis, se tournant vers la jeune femme :

« Avez-vous quelque chose à ajouter, Madame ? »

Elle répondit avec gravité :

« Non, rien du tout, Monsieur. »

Il reprit :

« Alors, je vous prierai de vouloir bien enlever votre robe de voyage et votre corset; et de passer un simple peignoir blanc, tout blanc. »

Elle s'étonnait; il expliqua vivement son système :

« Mon Dieu, Madame, c'est bien simple. On était convaincu autrefois que toutes les maladies venaient d'un vice du sang ou d'un vice organique, aujourd'hui nous supposons simplement que, dans beaucoup de cas, et surtout dans votre cas spécial, les malaises indécis dont vous souffrez, et même des troubles graves, très graves, mortels, peuvent provenir uniquement de ce qu'un organe quelconque, ayant pris, sous des influences faciles à déterminer, un développement

anormal au détriment de ses voisins, détruit toute
l'harmonie, tout l'équilibre du corps humain, modifie
ou arrête ses fonctions, entrave le jeu de tous les autres
organes.

» Il suffit d'un gonflement de l'estomac pour faire
croire à une maladie du cœur qui, gêné dans ses
mouvements, devient violent, irrégulier, même inter-
mittent parfois. Les dilatations du foie ou de certaines
glandes peuvent causer des ravages que les médecins
peu observateurs attribuent à mille causes étrangères.

» Aussi, la première chose que nous devons faire est
de constater si tous les organes d'un malade ont bien
leur volume et leur place normale ; car il suffit de bien
peu de chose pour bouleverser la santé d'un homme. Je
vais donc, si vous le permettez, Madame, vous examiner avec grand soin, et tracer sur votre peignoir les
limites, les dimensions et les positions de vos
organes. »

Il avait mis son chapeau sur une chaise et il parlait
avec aisance. Sa bouche large, en s'ouvrant et se
fermant, creusait dans ses joues rasées deux rides
profondes qui lui donnaient aussi un certain air
ecclésiastique.

Andermatt, ravi, s'écria : « Tiens, tiens, c'est très
fort cela, très ingénieux, très nouveau, très moderne. »

« Très moderne », entre ses lèvres, était le comble de
l'admiration.

La jeune femme, fort amusée, se leva et passa dans
sa chambre, puis revint au bout de quelques minutes,
en peignoir blanc.

Le médecin la fit étendre sur un canapé, puis, tirant
de sa poche un crayon à trois becs, un noir, un rouge,
un bleu, il commença à ausculter et percuter sa

nouvelle cliente en criblant le peignoir de petits traits de couleur notant chaque observation.

Elle ressemblait, après un quart d'heure de ce travail, à une carte de géographie indiquant les continents, les mers, les caps, les fleuves, les royaumes et les villes, et portant les noms de toutes ces divisions terrestres, car le docteur écrivait, sur chaque ligne de démarcation, deux ou trois mots latins, compréhensibles pour lui seul.

Or, quand il eut écouté tous les bruits intérieurs de Mme Andermatt, et tapoté toutes les parties mates ou sonores de sa personne, il tira de sa poche un calepin de cuir rouge à filets d'or, divisé par ordre alphabétique, consulta la table, l'ouvrit et écrivit : « Observation 6347. — Mme A..., 21 ans. »

Puis, reprenant de la tête aux pieds ses notes coloriées sur le peignoir, les lisant comme un égyptologue déchiffre les hiéroglyphes, il les reporta sur son carnet.

Il déclara, quand il eut fini : « Rien d'inquiétant, rien d'anormal, sauf une légère, très légère déviation qu'une trentaine de bains acidulés guériront. Vous prendrez, en outre, trois demi-verres d'eau chaque matin avant midi. Rien autre chose. Je reviendrai vous voir dans quatre ou cinq jours. » Puis il se leva, salua et sortit avec tant de promptitude que tout le monde en demeura stupéfait. C'était sa manière, son chic, son cachet à lui, cette brusquerie dans le départ. Il la jugeait de très bon ton et de grande impression sur le malade.

Mme Andermatt courut se regarder dans la glace, et toute secouée par un rire éclatant d'enfant joyeuse :

« Oh ! qu'ils sont amusants, qu'ils sont drôles !

Dites, y en a-t-il encore un, je veux le voir tout de suite ! Will, allez me le chercher ! Il doit y en avoir un troisième, je veux le voir. »

Son mari, surpris, demanda :

« Comment, un troisième, un troisième quoi ? »

Le marquis dut s'expliquer, en s'excusant, car il craignait un peu son gendre. Il raconta donc que le docteur Bonnefille étant venu le voir lui-même, il l'avait introduit chez Christiane, afin de connaître son avis, car il avait grande confiance dans l'expérience du vieux médecin, enfant du pays, qui avait découvert la source.

Andermatt haussa les épaules et déclara que, seul, le docteur Latonne soignerait sa femme, de sorte que le marquis, fort inquiet, se mit à réfléchir sur la façon dont il faudrait s'y prendre pour arranger les choses sans froisser son irascible médecin.

Christiane demanda : « Gontran est ici ? » C'était son frère.

Son père répondit :

« Oui, depuis quatre jours, avec un de ses amis, dont il nous a souvent parlé, M. Paul Brétigny. Ils font ensemble un tour en Auvergne. Ils arrivent du mont Dore et de La Bourboule, et repartiront pour le Cantal à la fin de l'autre semaine. »

Puis il demanda à la jeune femme si elle désirait se reposer jusqu'au déjeuner, après cette nuit en chemin de fer ; mais elle avait parfaitement dormi dans le sleeping-car, et réclamait seulement une heure pour sa toilette, après quoi elle voulait visiter le village et l'établissement.

Son père et son mari rentrèrent dans leurs chambres, en attendant qu'elle fût prête.

Elle les fit appeler bientôt, et ils descendirent
ensemble. Elle s'enthousiasma d'abord à la vue de ce
village construit dans ce bois et dans ce profond vallon
qui semblait fermé de tous les côtés par des châtaigniers hauts comme des monts. On en voyait partout,
jetés au hasard de leur poussée quatre fois séculaire,
devant les portes, dans les cours, dans les rues, et puis
partout aussi des fontaines, faites d'une grande pierre
noire debout percée d'un petit trou par où s'élançait
un fil d'eau claire qui s'arrondissait en cercle pour
tomber dans un abreuvoir. Une odeur fraîche de
verdure et d'étable flottait sous ces grandes verdures,
et on voyait, allant d'un pas grave dans les rues, ou
debout devant leurs demeures, des Auvergnates filant
avec un vif mouvement des doigts une quenouille de
laine noire passée à leur ceinture. Leurs jupes courtes
montraient leurs chevilles maigres couvertes de bas
bleus, et leur corsage, attaché sur les épaules par des
espèces de bretelles, laissait nues les manches de toile
des chemises, d'où sortaient les bras durs et secs et les
mains osseuses.

Mais soudain, une musique sautillante et drôle
jaillit devant les promeneurs. On eût dit un orgue de
Barbarie aux sons fluets, un orgue de Barbarie usé,
poussif, malade.

Christiane s'écria :

« Qu'est-ce que ça ? »

Son père se mit à rire :

« C'est l'orchestre du Casino. Ils sont quatre à faire
ce bruit-là. »

Et il la conduisit devant une affiche rouge collée au
coin d'une ferme, et qui portait en lettres noires :

CASINO D'ENVAL

DIRECTION DE M. PETRUS MARTEL
DE L'ODÉON.

Samedi 6 juillet. Grand concert organisé par le maestro Saint-Landri, deuxième grand prix du Conservatoire. Le piano sera tenu par M. Javel, grand lauréat du Conservatoire.

Flûte, M. Noirot, lauréat du Conservatoire.

Contrebasse, M. Nicordi, lauréat de l'Académie royale de Bruxelles.

Après le concert, grande représentation de *Perdus dans la forêt,* comédie en un acte, de M. Pointillet.

Personnages :

Pierre de Lapointe ..	M. Petrus Martel, de l'Odéon.
Oscar Léveillé	M. Petitnivelle, du Vaudeville.
Jean..............	M. Lapalme, du Grand-Théâtre de Bordeaux.
Philippine	Mlle Odelin, de l'Odéon.

Pendant la représentation, l'orchestre sera également conduit par le maestro Saint-Landri.

Christiane lisait tout haut, riait, s'étonnait.

Son père reprit :

« Oh ! ils t'amuseront. Mais, allons les voir. »

Ils tournèrent à droite et entrèrent dans le parc. Les baigneurs se promenaient gravement, lentement dans les trois allées, buvaient leur verre d'eau et repartaient. Quelques-uns, assis sur des bancs, traçaient des lignes

dans le sable du bout de leur canne ou de leur
ombrelle. Ils ne parlaient point, semblaient ne point
penser, ne vivre qu'à peine, engourdis, paralysés par
l'ennui des stations thermales. Seul, le bruit bizarre de
l'orchestre sautillait dans l'air doux et calme, venu on
ne sait d'où, produit on ne sait comment, passait sous
les feuillages, paraissait faire mouvoir ces mornes
marcheurs.

Une voix cria « Christiane ! ». Elle se retourna,
c'était son frère. Il courut à elle, l'embrassa et, quand
il eut serré la main d'Andermatt, il prit sa sœur par le
bras et l'entraîna, laissant par-derrière son père et son
beau-frère.

Et ils causèrent. C'était un grand garçon élégant,
rieur comme elle, mobile comme le marquis, indiffé-
rent aux événements, mais toujours à la recherche de
mille francs.

« Je croyais que tu dormais, disait-il, sans quoi
j'aurais été t'embrasser. Et puis Paul m'a emmené ce
matin au château de Tournoël.

— Qui ça, Paul ? Ah oui, ton ami !

— Paul Brétigny. C'est vrai, tu ne sais pas. Il prend
un bain en ce moment.

— Il est malade ?

— Non. Mais il se guérit tout de même. Il vient
d'être amoureux.

— Et il prend des bains acidulés — on dit acidulés,
n'est-ce pas — pour se remettre ?

— Oui. Il fait tout ce que je lui dis de faire. Oh ! il a
été très touché. C'est un garçon violent, terrible. Il a
failli mourir. Il a voulu la tuer aussi. C'était une
actrice, une actrice connue. Il l'a aimée follement. Et
puis, elle ne lui était pas fidèle, bien entendu. Ça a fait

un drame épouvantable. Alors, je l'ai emmené. Il va
mieux en ce moment, mais il y pense encore. »

Elle souriait tout à l'heure ; maintenant, devenue
sérieuse, elle répondit :

« Ça m'amusera de le voir. »

Pour elle, cependant, ça ne signifiait pas grand'
chose, « l'Amour ». Elle pensait à cela, quelquefois,
comme on pense, quand on est pauvre, à un collier de
perles, à un diadème de brillants, avec un désir éveillé
pour cette chose possible et lointaine. Elle se figurait
cela d'après quelques romans lus par désœuvrement,
sans y attacher d'ailleurs grande importance. Elle
n'avait jamais beaucoup rêvé, étant née avec une âme
heureuse, tranquille et satisfaite ; et, bien que mariée
depuis deux ans et demi, elle ne s'était pas encore
éveillée de ce sommeil où vivent les jeunes filles naïves,
de ce sommeil du cœur, de la pensée et des sens qui
continue, pour certaines femmes, jusqu'à la mort. La
vie lui semblait simple et bonne, sans complications ;
elle n'en avait jamais cherché le sens ou le pourquoi.
Elle vivait, dormait, s'habillait avec goût, riait, était
contente ! Qu'aurait-elle pu demander de plus ?

Quand on lui avait présenté Andermatt comme
fiancé, elle refusa d'abord, avec une indignation
d'enfant, de devenir la femme d'un juif. Son père et son
frère, partageant sa répugnance, répondirent avec elle
et comme elle, par un refus formel. Andermatt disparut, fit le mort ; mais au bout de trois mois, il avait
prêté plus de vingt mille francs à Gontran ; et le
marquis, pour d'autres raisons, commençait à changer
d'avis. En principe d'abord, il cédait toujours quand
on insistait, par amour égoïste du repos. Sa fille disait
de lui : « Oh ! papa a toutes les idées brouillées » ; et

c'était vrai. Sans opinions, sans croyances, il n'avait
que des enthousiasmes qui variaient à tout instant.
Tantôt il s'attachait, avec une exaltation passagère et
poétique, aux vieilles traditions de sa race et désirait
un roi, mais un roi intelligent, libéral, éclairé, marchant avec le siècle ; tantôt, après la lecture d'un livre
de Michelet ou de quelque penseur démocrate, il se
passionnait pour l'égalité des hommes, pour les idées
modernes, pour les revendications des pauvres, des
écrasés, des souffrants. Il croyait à tout, selon les
heures, et quand sa vieille amie, Mme Icardon, qui, liée
avec beaucoup d'israélites, désirait le mariage de
Christiane et d'Andermatt, commença à le prêcher,
elle sut bien par quels raisonnements il fallait l'atta-
quer.

Elle lui montra la race juive arrivée à l'heure des
vengeances, race opprimée comme le peuple français
avant la Révolution, et qui, maintenant, allait oppri-
mer les autres par la puissance de l'or. Le marquis,
sans foi religieuse, mais convaincu que l'idée de Dieu
n'était qu'une idée législatrice, plus forte pour mainte-
nir les sots, les ignorants et les timorés, que la simple
idée de Justice, considérait les dogmes avec une
indifférence respectueuse, et confondait dans une
estime égale et sincère Confucius, Mahomet et Jésus-
Christ. Donc le fait d'avoir crucifié celui-ci ne lui
paraissait nullement comme une tare originelle, mais
comme une grosse maladresse politique. Il suffit par
conséquent de quelques semaines pour lui faire admirer le travail caché, incessant, tout-puissant des juifs
persécutés partout. Et envisageant soudain avec d'autres yeux leur triomphe éclatant, il le considéra comme
une juste réparation de leur longue humiliation.

vit maîtres des rois, qui sont maîtres des peuples, soutenant les trônes ou les laissant crouler, pouvant mettre en faillite une nation comme on fait pour un marchand de vin, fiers devant les princes devenus humbles et jetant leur or impur dans la cassette entrouverte des souverains les plus catholiques, qui les remerciaient par des titres de noblesse et des lignes de chemin de fer.

Et il consentit au mariage de William Andermatt avec Christiane de Ravenel.

Quant à elle, sous la pression insensible de Mme Icardon, ancienne camarade de sa mère, devenue sa conseillère intime depuis la mort de la marquise, pression combinée avec celle de son père, et devant l'indifférence intéressée de son frère, elle consentit à épouser ce gros garçon très riche, qui n'était pas laid, mais qui ne lui plaisait guère, comme elle aurait consenti à passer un été dans un pays désagréable.

Maintenant, elle le trouvait bon enfant, complaisant, pas bête, gentil dans l'intimité, mais elle se moquait souvent de lui avec Gontran, qui avait la reconnaissance perfide.

Il lui disait :

« Ton mari est plus rose et plus chauve que jamais. Il a l'air d'une fleur malade ou d'un cochon de lait qu'on aurait rasé. Où prend-il ces couleurs-là ? »

Elle répondit :

« Je t'assure que je n'y suis pour rien. Il y a des jours où j'ai envie de le coller sur une boîte de dragées. »

Mais ils arrivaient devant l'établissement de bains.

Deux hommes étaient assis sur des chaises de paille, le dos au mur, et fumant leurs pipes des deux côtés de la porte.

Gontran dit :

« Tiens, deux bons types. Regarde celui de droite, le bossu coiffé d'un bonnet grec ! C'est le père Printemps, ancien geôlier à Riom et devenu gardien, presque directeur de l'établissement d'Enval. Pour lui, rien n'est changé, et il gouverne les malades comme ses anciens détenus. Les baigneurs sont toujours des prisonniers, les cabines de bain sont des cellules, la salle des douches un cachot, et l'endroit où le docteur Bonnefille pratique les lavages de l'estomac au moyen de la sonde Baraduc, une salle de tortures mystérieuse. Il ne salue aucun homme en vertu de ce principe que tous les condamnés sont des êtres méprisables. Il traite les femmes avec beaucoup plus de considération, par exemple, considération mêlée d'étonnement, car il n'en avait pas sous sa garde dans la prison de Riom. Cette retraite n'étant destinée qu'aux mâles, il n'a pas encore l'habitude de parler aux personnes du sexe. — L'autre, c'est le caissier. Je te défie de lui faire écrire ton nom ; tu vas voir. »

Et Gontran, s'adressant à l'homme de gauche, articula lentement :

« Monsieur Séminois, voici ma sœur, Mme Andermatt, qui désire un abonnement de douze bains. »

Le caissier, très grand, très maigre, l'air très pauvre, se leva, entra dans son bureau, situé en face du cabinet du médecin inspecteur, ouvrit son livre et demanda :

« Quel nom ?

— Andermatt.

— Vous dites ?

— Andermatt.

— Comment épelez-vous ?

— A-n-d-e-r-m-a-t-t.

— Très bien. »

Et il écrivit lentement. Lorsqu'il eut fini, Gontran demanda :

« Veuillez me relire le nom de ma sœur ?

— Oui, Monsieur. Mme Anterpat. »

Christiane, riant aux larmes, paya ses cachets, puis demanda :

« Qu'est-ce qu'on entend là-haut ? »

Gontran la prit par le bras :

« Viens voir. »

Des voix furieuses arrivaient par l'escalier. Ils montèrent, ouvrirent une porte et aperçurent une grande salle de café avec un billard au milieu. Des deux côtés de ce billard, deux hommes en manches de chemise, une queue de bois à la main, s'invectivaient avec fureur.

« Dix-huit.

— Dix-sept.

— Je vous dis que j'en ai dix-huit.

— Ça n'est pas vrai, vous n'en avez que dix-sept. »

C'était le directeur du Casino, M. Petrus Martel, de l'Odéon, qui faisait sa partie ordinaire avec le comique de sa troupe, M. Lapalme, du Grand-Théâtre de Bordeaux.

Petrus Martel, dont le ventre puissant et mou ballottait sous sa chemise au-dessus du pantalon attaché on ne sait comment, après avoir été cabotin en divers lieux avait pris le gouvernement du Casino d'Enval et passait ses journées à boire les consommations destinées aux baigneurs. Il portait une immense moustache d'officier, trempée du matin au soir dans l'écume des bocks et le sirop poisseux des liqueurs; et il avait déterminé chez le vieux comique recruté par lui une passion immodérée pour le billard.

A peine levés, ils se mettaient à leur partie, s'injuriaient, se menaçaient, effaçaient les points, recommençaient, prenaient à peine le temps de déjeuner et ne toléraient pas que deux clients vinssent les chasser de leur tapis vert.

Ils avaient donc fait fuir tout le monde, et ne trouvaient point la vie désagréable, bien que la faillite attendît Petrus Martel en fin de saison.

La caissière accablée regardait du matin au soir cette partie interminable, écoutait du matin au soir cette discussion sans fin, et portait du matin au soir des chopes ou des petits verres aux deux joueurs infatigables.

Mais Gontran entraîna sa sœur :

« Viens dans le parc. C'est plus frais. »

Au bout de l'établissement, ils aperçurent soudain l'orchestre sous un kiosque chinois.

Un jeune homme blond, jouant du violon avec frénésie, gouvernait, au moyen de la tête, de ses cheveux agités en mesure, de tout son torse, ployé, redressé, balancé à gauche et à droite comme un bâton de chef d'orchestre, trois musiciens singuliers assis en face de lui. C'était le maestro Saint-Landri.

Lui et ses aides, un pianiste dont l'instrument, monté sur roulettes, était brouetté chaque matin du vestibule des bains au kiosque, un flûtiste énorme, qui avait l'air de sucer une allumette en la chatouillant de ses gros doigts bouffis, et une contrebasse d'aspect phtisique, produisaient avec beaucoup de fatigue cette imitation parfaite d'un mauvais orgue de Barbarie, qui avait surpris Christiane dans les rues du village.

Comme elle s'arrêtait à les contempler, un monsieur salua son frère.

« Bonjour, mon cher Comte.

— Bonjour, Docteur. »

Et Gontran présenta :

« Ma sœur, — Monsieur le docteur Honorat. »

Elle put à peine retenir sa gaîté, en face de ce troisième médecin.

Il salua et complimenta :

« J'espère que Madame n'est pas malade ?

— Si. Un peu. »

Il n'insista point et changea de conversation.

« Vous savez, mon cher Comte, que vous aurez tantôt un spectacle des plus intéressants à l'entrée du pays.

— Quoi donc, Docteur ?

— Le père Oriol va faire sauter son morne. Ah ! ça ne vous dit rien à vous, mais pour nous c'est un gros événement. »

Et il s'expliqua.

Le père Oriol, le plus riche paysan de toute la contrée — on lui connaissait plus de cinquante mille francs de revenu — possédait toutes les vignes au débouché d'Enval sur la plaine. Or, juste à la sortie du village, à l'écartement du vallon, s'élevait un petit mont, ou plutôt une grande butte, et sur cette butte étaient les meilleurs vignobles du père Oriol. Au milieu de l'un d'eux, contre la route, à deux pas du ruisseau s'élevait une pierre gigantesque, un morne qui gênait la culture et mettait à l'ombre toute une partie du champ qu'elle dominait.

Depuis dix ans le père Oriol annonçait chaque semaine qu'il allait faire sauter son morne ; mais il ne décidait jamais.

Chaque fois qu'un garçon du pays partait pour le service, le vieux lui disait : « Quand tu viendras en congé, apporte-moi de la poudre pour mon rô. »

Et tous les petits soldats rapportaient dans leur sac de la poudre volée pour le rô du père Oriol. Il en avait plein un bahut, de cette poudre ; et le morne ne sautait point.

Enfin, depuis une semaine, on le voyait creuser la pierre avec son fils, le grand Jacques, surnommé Colosse, qu'on prononçait en auvergnat « Coloche ». Ce matin même ils avaient empli de poudre le ventre vidé de l'énorme roche ; puis on avait bouché l'ouverture en laissant seulement passer la mèche, une mèche de fumeur achetée chez le marchand de tabac. On mettrait le feu à deux heures. Ça sauterait donc à deux heures cinq, ou deux heures dix minutes au plus tard, car le bout de mèche était fort long.

Christiane s'intéressait à cette histoire, amusée déjà à l'idée de cette explosion, retrouvant là un jeu d'enfant qui plaisait à son cœur simple.

Ils arrivaient au bout du parc.

« Où va-t-on plus loin ? » dit-elle.

Le docteur Honorat répondit :

« Au Bout du Monde, Madame ; c'est-à-dire dans une gorge sans issue et célèbre en Auvergne. C'est une des plus belles curiosités naturelles du pays. »

Mais une cloche sonna derrière eux. Gontran s'écria : « Tiens, déjà le déjeuner ! » Ils se retournèrent.

Un grand jeune homme venait à leur rencontre.

Gontran dit :

« Ma petite Christiane, je te présente M. Paul Brétigny. »

Puis à son ami :

« C'est ma sœur, mon cher. »

Elle le trouva laid. Il avait des cheveux noirs, ras et droits, des yeux trop ronds, d'une expression presque dure, la tête aussi toute ronde, très forte, une de ces têtes qui font penser à des boulets de canon, des épaules d'hercule, l'air un peu sauvage, lourd et brutal. Mais de sa jaquette, de son linge, de sa peau peut-être s'exhalait un parfum très subtil, très fin, que la jeune femme ne connaissait pas ; et elle se demanda : « Qu'est-ce donc que cette odeur-là ? »

Il lui dit :

« Vous êtes arrivée ce matin, Madame ? »

Sa voix était un peu sourde.

Elle répondit :

« Oui, Monsieur. »

Mais Gontran aperçut le marquis et Andermatt qui faisaient signe aux jeunes gens de venir déjeuner bien vite.

Et le docteur Honorat prit congé d'eux en leur demandant s'ils avaient l'intention réelle d'aller voir sauter le morne.

Christiane affirma qu'elle irait ; et se penchant au bras de son frère, elle murmura, en l'entraînant vers l'hôtel :

« J'ai une faim de loup. Je serai très honteuse de manger tant que ça devant ton ami. »

They're going to blow up nature.

II

Le déjeuner fut long comme sont les repas de table d'hôte. Christiane, qui ne connaissait pas tous ces visages, causait avec son père et avec son frère. Puis elle monta se reposer jusqu'au moment où devait sauter le morne.

Elle fut prête bien avant l'heure et força tout le monde à partir pour ne point manquer l'explosion.

A la sortie du village, au débouché du vallon, s'élevait en effet une haute butte, presque un mont, qu'ils gravirent sous un ardent soleil en suivant un petit sentier entre les vignes. Quand ils parvinrent au sommet, la jeune femme poussa un cri d'étonnement devant l'immense horizon déployé soudain sous ses yeux. En face d'elle s'étendait une plaine infinie qui donnait aussitôt à l'âme la sensation d'un océan. Elle s'en allait, voilée par une vapeur légère, une vapeur bleue et douce, cette plaine, jusqu'à des monts très lointains, à peine aperçus, à cinquante ou soixante kilomètres, peut-être. Et sous la brume transparente, si fine, qui flottait sur cette vaste étendue de pays, on distinguait des villes, des villages, des bois, les grands carrés jaunes des moissons mûres, les grands carrés

verts des herbages, des usines aux longues cheminées
rouges et des clochers noirs et pointus bâtis avec les
laves des anciens volcans.

« Retourne-toi », dit son frère. Elle se retourna. Et,
derrière elle, elle vit la montagne, l'énorme montagne
bosselée de cratères. C'était d'abord le fond d'Enval,
une large vague de verdure où on distinguait à peine
l'entaille cachée des gorges. Le flot d'arbres escaladait
la pente rapide jusqu'à la première crête qui empêchait de voir celles du dessus. Mais comme on se
trouvait tout juste sur la ligne de séparation des
plaines et de la montagne, celle-ci s'étendait à gauche,
vers Clermont-Ferrand, et s'éloignant, déroulait sur le
ciel bleu d'étranges sommets tronqués, pareils à des
pustules monstrueuses : les volcans éteints, les volcans
morts. Et là-bas, tout là-bas, entre deux cimes, on en
apercevait une autre, plus haute, plus lointaine encore,
ronde et majestueuse, et portant à son faîte quelque
chose de bizarre qui ressemblait à une ruine.

C'était le Puy de Dôme, le roi des monts auvergnats,
puissant et lourd, et gardant sur sa tête, comme une
couronne posée par le plus grand des peuples, les
restes d'un temple romain.

Christiane s'écria : « Oh ! que je serai heureuse ici. »
Et elle se sentait heureuse déjà, pénétrée par ce bien-
être qui envahit la chair et le cœur, vous fait respirer à
l'aise, vous rend alerte et léger quand on entre tout à
coup dans un pays qui caresse vos yeux, qui vous
charme et vous égaye, qui semblait vous attendre,
pour lequel vous vous sentez né.

On l'appelait : « Madame, Madame ! » Et elle aperçut plus loin le docteur Honorat, reconnaissable à son
grand chapeau. Il accourut et conduisit la famille vers

l'autre versant du coteau sur une pente de gazon, à côté d'un bosquet de petits arbres, où une trentaine de personnes attendaient déjà, étrangers et paysans mêlés.

Sous leurs pieds, la côte rapide descendait jusqu'à la route de Riom, ombragée par les saules abritant sa mince rivière ; et, au milieu d'une vigne au bord de ce ruisseau, s'élevait une roche pointue que deux hommes agenouillés à son pied semblaient prier. C'était le morne.

Les Oriol, père et fils, attachaient la mèche. Sur la route une foule curieuse regardait, précédée par une ligne plus basse et agitée de gamins.

Le docteur Honorat avait choisi une place commode pour Christiane, qui s'assit, le cœur battant, comme si elle allait voir sauter avec la roche toute cette population. Le marquis, Andermatt et Paul Brétigny se couchèrent sur l'herbe à côté de la jeune femme, tandis que Gontran restait debout. Il dit, d'un ton blagueur :

« Mon cher Docteur, vous êtes donc beaucoup moins pris que vos confrères qui n'ont certes pas une heure à perdre pour venir à cette petite fête ? »

Honorat répondit avec bonhomie :

« Je ne suis pas moins occupé ; seulement mes malades m'occupent moins... Et puis, j'aime mieux distraire mes clients que les droguer. »

Il avait un air sournois qui plaisait beaucoup à Gontran.

D'autres personnes arrivaient, des voisins de table d'hôte, les dames Paille, deux veuves, la mère et la fille, les Monécu père et fille, et un gros homme tout petit qui soufflait comme une chaudière crevée,

M. Aubry-Pasteur, ancien ingénieur des mines, qui
avait fait fortune en Russie.

Le marquis et lui s'étaient liés. Il s'assit à grand'
peine avec des mouvements préparatoires, circons-
pects et prudents, qui amusèrent beaucoup Christiane.
Gontran s'était éloigné pour voir les figures des autres
curieux venus, comme eux, sur la butte.

Paul Brétigny indiquait à Christiane Andermatt les
pays aperçus au loin. C'était Riom d'abord qui faisait
une tache rouge, une tache de tuiles dans la plaine ;
puis Ennezat, Maringues, Lezoux, une foule de villages à peine distincts, qui marquaient seulement d'un
petit trou sombre la nappe interrompue de verdure, et
là-bas, tout là-bas, au pied des montagnes du Forez, il
prétendit lui faire distinguer Thiers.

Il disait, s'animant :

« Tenez, tenez, devant mon doigt, juste devant mon
doigt. Je vois très bien, moi. »

Elle ne voyait rien, elle, mais elle ne s'étonna pas
qu'il vît, car il regardait comme les oiseaux de proie,
avec ses yeux ronds et fixes, qu'on sentait puissants
comme des lunettes marines.

Il reprit :

« L'Allier coule devant nous, au milieu de cette
plaine, mais il est impossible de l'apercevoir. Il est trop
loin, à trente kilomètres d'ici. »

Elle ne cherchait guère à découvrir ce qu'il indiquait, car elle attachait sur le morne tout son regard et
toute sa pensée. Elle se disait que, tout à l'heure, cette
grosse pierre n'existerait plus, qu'elle s'envolerait en
poudre, et elle se sentait prise d'une vague pitié pour la
pierre, d'une pitié de petite fille pour un joujou cassé.
Elle était là depuis si longtemps, cette pierre ; et puis

elle était jolie, elle faisait bien. Les deux hommes,
relevés à présent, entassaient des cailloux à son pied,
bêchant avec des mouvements rapides de paysans
pressés.

La foule de la route, sans cesse accrue, s'était
rapprochée pour voir. Les mioches touchaient les deux
travailleurs, couraient et remuaient autour d'eux
comme de jeunes bêtes en gaîté ; et de la place élevée
où se tenait Christiane, ces gens avaient l'air tout
petits, une foule d'insectes, une fourmilière en travail.
Le murmure des voix montait, tantôt léger, à peine
perceptible, tantôt plus vif, une rumeur confuse de cris
et de mouvements humains, mais émiettée dans l'air,
évaporée déjà, une sorte de poussière de bruit. Sur la
butte aussi la foule augmentait, arrivant sans cesse du
village, et couvrait la pente dominant le rocher
condamné.

On s'appelait, on se réunissait par hôtels, par
classes, par castes. Le plus bruyant des attroupements
était celui des acteurs et musiciens, présidé, gouverné
par leur directeur, Petrus Martel de l'Odéon, qui avait
abandonné, en cette circonstance, sa partie de billard
enragée.

Le front coiffé d'un panama, les épaules couvertes
d'une veste d'alpaga noir, qui laissait saillir en bosse
un large ventre blanc, car il jugeait le gilet inutile aux
champs, l'acteur moustachu prenait des airs de commandement, indiquait, expliquait et commentait tous
les mouvements des deux Oriol. Ses subordonnés, le
comique Lapalme, le jeune premier Petitnivelle et les
musiciens, le maestro Saint-Landri, le pianiste Javel.
l'énorme flûtiste Noirot, la contrebasse
l'entouraient et l'écoutaient. Devant eux, trois

étaient assises, abritées par trois ombrelles, une
blanche, une rouge et une bleue, qui formaient sous le
soleil de deux heures un étrange et éclatant drapeau
français. C'étaient Mlle Odelin, la jeune actrice, sa
mère, une mère de location disait Gontran, et la
caissière du café, société habituelle de ces dames.
L'arrangement de ces ombrelles aux couleurs natio-
nales était une invention de Petrus Martel qui, ayant
remarqué, au début de la saison, la bleue et la blanche
aux mains des dames Odelin, avait fait cadeau de la
rouge à sa caissière.

Tout près d'eux, un autre groupe attirait également
l'attention et le regard, celui des chefs et marmitons
des hôtels, au nombre de huit, car une lutte s'était
engagée entre les gargotiers qui avaient envestonné de
toile, pour impressionner les passants, jusqu'à leurs
laveurs de vaisselle. Tous debout, ils recevaient sur
leurs toques plates la lumière crue du jour, et présen-
taient, en même temps, l'aspect d'un état-major
bizarre de lanciers blancs et d'une délégation de
cuisiniers.

Le marquis demanda au docteur Honorat :

« D'où vient tout ce monde ? Je n'aurais jamais cru
Enval aussi peuplé !

— Oh ! On est venu de partout, de Châtel-Guyon,
de Tournoël, de La Roche-Pradière, de Saint-Hippo-
lyte. Car voilà longtemps qu'on parle de ça dans le
pays ; et puis le père Oriol est une célébrité, un
personnage considérable par son influence et par sa
fortune, un véritable Auvergnat d'ailleurs, resté paysan, travaillant lui-même, économe, entassant or sur
or, intelligent, plein d'idées et de projets pour ses
enfants. »

Gontran revenait, agité, l'œil brillant. Il dit, à mi-voix :

« Paul, Paul, viens donc avec moi, je vais te montrer deux jolies filles ; oh ! mais gentilles, tu sais ! »

L'autre leva la tête et répondit :

« Mon cher, je suis très bien ici, je ne bougerai pas.

— Tu as tort. Elles sont charmantes. »

Puis, élevant la voix :

« Mais le docteur va me dire qui c'est. Deux fillettes de dix-huit ou dix-neuf ans, des espèces de dames du pays, habillées drôlement, avec des robes de soie noire à manches collantes, des espèces de robes d'uniforme, des robes de couvent, deux brunes... »

Le docteur Honorat l'interrompit :

« Cela suffit. Ce sont les filles du père Oriol, deux belles gamines en effet, élevées chez les Dames noires de Clermont... et qui feront de beaux mariages... Ce sont deux types, mais là deux types de notre race, de la bonne race auvergnate ; car je suis Auvergnat, mon-sieur le Marquis ; et je vous montrerai ces deux enfants-là... »

Gontran lui coupa la parole et, sournois :

« Vous êtes le médecin de la famille Oriol, Doc-teur ? »

L'autre comprit la malice, et répondit un simple « Parbleu ! » plein de gaîté.

Le jeune homme reprit :

« Comment êtes-vous parvenu à gagner la confiance de ce riche client ?

— En lui ordonnant de boire beaucoup de bon vin. »

Et il raconta des détails sur les Oriol. Il était un peu leur parent d'ailleurs, et les connaissait de longtemps.

Le vieux, le père, un original, était très fier de son vin ; et il avait surtout une vigne dont le produit devait être absorbé par la famille, rien que par la famille et les invités. Dans certaines années, on arrivait à vider les fûts que donnait ce vignoble d'élite, mais dans certaines autres on y parvenait à grand'peine.

Vers le mois de mai ou de juin, quand le père voyait qu'il serait malaisé de boire tout ce qui restait encore, il se mettait à encourager son grand fils, Colosse, et il répétait : « Allons, fils, faut y parfaire. » Alors ils commençaient à se verser dans la gorge des litres de rouge, du matin au soir. Vingt fois, pendant chaque repas, le bonhomme disait d'un ton grave, en penchant le broc sur le verre de son garçon : « Faut y parfaire. » Et comme tout ce liquide chargé d'alcool lui échauffait le sang et l'empêchait de dormir, il se relevait la nuit, passait une culotte, allumait une lanterne, réveillait « Coloche » ; et ils s'en allaient au cellier, après avoir pris dans le buffet une croûte de pain qu'ils trempaient dans leur verre rempli coup sur coup à la barrique même. Puis, quand ils avaient bu à sentir le vin clapoter dans leurs ventres, le père tapotait le bois sonore du fût pour écouter si le niveau du liquide avait baissé.

Le marquis demanda :

« Ce sont eux qui travaillent autour du morne ?

— Oui, oui, parfaitement. »

Juste à cet instant, les deux hommes s'éloignèrent à grands pas de la roche chargée de poudre ; et toute la foule d'en bas qui les entourait, se mit à courir comme une armée en déroute. Elle fuyait vers Riom et vers Enval, laissant tout seul le gros rocher sur une petite butte de gazon ras et pierreux, car il coupait en deux la vigne ; et ses alentours immédiats n'étaient point encore défrichés.

La foule d'en haut, aussi nombreuse que l'autre maintenant, frémit d'aise et d'impatience ; et la voix forte de Petrus Martel annonça : « Attention ! la mèche est allumée. »

Christiane eut un grand frisson d'attente. Mais le docteur murmura dans son dos :

— « Oh ! s'ils ont laissé toute la mèche que je les ai vus acheter, nous en avons au moins pour dix minutes. »

Tous les yeux regardaient la pierre ; et soudain un chien, un petit chien noir, une sorte de roquet, s'en approcha. Il fit le tour, flaira et découvrit sans doute une odeur suspecte, car il commença à japper de toute sa force, les pattes roides, le poil du dos hérissé, la queue tendue, les oreilles droites.

Un rire courut dans le public, un rire cruel ; on espérait qu'il ne s'en irait pas à temps. Puis des voix l'appelèrent pour l'écarter ; des hommes sifflèrent ; on essaya de lui lancer des cailloux qui n'arrivèrent pas à mi-chemin. Mais le roquet ne bougeait plus et aboyait avec fureur contre le rocher.

Christiane se mit à trembler. Une peur atroce l'avait saisie de voir cette bête éventrée ; tout son plaisir était fini ; elle voulait s'en aller ; elle répétait, nerveuse, balbutiant, toute vibrante d'angoisse :

« Oh ! mon Dieu ! Oh ! mon Dieu ! il sera tué ! Je ne veux pas voir ! je ne veux pas ! je ne veux pas ! Allons-nous-en... »

Son voisin, Paul Brétigny, s'était levé, et, sans dire un mot, il se mit à descendre vers le morne de toute la vitesse de ses longues jambes.

Des cris d'épouvante jaillirent des bouches; un
remous de terreur agita la foule; et le roquet,
voyant arriver vers lui ce grand homme, se sauva
derrière le roc. Paul l'y poursuivit; le chien passa
encore de l'autre côté et, pendant une minute ou
deux, ils coururent autour de la pierre, allant et
revenant tantôt à droite, tantôt à gauche, comme
s'ils eussent joué une partie de cache-cache.

Voyant enfin qu'il n'atteindrait pas la bête, le
jeune homme se mit à remonter la pente, et le
chien, repris de fureur, recommença ses aboie-
ments.

Des vociférations de colère accueillirent le retour
de l'imprudent essoufflé, car les gens ne pardon-
nent point à ceux qui les ont fait trembler. Christiane suffoquait d'émotion, les deux mains
appuyées sur son cœur bondissant. Elle perdait tellement la tête qu'elle demanda : « Vous n'êtes pas
blessé, au moins », tandis que Gontran, furieux,
criait : « Il est fou, cet animal-là; il ne fait jamais
que des bêtises pareilles; je ne connais pas un
semblable idiot... »

Mais le sol oscilla, soulevé. Une détonation formidable secoua le pays entier, et, pendant près
d'une longue minute, tonna dans la montagne,
répétée par tous les échos comme autant de coups
de canon.

Christiane ne vit rien qu'un pluie de pierres
retombant et une haute colonne de terre menue
qui s'affaissait sur elle-même.

Et aussitôt, la foule d'en haut se précipita
comme une vague en poussant des clameurs
aiguës. Le bataillon des marmitons bondissait en

dégringolant la butte et laissait derrière lui le régiment des comédiens qui dévalait, Petrus Martel à leur tête.

Les trois ombrelles tricolores faillirent être emportées dans cette descente.

Et tous couraient, les hommes, les femmes, les paysans et les bourgeois. On en voyait tomber, se relever, repartir, tandis que sur la route les deux flots de public, refoulés tout à l'heure par la crainte, roulaient maintenant l'un vers l'autre pour se heurter et se mêler sur le lieu de l'explosion.

« Attendons un peu, dit le marquis, que toute cette curiosité soit apaisée, pour aller voir à notre tour. »

L'ingénieur, M. Aubry-Pasteur, qui venait de se relever avec une peine infinie, répondit :

« Moi, je m'en retourne au village par les sentiers. Je n'ai plus rien à faire ici. »

Il serra les mains, salua, et s'en alla.

Le docteur Honorat avait disparu. On parlait de lui. Le marquis disait à son fils :

« Tu le connais depuis trois jours et tu te moques tout le temps de lui, tu finiras par le blesser. »

Mais Gontran haussa les épaules :

« Oh ! c'est un sage, un bon sceptique, celui-là ! Je te réponds qu'il ne se fâchera pas. Quand nous sommes tous les deux seuls, il se moque de tout le monde et de tout, en commençant par ses malades et par ses eaux. Je t'offre une baignoire d'honneur si tu le vois jamais se fâcher de mes blagues. »

Cependant l'agitation était extrême en bas, sur l'emplacement du morne disparu. La foule, énorme, houleuse, se poussait, ondulait, criait, en proie certes à une émotion, à un étonnement inattendus.

Andermatt, toujours actif et curieux, répétait :

« Qu'ont-ils donc ? Mais qu'ont-ils donc ? »

Gontran annonça qu'il avait voir ; et il partit, tandis
que Christiane, indifférente maintenant, songeait qu'il
aurait suffi d'une mèche un peu plus courte pour que
son grand fou de voisin se fît tuer, se fît éventrer par
des éclats de pierre parce qu'elle avait eu peur pour la
vie d'un chien. Elle pensait qu'il devait être, en effet,
bien violent et passionné, cet homme, pour s'exposer
ainsi sans raison, dès qu'une femme inconnue expri-
mait un désir.

On voyait, sur la route, des gens courir vers le
village. Le marquis, à son tour, se demandait :
« Qu'est-ce qu'ils ont ? » Et Andermatt, n'y tenant
plus, se mit à descendre la côte.

Gontran, d'en bas, leur fit signe de venir.

Paul Brétigny demanda :

« Voulez-vous mon bras, Madame ? »

Elle prit ce bras qu'elle sentait aussi résistant que du
fer et, comme son pied glissait sur l'herbe chaude, elle
s'appuyait dessus ainsi qu'elle aurait fait sur une
rampe, avec une confiance absolue.

Gontran, venu à leur rencontre, criait :

« C'est une source. L'explosion a fait jaillir une
source ! »

Et ils entrèrent dans la foule. Alors les deux jeunes
gens, Paul et Gontran, passant devant, écartèrent les
curieux en les bousculant, et sans s'inquiéter des
grognements, ouvrirent une route à Christiane et à son
père.

Ils marchaient dans un chaos de pierres aiguës,
cassées, noires de poudre ; et ils arrivèrent devant un
trou plein d'eau boueuse qui bouillonnait et s'écoulait
vers la rivière, à travers les pieds des curieux. Ander-

matt était déjà là, ayant traversé le public par des procédés d'insinuation qui lui étaient particuliers, disait Gontran, et il regardait avec une attention profonde sourdre du sol et s'échapper cette eau.

Le docteur Honorat, debout, en face de lui, de l'autre côté du trou, la regardait aussi avec un air d'étonnement ennuyé. Andermatt lui dit :

« Il faudrait la goûter, elle est peut-être minérale. »

Le médecin répondit :

« Elle est certainement minérale. Elles sont toutes minérales ici. Il y aura bientôt plus de sources que de malades. »

L'autre reprit :

« Mais il est nécessaire de la goûter. »

Le médecin ne s'en souciait guère :

« Il faudrait au moins attendre qu'elle soit devenue propre. »

Et chacun voulait voir. Ceux du second rang poussaient les premiers jusque dans la boue. Un enfant y tomba, ce qui fit rire.

Les Oriol, père et fils, étaient là, contemplant avec gravité cette chose inattendue, et ne sachant pas encore ce qu'ils en devaient penser. Le père était sec, un grand corps maigre avec une tête osseuse, une tête grave de paysan sans barbe ; et le fils, plus haut encore, un géant, maigre aussi, portant la moustache, ressemblait en même temps à un troupier et à un vigneron.

Les bouillons de l'eau semblaient augmenter, son volume s'accroître, et elle commençait à s'éclaircir.

Un mouvement eut lieu dans le public, et le docteur Latonne parut, un verre à la main. Il suait, il soufflait, et il demeura atterré en apercevant son confrère, le docteur Honorat, un pied posé sur le bord de la source nouvelle comme un général entré le premier dans une place.

Il demanda, haletant :

« Vous l'avez goûtée ?

— Non. J'attends qu'elle soit propre. »

Alors le docteur Latonne y plongea son verre, et but avec cet air profond que prennent les experts pour déguster les vins. Puis il déclara : « Excellente ! » ce qui ne le compromettait pas, et, tendant le verre à son rival : « Voulez-vous ? »

Mais le docteur Honorat, décidément, n'aimait pas les eaux minérales, car il répondit en souriant :

« Merci ! Cela suffit bien que vous l'ayez appréciée. Je connais leur goût. »

Il connaissait leur goût, à toutes, et il l'appréciait aussi, mais d'une façon différente. Puis, se tournant vers le père Oriol :

« Ça ne vaut pas votre bon cru ! »

Le vieux fut flatté.

Christiane avait assez vu et voulut partir. Son frère et Paul lui frayèrent de nouveau un chemin à travers le peuple. Elle les suivait, appuyée sur le bras de son père. Tout à coup, elle glissa, faillit tomber, et regardant à ses pieds elle s'aperçut qu'elle avait marché sur un morceau de chair saignante, couverte de poils noirs et gluante de fange ; c'était une parcelle du roquet déchiqueté par l'explosion et piétiné par la foule.

Elle suffoqua, tellement émue qu'elle ne put retenir ses larmes. Et elle murmurait en s'essuyant les yeux avec son mouchoir : « Pauvre petite bête, pauvre petite bête ! » Elle ne voulait plus rien entendre, elle voulait rentrer, s'enfermer. Ce jour, si bien commencé, finissait mal pour elle. Était-ce un présage ? Son cœur, crispé, battait à grands coups.

Ils étaient maintenant seuls sur la route, et ils aperçurent, devant eux, un haut chapeau et deux basques de redingote s'agitant comme deux ailes noires. C'était le docteur Bonnefille, prévenu le dernier, et accourant, un verre à la main, comme le docteur Latonne.

Il s'arrêta en apercevant le marquis.

« Qu'est-ce que c'est, monsieur le Marquis ?... On m'a dit ?... une source ?... une source minérale ?...

— Oui, mon cher Docteur.

— Abondante ?

— Mais, oui.

— Est-ce que... est-ce que... ils sont là ? »

Gontran répondit avec gravité :

« Mais oui, certainement, le docteur Latonne a même déjà fait l'analyse. »

Alors le docteur Bonnefille se remit à courir, tandis que Christiane, un peu distraite et égayée par sa figure, disait :

« Eh bien, non, je ne rentre pas à l'hôtel, allons nous asseoir dans le parc. »

Andermatt était resté là-bas, à regarder couler l'eau.

III

La table d'hôte fut bruyante, ce soir-là, au Splendid Hotel. L'affaire du morne et de la source agitait la conversation. Les dîneurs n'étaient pas nombreux, cependant, une vingtaine en tout, des gens taciturnes d'ordinaire, paisibles, des malades qui, après avoir expérimenté en vain toutes les eaux connues, essayaient maintenant les stations nouvelles. Dans le bout occupé par les Ravenel et les Andermatt, c'étaient, d'abord, les Monécu, un petit homme tout blanc, avec sa fille, une grande fille toute pâle qui se levait quelquefois au milieu d'un repas et s'en allait, laissant à moitié pleine son assiette, le gros M. Aubry-Pasteur, l'ancien ingénieur, les Chaufour, un ménage en noir rencontré toute la journée dans les allées du parc derrière une petite voiture qui promenait leur enfant difforme, et les dames Paille, la mère et la fille, veuves toutes les deux, grandes, fortes de partout, du devant et du derrière : « Vous voyez bien, disait Gontran, qu'elles ont mangé leurs maris, ce qui leur a fait mal à l'estomac. »

C'était une maladie d'estomac qu'elles venaient soigner en effet.

Plus loin, un homme très rouge, couleur brique,
M. Riquier, qui digérait mal aussi, et puis d'autres
personnes incolores, de ces voyageurs muets qui
entrent à pas sourds, la femme devant, l'homme
derrière, dans la salle à manger des hôtels, saluent dès
la porte et gagnent leurs chaises avec un air timide et
modeste.

Tout l'autre bout de la table était vide, bien que les
assiettes et les couverts y fussent posés pour les
convives de l'avenir.

Andermatt parlait avec animation. Il avait passé
l'après-midi à causer avec le docteur Latonne, laissant
couler, avec les paroles, de grands projets sur Enval.

Le docteur lui avait énuméré, avec une conviction
ardente, les mérites surprenants de son eau, bien
supérieure à celle de Châtel-Guyon, dont la vogue
cependant s'était définitivement affirmée depuis deux
ans.

Donc on avait, à droite, ce trou de Royat en pleine
fortune, en plein triomphe, et à gauche, ce trou de
Châtel-Guyon tout à fait lancé depuis peu ! Que ne
ferait-on pas avec Enval, en sachant s'y prendre !

Il disait, s'adressant à l'ingénieur :

« Oui, Monsieur, tout est là, savoir s'y prendre.
Tout est affaire d'adresse, de tact, d'opportunisme et
d'audace. Pour créer une ville d'eaux il faut savoir la
lancer, rien de plus, et pour la lancer, il faut intéresser
dans l'affaire le grand corps médical de Paris. Moi,
Monsieur, je réussis toujours ce que j'entreprends,
parce que je cherche toujours le moyen pratique, le
seul qui doit déterminer le succès dans chaque cas
spécial dont je m'occupe ; et tant que je ne l'ai pas
trouvé, je ne fais rien, j'attends. Il ne suffit pas d'avoir

de l'eau, il faut la faire boire ; et pour la faire boire, il ne suffit pas de crier soi-même dans les journaux et ailleurs qu'elle est sans rivale ! Il faut savoir le faire dire discrètement par les seuls hommes qui aient de l'action sur le public buveur, sur le public malade dont nous avons besoin, sur le public particulièrement crédule qui paye les médicaments, par les médecins. Ne parlez au tribunal que par les avocats ; il n'entend qu'eux, il ne comprend qu'eux ; ne parlez au malade que par les médecins, il n'écoute qu'eux. »

Le marquis, qui admirait beaucoup le grand sens pratique et sûr de son gendre, s'écria :

« Ah ! voilà qui est vrai ! Vous, d'ailleurs, mon cher, vous êtes unique pour toucher juste. »

Andermatt, excité, reprit :

« Il y aurait une fortune à faire ici. Le pays est admirable, le climat excellent ; une seule chose m'inquiète : aurions-nous assez d'eau pour un grand établissement ? car les choses faites à moitié avortent toujours ! Il nous faudrait un grand établissement et, par conséquent, beaucoup d'eau, assez d'eau pour alimenter deux cents baignoires en même temps, avec un courant rapide et continu ; et la nouvelle source, jointe à l'ancienne, n'en alimenterait pas cinquante, quoi qu'en dise le docteur Latonne... »

M. Aubry-Pasteur l'interrompit :

« Oh ! pour de l'eau, je vous en donnerai autant que vous voudrez. »

Andermatt fut stupéfait :

« Vous ?

— Oui, moi. Cela vous étonne. Je m'explique. L'an dernier, vers la même époque, j'étais ici comme cette année ; car je me trouve très bien des bains d'Enval, moi. Or, un matin, je me reposais dans ma chambre, quand je vis arriver un gros monsieur. C'était le président du conseil d'administration de l'établissement. Il était fort troublé, voici pourquoi. La source Bonnefille baissait à tel point qu'on craignait tout à fait de la voir disparaître. Me sachant ingénieur des mines, il venait me demander si je ne pourrais trouver un moyen de sauver sa boutique.

» Je me mis donc à étudier le système géologique de la contrée. Vous savez que, dans chaque coin de pays, les bouleversements primitifs ont amené des perturbations différentes et des états divers du sol.

» Il s'agissait donc de découvrir d'où venait l'eau minérale, par quelles fissures, quelle était la direction de ces fissures, leur origine et leur nature.

» Je visitai d'abord avec grand soin l'établissement, et, apercevant dans un coin un vieux tuyau de baignoire hors de service, je remarquai qu'il était déjà presque obstrué par des calcaires. Donc l'eau, déposant les sels qu'elle contenait sur les parois des conduits, les bouchait en peu de temps. Il devait en arriver infailliblement autant dans les conduits naturels du sol, ce sol étant granitique. Donc la source Bonnefille était bouchée. Rien de plus.

» Il fallait la retrouver plus loin. Tout le monde l'aurait cherchée au-dessus de son point de sortie primitif. Moi, après un mois d'études, d'observations et de raisonnements, je la cherchai et je la retrouvai cinquante mètres plus bas. Et voici pourquoi.

» Je vous ai dit tout à l'heure qu'il fallait déterminer d'abord l'origine, la nature et la direction des fissures du granit qui amènent l'eau. Il me fut aisé de constater que ces fissures allaient de la plaine vers la montagne et non de la montagne vers la plaine, inclinées comme un toit, par suite assurément d'un affaissement de cette plaine qui avait entraîné avec elle dans son effondrement les premiers contreforts des monts. Donc l'eau, au lieu de descendre, remontait entre chaque interstice des couches granitiques. Et je découvris ainsi la cause de ce phénomène imprévu.

» Autrefois la Limagne, cette vaste étendue de terrains sablonneux et argileux dont on aperçoit à peine les limites, se trouvait au niveau du premier plateau des monts ; mais, par suite de la constitution géologique de ses dessous, elle s'abaissa, entraînant vers elle le bord de la montagne, comme je l'expliquais tout à l'heure. Or, ce tassement gigantesque produisit, juste au point de séparation des terres et du granit, un immense barrage d'argile d'une extrême profondeur et impénétrable aux liquides.

» Et il arrive ceci :

» L'eau minérale provient des foyers des anciens volcans. Celle qui arrive de fort loin se refroidit en route et surgit glacée comme les sources ordinaires ; celle qui vient des foyers plus proches jaillit encore chaude, à des degrés différents, suivant l'éloignement du fourneau. Mais voici la marche qu'elle suit. Elle descend à des profondeurs inconnues, jusqu'au moment où elle rencontre le barrage d'argile de la Limagne. Ne le pouvant traverser, et poussée par de grandes pressions, elle cherche une issue. Trouvant alors les fentes inclinées du granit, elle s'y engage et les remonte jusqu'au moment où elles arrivent à fleur du sol. Alors, reprenant sa direction première, elle se remet à couler vers la plaine dans le lit ordinaire des ruisseaux. J'ajoute que nous ne voyons pas la centième

partie des eaux minérales de ces vallons. Nous décou-
vrons seulement celles dont le point de sortie se trouve
à nu. Quant aux autres, parvenant au bord des fissures
granitiques sous une couche épaisse de terre végétale
et cultivée, elles se perdent dans ces terres qui les
absorbent.

» D'où je conclus : 1° Que, pour avoir de l'eau, il
suffit de chercher en suivant l'inclinaison et la direction des bandes de granit superposées.

» 2° Que, pour la conserver, il suffit d'empêcher les
fissures d'être bouchées par les dépôts de calcaires,
c'est-à-dire d'entretenir avec soin les petits puits
artificiels à creuser.

» 3° Que, pour voler la source du voisin, il faut la
prendre au moyen d'un sondage pratiqué jusqu'à la
même fissure du granit au-dessous de lui, et non pas
au-dessus, à la condition, bien entendu, de se placer en
deçà du barrage d'argile qui force les eaux à remonter.

» A ce point de vue, la source découverte aujour-
d'hui est admirablement située à quelques mètres
seulement de ce barrage. Si on voulait fonder un
nouvel établissement, c'est là qu'il le faudrait placer. »

Il y eut un silence quand il cessa de parler.

Andermatt, ravi, dit seulement :

» Ce que c'est ! quand on ouvre les coulisses, tout le
mystère s'évanouit. Vous êtes un homme précieux,
monsieur Aubry-Pasteur. »

Seuls, avec lui, le marquis et Paul Brétigny avaient
compris. Seul aussi Gontran n'avait rien écouté. Les
autres, oreilles et yeux ouverts sur la bouche de
l'ingénieur, demeuraient stupides d'étonnement. Les
dames Paille surtout, très dévotes, se demandaient si
cette explication d'un phénomène ordonné par Dieu et

accompli selon ses moyens mystérieux n'avait pas quelque chose d'irréligieux. La mère crut devoir dire : « La Providence est bien surprenante. » Des dames au milieu de la table approuvèrent d'un mouvement de tête, inquiètes aussi d'avoir entendu ces paroles incompréhensibles.

M. Riquier, l'homme couleur brique, déclara :

« Elles peuvent bien venir des volcans ou de la lune, ces eaux d'Enval, voilà dix jours que j'en prends et je n'en ressens encore aucun effet. »

M. et Mme Chaufour protestèrent au nom de leur enfant, qui commençait à remuer la jambe droite, ce qui n'était pas arrivé depuis six ans qu'on le soignait.

Riquier répliqua :

« Cela prouve que nous n'avons pas la même maladie, parbleu ; cela ne prouve pas que l'eau d'Enval guérisse les affections d'estomac. »

Il semblait furieux, exaspéré de ce nouvel essai inutile.

Mais M. Monécu prit aussi la parole au nom de sa fille et affirma que, depuis huit jours, elle commençait à tolérer les aliments sans être obligée de sortir à chaque repas.

Et sa grande fille rougit, le nez dans son assiette.

Les dames Paille également se trouvaient mieux.

Alors Riquier se fâcha, et se tournant brusquement vers les deux femmes :

« Vous avez mal à l'estomac, vous, Mesdames ? »

Elles répondirent ensemble :

« Mais, oui, Monsieur. Nous ne digérons rien. »

Il faillit s'élancer de sa chaise, en balbutiant :

« Vous... vous... Mais il suffit de vous regarder !

Vous avez mal à l'estomac, vous, Mesdames ? C'est-à-dire que vous mangez trop. »

Mme Paille, mère, devint furieuse et répliqua :

« Pour vous, Monsieur, ça n'est pas douteux, vous montrez bien le caractère des gens qui ont l'estomac perdu. On n'a pas tort de dire que les bons estomacs font les hommes aimables. »

Une vieille dame très maigre, dont personne ne savait le nom, dit avec autorité :

« Je crois que tout le monde se trouverait mieux des eaux d'Enval si le chef de l'hôtel se souvenait un peu qu'il fait la cuisine pour des malades. Vraiment, il nous donne des choses impossibles à digérer. »

Et, soudain, toute la table tomba d'accord. Ce fut une indignation contre l'hôtelier qui servait des langoustes, des charcuteries, de l'anguille tartare, des choux, oui, des choux et des saucisses, tous les aliments les plus indigestes du monde pour ces gens à qui les trois docteurs Bonnefille, Latonne et Honorat ordonnaient uniquement des viandes blanches, maigres et tendres, des légumes frais et des laitages.

Riquier frémissait de colère :

« Est-ce que les médecins ne devraient pas surveiller la table des stations thermales, sans laisser le choix si important des nourritures à l'appréciation d'une brute ? Ainsi, tous les jours on nous sert des œufs durs, des anchois et du jambon comme hors-d'œuvre... »

M. Monécu l'interrompit :

« Oh ! pardon, ma fille ne digère bien que le jambon qui lui a été ordonné d'ailleurs par Mas-Roussel et par Rémusot. »

Riquier cria :

« Le jambon! le jambon! mais c'est un poison, Monsieur. »

Et tout à coup la table se trouva divisée en deux clans, les uns tolérant et les autres ne tolérant pas le jambon.

Et une discussion interminable commença, reprise chaque jour, sur le classement des aliments.

Le lait lui-même fut discuté avec emportement, Riquier n'en pouvant boire un verre à bordeaux sans subir aussitôt une indigestion.

Aubry-Pasteur lui répondit, irrité à son tour qu'on contestât les qualités de choses qu'il adorait :

« Mais, sacristi, Monsieur, si vous êtes atteint de dyspepsie, et moi de gastralgie, nous exigerons des aliments aussi différents que les verres de lunettes nécessaires aux myopes et aux presbytes qui ont cependant, les uns et les autres, les yeux malades. »

Il ajouta :

« Moi j'étouffe quand j'ai bu un verre de vin rouge, et je crois qu'il n'y a rien de plus mauvais pour l'homme que le vin. Tous les buveurs d'eau vivent cent ans, tandis que nous... »

Gontran reprit en riant :

« Ma foi, sans le vin et sans... le mariage, je trouverais la vie assez monotone. »

Les dames Paille baissèrent les yeux. Elles buvaient abondamment du vin de Bordeaux supérieur, sans eau; et leur double veuvage semblait indiquer qu'elles avaient appliqué la même méthode pour leurs maris, la fille ayant vingt-deux ans, et la mère à peine quarante.

Mais Andermatt, si bavard ordinairement, restait taciturne et songeur. Il demanda tout à coup à Gontran :

« Savez-vous où demeurent les Oriol ?

— Oui, on m'a montré leur maison tout à l'heure.

— Pourrez-vous m'y conduire après dîner ?

— Certainement. Cela me fera même plaisir de vous accompagner. Je ne serai point fâché de revoir les deux fillettes. »

Et dès que le dîner fut terminé ils s'en allèrent, tandis que Christiane, fatiguée, le marquis et Paul Brétigny montaient au salon pour finir la soirée.

Il faisait encore grand jour, car on dîne tôt dans les stations thermales.

Andermatt prit le bras de son beau-frère.

« Mon cher Gontran, si ce vieux est raisonnable et si l'analyse donne ce qu'espère le docteur Latonne, je vais probablement tenter ici une grosse affaire : une Ville d'Eaux. Je veux lancer une Ville d'Eaux ! »

Il s'arrêta au milieu de la rue et, prenant son compagnon par les deux bords de sa jaquette :

« Ah ! vous ne comprenez pas, vous autres, comme c'est amusant, les affaires, non pas les affaires des marchands ou des commerçants, mais les grandes affaires, les nôtres ! Oui, mon cher, quand on les entend bien, cela résume tout ce qu'ont aimé les hommes, c'est en même temps la politique, la guerre, la diplomatie, tout, tout ! il faut toujours chercher, trouver, inventer, tout comprendre, tout prévoir, tout combiner, tout oser. Le grand combat, aujourd'hui, c'est avec l'argent qu'on le livre. Moi, je vois les pièces de cent sous comme de petits troupiers en culotte rouge, les pièces de vingt francs comme des lieutenants

l'argent

bien luisants, les billets de cent francs comme des capitaines, et ceux de mille comme des généraux. Et je me bats, sacrebleu ! je me bats du matin au soir contre tout le monde, avec tout le monde. Et c'est vivre, cela, c'est vivre largement, comme vivaient les puissants de jadis. Nous sommes les puissants d'aujourd'hui, voilà, les vrais, les seuls puissants ! Tenez, regardez ce village, ce pauvre village ! J'en ferai une ville, moi, une ville blanche, pleine de grands hôtels qui seront pleins de monde, avec des ascenseurs, des domestiques, des voitures, une foule de riches servie par une foule de pauvres ; et tout cela parce qu'il m'aura plu, un soir, de me battre avec Royat, qui est à droite, avec Châtel-Guyon, qui est à gauche, avec le Mont-Dore, La Bourboule, Châteauneuf, Saint-Nectaire, qui sont derrière nous, avec Vichy, qui est en face ! Et je réussirai, parce que je tiens le moyen, le seul moyen. Je l'ai vu tout d'un coup aussi clairement qu'un grand général voit le côté faible de l'ennemi. Il faut savoir aussi conduire les hommes, dans notre métier, et les entraîner comme les dompter. Cristi, c'est amusant de vivre quand on peut faire ces choses-là ! J'en ai maintenant pour trois ans de plaisir avec ma ville. Et puis, regardez cette chance de trouver cet ingénieur qui nous a dit des choses admirables au dîner, des choses admirables, mon cher. C'est clair comme le jour, son système. Grâce à lui, je ruine l'ancienne société sans avoir même besoin de l'acheter. »

Il s'était remis à marcher et ils montaient doucement la route de gauche vers Châtel-Guyon.

Gontran affirmait parfois : « Quand je passe auprès de mon beau-frère, j'entends très bien dans sa tête le même bruit que dans les salles de Monte-Carlo, ce bruit d'or remué, battu, traîné, raclé, perdu, gagné. »

Andermatt, en effet, éveillait l'idée d'une étrange machine humaine construite uniquement pour calculer, agiter, manipuler mentalement de l'argent. Il mettait d'ailleurs une grande coquetterie à son savoir-faire spécial, et se vantait de pouvoir évaluer au premier coup d'œil la valeur précise d'une chose quelconque. Aussi, le voyait-on, à tout instant, partout où il se trouvait, prendre un objet, l'examiner, le retourner et déclarer : « Ça vaut tant. » Sa femme et son beau-frère, égayés par cette manie, s'amusaient à le tromper, à lui présenter des meubles bizarres en le priant de les estimer ; et quand il demeurait perplexe, en face de leurs trouvailles invraisemblables, ils riaient tous deux comme des fous. Parfois aussi, dans la rue, à Paris, Gontran l'arrêtait devant un magasin, le forçait à apprécier la valeur d'une vitrine entière ou bien d'un cheval de fiacre boiteux, ou bien encore d'une voiture de déménagement avec tous les meubles qu'elle portait.

A table, un soir de grand dîner chez sa sœur, il somma William de lui dire à peu près ce que pouvait valoir l'obélisque ; puis, quand l'autre eut cité un chiffre quelconque, il posa la même question pour le pont Solférino et l'arc de triomphe de l'Étoile. Et il conclut avec gravité : « Vous feriez un travail très intéressant sur l'évaluation des principaux monuments du globe. »

Andermatt ne se fâchait jamais et se prêtait à toutes ses plaisanteries, en homme supérieur, sûr de lui.

Gontran ayant demandé un jour : « Et moi, combien est-ce que je vaux ? » William refusa de répondre,

puis, sur les instances de son beau-frère qui répétait :
« Voyons, si je devenais prisonnier des brigands,
qu'est-ce que vous donneriez pour me racheter ? » il
répondit enfin : « Eh bien !... eh bien !... je ferais un
billet, mon cher. » Et son sourire disait tant de choses
que l'autre, un peu vexé, n'insista plus.

Andermatt aimait d'ailleurs les bibelots d'art, car il
avait l'esprit très fin, les connaissait à merveille, et les
collectionnait habilement avec ce flair de limier qu'il
apportait à toutes les transactions commerciales.

Ils étaient arrivés devant une maison d'aspect
bourgeois. Gontran l'arrêta et lui dit : « C'est ici. »

Un marteau de fer pendait sur une lourde porte de
chêne ; ils frappèrent, et une maigre servante vint
ouvrir.

Le banquier demanda :

« Monsieur Oriol ? »

La femme dit :

« Entrez. »

Ils entrèrent dans une cuisine, une vaste cuisine de
ferme où brûlait encore un petit feu sous une mar-
mite ; puis on les fit passer dans une autre pièce où la
famille Oriol était réunie. Le père dormait, le dos sur
une chaise, les pieds sur une autre. Le fils, les deux
coudes sur la table, lisait *Le Petit Journal* avec une
attention violente d'esprit faible toujours échappé, et
les deux filles, dans l'embrasure de la fenêtre, travaillaient à la même tapisserie commencée par les deux
bouts.

Elles se dressèrent les premières, d'un seul mouvement, stupéfaites de cette visite imprévue ; puis le
grand Jacques leva la tête, une tête congestion
l'effort du cerveau ; puis enfin le père Oriol se

et rappela à lui, l'une après l'autre, ses longues jambes
étendues sur la seconde chaise.

La pièce était nue, peinte à la chaux, pavée, meublée
de sièges de paille, d'une commode d'acajou, de quatre
gravures d'Épinal sous verre et de grands rideaux
blancs.

Tout le monde se regardait, et la servante, la jupe
relevée jusqu'aux genoux, attendait sur la porte,
clouée là par la curiosité.

Andermatt se présenta, se nomma, nomma son
beau-frère le comte de Ravenel, s'inclina profondément devant les jeunes filles, avec un salut plongeon de
la plus extrême élégance, puis s'assit tranquillement en
ajoutant :

« Monsieur Oriol, je viens causer affaires avec vous.
Je n'irai pas d'ailleurs par quatre chemins pour
m'expliquer. Voici. Vous avez découvert tantôt une
source dans votre vigne. L'analyse de cette eau sera
faite dans quelques jours. Si elle ne vaut rien, je me
retire, bien entendu ; si, au contraire, elle donne ce que
j'espère, je vous propose d'acheter cette pièce de terre
et toutes celles qui l'entourent.

» Pensez à ceci. Personne autre que moi ne pourra
faire ce que je vous offre là, personne ! L'ancienne
Société touche à la faillite, elle n'aura donc pas l'idée
de bâtir un nouvel établissement, et l'insuccès de cette
entreprise n'encouragera pas de nouvelles tentatives.

» Ne me répondez rien aujourd'hui, consultez votre
famille. Quand l'analyse sera connue, vous me fixerez
votre prix. S'il me va, je dirai oui, s'il ne me va pas, je
dirai non, et je m'en irai. Je ne marchande jamais,
moi. »

Le paysan, homme d'affaires à sa manière, et fin

comme pas un, répondit avec politesse qu'il verrait, qu'il était honoré, qu'il réfléchirait, et il offrit un verre de vin.

Andermatt accepta, et comme le jour baissait, Oriol dit à ses filles, qui s'étaient remises à travailler, les yeux baissés sur l'ouvrage :

« Baillez de la lumière, pitiotes. »

Elles se levèrent toutes les deux ensemble, passèrent dans une pièce voisine, puis revinrent, l'une portant deux bougies allumées, l'autre quatre verres sans pied, des verres de pauvre. Les bougies étaient neuves, ornées de bobèches de papier rose, placées en ornement sans doute sur la cheminée des fillettes.

Alors Colosse se dressa ; car les mâles seuls allaient au cellier.

Andermatt eut une idée.

« Ça me ferait plaisir de voir votre cellier. Vous êtes le premier vigneron du pays, il doit être fort beau ! »

Oriol, touché au cœur, s'empressa de les conduire, et prenant un des flambeaux passa le premier. On retraversa la cuisine, puis on descendit dans une cour où un reste de clarté laissait deviner des tonnes vides debout, des meules de granit géantes roulées dans un coin, percées d'un trou au milieu, pareilles aux roues de quelque char antique et colossal, un pressoir démonté avec ses vis de bois, ses membres bruns vernis par l'usure et luisant soudain dans l'ombre sous un reflet de la lumière, puis des instruments de travail dont l'acier poli par la terre avait des éclats d'arme de guerre. Toutes ces choses s'éclairaient peu à peu à mesure que le vieux passait devant elles, portant d'une main sa bougie et faisant de l'autre un réflecteur.

On sentait déjà le vin, le raisin pilé, séché. Ils

arrivèrent devant une porte fermée par deux serrures. Oriol l'ouvrit, et élevant soudain au-dessus de sa tête le flambeau, montra vaguement une longue suite de barriques alignées et portant sur leur flanc ventru un second rang de fûts moins gros. Il fit voir d'abord que cette cave de plain-pied s'enfonçait dans la montagne, puis il expliqua les contenus des pièces, les âges, les récoltes, les mérites, puis, lorsqu'on fut arrivé devant le cru de la famille, il caressa de la main la futaille ainsi qu'on fait sur la croupe d'un cheval aimé, et d'une voix fière :

« Vous allez goûter chélui-là. Il n'y a pas un vin en bouteille qui le vaille, pas un, ni à Bordeaux ni ailleurs. »

Car il avait l'amour violent des campagnards pour le vin resté en pièce.

Colosse, qui suivait portant un broc, se pencha, tourna le robinet de la chantepleure, tandis que le père l'éclairait avec précaution comme s'il eût accompli un travail difficile et minutieux.

La bougie frappait en plein leurs visages, la tête de vieux procureur de l'aïeul et la tête de troupier paysan du fils.

Andermatt murmura à l'oreille de Gontran :

« Hein, quel beau Téniers. »

Le jeune homme répondit tout bas :

« J'aime mieux les filles. »

Puis on revint.

Il fallut alors boire ce vin, en boire beaucoup, pour plaire aux deux Oriol.

Les fillettes s'étaient rapprochées de la table et continuaient leur travail comme si personne n'eût été là. Gontran les regardait sans cesse, se demandant si

elles étaient jumelles, tant elles se ressemblaient.
Une pourtant était plus grasse, et plus petite, l'autre
plus distinguée. Leurs cheveux, châtains, non pas
noirs, collés en bandeaux sur les tempes, luisaient
aux légers mouvements de leurs têtes. Elles avaient
la mâchoire et le front un peu forts de la race
auvergnate, les pommettes un peu marquées, mais
la bouche charmante, l'œil ravissant, les sourcils
d'une netteté rare, et une fraîcheur de teint délicieuse. On sentait à les voir qu'elles n'avaient
point été élevées dans cette maison, mais dans une
pension élégante, dans le couvent où vont les demoi-
selles riches et nobles de l'Auvergne, et qu'elles
avaient recueilli là les manières discrètes des filles du
monde.

Cependant Gontran, pris de dégoût devant ce
verre rouge placé devant lui, poussait le pied
d'Andermatt pour le décider à partir. Il se leva enfin
et tous deux serrèrent avec énergie les mains des
deux paysans, puis ils saluèrent de nouveau, avec
cérémonie, les jeunes filles qui répondirent, sans se
lever cette fois, par un léger mouvement de tête.

Dès qu'ils furent dans la rue, Andermatt se remit
à parler.

« Hein, mon cher, quelle curieuse famille! Comme
elle est palpable ici, la transition du peuple au
monde! On avait besoin du fils pour cultiver la
vigne, afin d'économiser le salaire d'un homme —
stupide économie — n'importe, on l'a gardé; et il est
côté peuple. Quant aux filles, elles sont côté monde,
presque tout à fait déjà. Qu'elles fassent des
mariages propres, et elles seront aussi bien que
n'importe laquelle de nos femmes, et même beaucoup

mieux que la plupart. Je suis content de voir ces gens-
là autant qu'un géologue de trouver un animal de la
période tertiaire ! »

Gontran demanda :

« Laquelle préférez-vous ?

— Laquelle ? comment, laquelle ? Laquelle quoi ?...

— De ces fillettes ?

— Ah ! par exemple, je n'en sais rien ! Je ne les ai
pas regardées au point de vue de la comparaison. Mais
qu'est-ce que cela peut vous faire, vous n'avez pas
l'intention d'en enlever une ? »

Gontran se mit à rire :

« Oh ! non, mais je suis ravi de rencontrer pour une
fois des femmes fraîches, vraiment fraîches, fraîches
comme on ne l'est jamais chez nous. J'aime les
regarder comme vous aimez regarder un Téniers,
vous. Rien ne me plaît à voir autant qu'une jolie fille,
n'importe où, de n'importe quelle classe. Ce sont mes
bibelots, à moi. Je ne collectionne pas, mais j'admire,
j'admire passionnément, en artiste, mon cher, en
artiste convaincu et désintéressé ! Que voulez-vous,
j'aime ça ! A propos, vous ne pourriez pas me prêter
cinq mille francs ? »

L'autre s'arrêta et murmura un : « Encore ! » énergique.

Gontran répondit avec simplicité : « Toujours ! »
Puis ils se remirent à marcher.

Andermatt reprit :

« Que diable faites-vous de l'argent ?

— Je le dépense.

— Oui, mais vous le dépensez avec excès.

— Mon cher ami, j'aime autant dépenser l'argent
          aimez le gagner. Comprenez-vous ?

— Très bien, mais vous ne le gagnez point.

— C'est vrai. Je ne sais pas. On ne peut pas tout avoir. Vous savez le gagner, vous, et vous ne savez nullement le dépenser, par exemple. L'argent ne vous paraît propre qu'à vous procurer des intérêts. Moi, je ne sais pas le gagner, mais je sais admirablement le dépenser. Il me procure mille choses que vous ne connaissez que de nom. Nous étions faits pour devenir beaux-frères. Nous nous complétons admirablement. »

Andermatt murmura :

« Quel toqué ! Non, vous n'aurez pas cinq mille francs, mais je vous prêterai quinze cents francs... parce que... parce que j'aurai peut-être besoin de vous dans quelques jours. »

Gontran répliqua, très calme :

« Alors je les accepte comme acompte. »

L'autre lui tapa sur l'épaule sans répondre.

Ils arrivaient auprès du parc éclairé par des lampions pendus aux branches des arbres. L'orchestre du Casino jouait un air classique et lent, qui semblait boiteux, plein de trous et de silences, exécuté par les quatre mêmes artistes, exténués de jouer toujours, matin et soir, dans cette solitude, pour les feuilles et le ruisseau, de produire l'effet de vingt instruments, et las aussi de n'être guère payés à la fin du mois, Petrus Martel complétant toujours leur traitement avec des paniers de vin ou des litres de liqueurs que ne consommeraient jamais les baigneurs.

A travers le bruit du concert, on distinguait aussi celui du billard, le heurt de billes et les voix annonçant : « Vingt, vingt et un, vingt-deux. »

Andermatt et Gontran montèrent. Seuls, M. Aubry-

Pasteur et le docteur Honorat buvaient leur café à côté des musiciens. Petrus Martel et Lapalme jouaient leur partie acharnée ; et la caissière se réveilla pour demander :

« Qu'est-ce que désirent ces messieurs ? »

IV

Les deux Oriol avaient longtemps causé après que les petites s'étaient couchées. Émus et excités par la proposition d'Andermatt, ils cherchaient les moyens d'allumer davantage son désir, sans compromettre leurs intérêts. En paysans précis, pratiques, ils pesaient avec sagesse toutes les chances, comprenant fort bien que, dans un pays où les sources minérales jaillissent le long de tous les ruisseaux, il ne fallait pas repousser, par une demande exagérée, cet amateur inattendu, impossible à retrouver. Et cependant il ne fallait pas non plus lui laisser entièrement entre les mains cette source qui pouvait donner un jour un flot d'argent liquide, Royat et Châtel-Guyon leur servant d'enseignement.

Ils cherchaient donc par quels procédés ils pourraient enflammer jusqu'à la frénésie l'ardeur du banquier, ils imaginaient des combinaisons de sociétés fictives couvrant ses offres, une suite de ruses maladroites, qu'ils sentaient défectueuses sans parvenir à en inventer de plus habiles. Ils dormirent mal; puis, au matin, le père, s'étant réveillé le premier, se demanda si la source n'avait pas disparu dans la nuit.

C'était admissible, après tout, qu'elle fût partie comme
elle était venue, rentrée dans la terre, impossible à
reprendre. Il se leva, inquiet, saisi d'une peur d'avare,
secoua son fils, lui dit sa crainte ; et le grand Colosse,
tirant ses jambes de ses draps gris, s'habilla pour aller
voir avec le père.

En tout cas ils feraient la toilette du champ et de la
source elle-même, enlèveraient les pierres, la ren-
draient belle, propre, comme une bête qu'on veut
vendre.

Ils prirent donc leurs pioches et leurs pelles et se
mirent en route, côte à côte, de leur grand pas balancé.

Ils allaient sans rien regarder, l'esprit préoccupé de
leurs affaires, répondant par un seul mot au bonjour
des voisins et des amis qu'ils rencontraient. Lorsqu'ils
furent sur la route de Riom, ils commencèrent à
s'émouvoir, regardant au loin s'ils apercevaient l'eau
bouillonnant et luisant sous le soleil du matin. La
route était vide, blanche et poudreuse, frôlée par la
rivière qu'abritaient des saules. Sous l'un d'eux, tout à
coup, Oriol aperçut deux pieds, puis, ayant fait trois
pas de plus, il reconnut le père Clovis assis au bord du
chemin, ses béquilles posées sur l'herbe, à ses côtés.

C'était un vieux paralytique, célèbre dans tout le
pays, où il rôdait depuis dix ans d'une façon pénible et
lente, sur ses jambes de chêne, comme il disait, pareil à
un pauvre de Callot. Ancien braconnier de bois et de
ruisseaux, souvent saisi et condamné, il avait pris des
douleurs à ses longs affûts couchés sur l'herbe humide
et à ses pêches nocturnes dans les rivières, qu'il
parcourait avec de l'eau jusqu'à mi-corps. Maintenant
il geignait et déambulait à la manière d'un crabe qui
aurait perdu ses pattes. Il allait, traînant par terre la

jambe droite comme une loque, et la gauche relevée, pliée en deux. Mais les garçons du pays, qui couraient, à la brune, après les filles ou après les lièvres, affirmaient qu'on rencontrait le père Clovis, rapide comme un cerf et souple comme une couleuvre, sous les buissons et dans les clairières, et que ses rhumatismes n'étaient en somme que de la « farce à gendarmes ». Colosse surtout s'entêtait à soutenir qu'il l'avait vu, non pas une fois, mais cinquante, tendre des collets, ses béquilles sous le bras.

Et le vieil Oriol s'arrêta en face du vieux vagabond, l'esprit frappé par une idée encore confuse, car les conceptions étaient lentes dans sa tête carrée d'Auvergnat.

Il lui dit bonjour ; l'autre répondit bonjour. Puis ils parlèrent du temps, de la vigne fleurie, de deux ou trois choses encore ; mais comme Colosse avait pris de l'avance, son père le rejoignit à grands pas.

Leur source coulait toujours, claire maintenant, et tout le fond du trou était rouge, d'un beau rouge foncé, venu d'un abondant dépôt de fer.

Les deux hommes se regardèrent souriants, puis ils se mirent à nettoyer les alentours, à enlever les pierres, dont ils firent un tas. Et ayant trouvé les derniers débris du chien mort, ils les enterrèrent en plaisantant. Mais soudain le vieil Oriol laissa tomber sa bêche. Un pli malin de joie et de triomphe rida les coins de sa lèvre plate et les bords de son œil sournois ; et il dit au fils : « Viens-t'en, pour voir. » L'autre obéit ; ils regagnèrent la route et revinrent sur leurs pas. Le père Clovis chauffait toujours au soleil ses membres et ses béquilles.

Oriol, s'arrêtant en face de lui, demanda :

« Veux-tu gagner une pièche de chent francs ? »

L'autre, prudent, ne répondit rien.

Le paysan reprit :

« Hein ! chent francs ? »

Alors le vagabond se décida et murmura :

« Fouchtra, quo sé damando pas ! »

— Eh bien ! mon païré, vlà ché qui faut faire. »

Et il lui expliqua longuement, avec des malices, des sous-entendus et des répétitions sans nombre, que s'il consentait à prendre un bain d'une heure, tous les jours, de dix à onze, dans un trou qu'ils creuseraient, Colosse et lui, à côté de sa source, et à être guéri au bout d'un mois, ils lui donneraient cent francs en écus d'argent.

Le paralytique écoutait d'un air stupide, puis il dit :

« Pichque tous les drougures n'ont pas pu me guori, ch'est pas votre eau qui l' pourra. »

Mais Colosse se fâcha tout à coup.

« Allons, vieux farcheur, tu chais, j' la connais ta maladie, moi, on ne me la conte pas. Qué que tu faisais, lundi dernier, dans l' bois de Comberombe, à onze heures de nuit ? »

Le vieux répondit vivement :

« Ché pas vrai. »

Mais Colosse s'animant :

« Ché pas vrai bougrrre que t'as chauté par-dechus le foché à Jean Mannezat et que t'es parti par le creux Poulin ? »

L'autre répéta avec énergie :

« Ché pas vrai ! »

— Ché pas vrai que je t'ai crié : « Ohé, Cloviche, les gendarmes », et que t'as tourné par la chente du Moulinet ?

— Ché pas vrai. »

Le grand Jacques, furieux, presque menaçant, criait :

« Ah ! ché pas vrai ! Eh bien, vieux trois pattes, écoute : quand je t'y verrai, moi, au bois, la nuit, ou bien à l'eau, je te pincherai, t'entends bien, vu qu' j'ai encore d' pu longues jambes, et j' t'attache à quéque arbre jusqu'au matin, où nous allons te r'prendre, tout le village enchemble... »

Le père Oriol arrêta son fils, puis très doux :

« Écoute, Cloviche, tu peux bien échayer la chose ! Nous te faijons un bain, Coloche et moi ; t'y viens chaque jour, un mois durant. Pour cha, j' te donne, non point chent, mais deux chents francs. Et puis, écoute, si t'es guori, l' mois fini, che ch'ra chinq chents d' plus. T'entends bien, chinq chents, en écus d'argent, plus deux chents, ça fait chept chents.

» Donc, deux chents pour le bain un mois durant, plus chinq chents pour la guérison. Et puis écoute : des douleurs cha r'vient. Si cha t' reprend à l'automne, nous sommes pour rien, l'eau aura pas moins fait chon effet. »

Le vieux répondit avec calme :

« Dans che cas-là j' veux ben. Chi cha n' réuchit pas, on l' verra toujours. »

Et les trois hommes se serrèrent la main pour sceller le marché conclu. Puis les deux Oriol retournèrent à leur source afin de creuser le bain du père Clovis.

Ils y travaillaient depuis un quart d'heure, quand ils entendirent des voix sur la route.

C'était Andermatt et le docteur Latonne. Les deux paysans clignèrent de l'œil et cessèrent de creuser la terre.

Le banquier vint à eux, leur serra les mains ; puis tous les quatre se mirent à regarder l'eau, sans dire un mot.

Elle remuait comme celle qui s'agite sur un grand feu, jetait ses bouillons et ses gaz, puis s'écoulait vers le ruisseau par une mince rigole qu'elle avait déjà dessinée. Oriol, un sourire d'orgueil sur les lèvres, dit tout à coup :

« Hein ! y en a, du fer ? »

Tout le fond était déjà rouge en effet, et même les petits cailloux qu'elle baignait en s'écoulant semblaient couverts d'une sorte de moisissure pourpre.

Le docteur Latonne répondit :

« Oui, mais ça ne dit rien, ce sont ses autres qualités qu'il faut connaître. »

Le paysan reprit :

« D'abord, Coloche et moi, nous en avons bu chacun un verre hier au choir, et cha nous a déjà tenu le corps fraîche. Pas vrai, fils ? »

Le grand gars répondit avec conviction :

« Pour chûr que cha nous a tenu le corps fraîche. »

Andermatt demeurait immobile, les pieds sur le bord du trou. Il se tourna vers le médecin.

« Il nous faudrait à peu près six fois ce volume d'eau pour ce que je voudrais faire, n'est-ce pas ?

— Oui, à peu près.

— Pensez-vous qu'on les trouverait ?

— Oh ! moi, je n'en sais rien.

— Voilà ! L'achat des terrains ne pourrait s'effectuer d'une façon définitive qu'après les sondages. Il faudrait d'abord une promesse de vente notariée, une fois l'analyse connue, mais ne devant avoir son effet que si les sondages consécutifs donnent les résultats espérés. »

Le père Oriol devint inquiet. Il ne comprenait pas. Andermatt alors lui expliqua l'insuffisance d'une seule source et lui démontra qu'il ne pourrait acheter réellement que s'il en trouvait d'autres. Mais il ne les pourrait chercher, ces autres sources, qu'après la signature d'une promesse de vente.

Les deux paysans parurent aussitôt convaincus que leurs champs contenaient autant de sources que de pieds de vignes. Il suffisait de creuser, on verrait, on verrait.

Andermatt dit simplement :

« Oui, on verra. »

Mais le père Oriol trempa sa main dans l'eau et déclara :

« Fouchtra, elle est chaude à cuire un œuf, bien plus chaude que chelle à Bonnefille. »

Latonne à son tour y mouilla son doigt et reconnut que c'était possible.

Le paysan continua :

« Et puis elle a plus de goût et du meilleur goût ; elle ne chent pas faux, comme l'autre. Oh ! chelle-là, moi, j'en réponds, qu'elle est bonne ! J' les connais, les eaux du pays, depuis chinquante ans que j' les r'garde couler. J'en ai jamais vu d' plus belle, jamais, jamais ! »

Il se tut quelques secondes et reprit :

« Ché n'est pas pour faire l'article que j' dis cha ! pour chûr non. J' voudrais faire l'épreuve d'vant vous, la vraie épreuve, pas votre épreuve de pharmachien, mais l'épreuve sur un mala' parie qu'elle guérirait un paralytique, chelle-là, tant qu'elle est chaude et bonne de goût, je l' parie ! »

Il parut chercher dans sa tête, puis regarder au sommet des monts voisins s'il ne découvrirait pas le paralytique désiré. Ne l'ayant point découvert, il abaissa ses yeux sur la route.

A deux cents mètres de là, on distinguait, au bord du chemin, les deux jambes inertes du vagabond dont le corps était caché par le tronc du saule.

Oriol mit sa main en abat-jour sur son front et demanda à son fils :

« Ch'est pas l' païrè Cloviche qu'est encore là ? »

Colosse répondit en riant :

« Oui, oui. Ch'est lui, il n' s'en va pas chi vite qu'un lièvre. »

Alors Oriol fit un pas vers Andermatt, et avec une conviction grave et profonde :

« T'nez, Monchieu, écoutez-moi. En v'là un là-bas, de paralytique, que monchieu le Docteur connaît bien, mais un vrai, qu'on n'a pas vu faire un pas d'puis diche ans. Dites-le, monchieu l' Docteur ? »

Latonne affirma :

« Oh ! celui-là, si vous le guérissez, je paie votre eau un franc le verre. »

Puis, se tournant vers Andermatt :

« C'est un vieux goutteux rhumatisant atteint d'une sorte de contracture spasmodique de la jambe gauche et d'une paralysie complète de la droite ; enfin, je crois, un incurable. »

Oriol l'avait laissé dire ; il reprit lentement :

« Eh bien, monchieu l' Docteur, voulez-vous faire l'épreuve chur lui, un mois durant ? Je ne dis pas que cha réuchira, je n' dis rien, je demande cheulement à faire l'épreuve. Tenez, Coloche et moi, nous allions creuser un trou pour les pierres, eh 'bien, nous ferons un trou pour Cloviche; il y pachera une heure chaque matin; et puis nous verrons, là, nous verrons !... »

Le médecin murmura :

« Vous pouvez essayer. Je réponds bien que vous ne réussirez pas. »

Mais Andermatt, séduit par l'espérance d'une guérison presque miraculeuse, accueillit avec joie l'idée du paysan; et ils retournèrent tous les quatre auprès du vagabond toujours immobile au soleil.

Le vieux braconnier, comprenant la ruse, feignit de refuser, résista longtemps, puis se laissa convaincre, à la condition qu'Andermatt lui donnerait deux francs par jour pour l'heure qu'il passerait dans l'eau.

Et l'affaire fut conclue ainsi. Il fut même décidé qu'aussitôt le trou creusé, le père Clovis prendrait son bain ce jour-là même. Andermatt lui fournirait des vêtements pour s'habiller ensuite, et les deux Oriol lui apporteraient une ancienne hutte de berger remisée dans leur cour, où l'infirme s'enfermerait afin de changer de hardes.

Puis le banquier et le médecin retournèrent au village. Ils se séparèrent à l'entrée, celui-ci rentrant chez lui pour ses consultations, et celui-là allant attendre sa femme qui devait venir à l'établissement vers neuf heures et demie.

Elle apparut presque aussitôt. En toilette rose, des pieds à la tête, chapeau rose, ombrelle rose et visage rose, elle avait l'air d'une aurore, et elle descendait le roidillon de l'hôtel, pour éviter le détour du che-

min, avec un sautillement d'oiseau qui va de pierre en
pierre, sans ouvrir les ailes. Elle cria, dès qu'elle
aperçut son mari :

« Oh ! le joli pays, je suis tout à fait contente ! »

Les quelques baigneurs errant tristement dans le
petit parc silencieux se retournèrent à son passage, et
Petrus Martel qui fumait sa pipe, en manches de
chemise à la fenêtre du billard, appela son compère
Lapalme, assis dans un coin devant un verre de vin
blanc, en disant avec un claquement de langue :

« Bigre, voilà du nanan. »

 Christiane pénétra dans l'établissement, salua d'un
sourire le caissier assis à gauche de l'entrée, et d'un
bonjour l'ancien geôlier assis à droite ; puis, tendant
un billet à une baigneuse vêtue comme celle de la
buvette, elle la suivit dans un corridor où donnaient les
portes des salles de bains.

On la fit entrer dans l'une d'elles, assez vaste, aux
murs nus, meublée d'une chaise, d'une glace et d'un
chausse-pied, tandis qu'un grand trou ovale, enduit de
ciment jaune comme le sol, servait de baignoire.

La femme tourna une clef pareille à celles qui font
couler les ruisseaux des rues, et l'eau jaillit par une
petite ouverture ronde et grillée au fond de cette cuve,
qui fut bientôt remplie jusqu'aux bords, et qui déver-
sait son trop-plein par une rigole s'enfonçant dans le
mur.

Christiane, qui avait laissé sa femme de chambre à
l'hôtel, refusa, pour se dévêtir, les soins de l'Auvergnate et resta seule, disant qu'elle sonnerait, si elle
avait besoin de quelque chose, et pour son linge.

Et elle se déshabilla lentement, en regardant le
⸻ᵑue invisible mouvement de cette onde remuée

l'eau → très sensuel

dans ce bassin clair. Lorsqu'elle fut nue, elle trempa
son pied dedans et une bonne sensation chaude monta
jusqu'à sa gorge : puis elle enfonça dans l'eau tiède une
jambe d'abord, l'autre ensuite, et s'assit dans cette
chaleur, dans cette douceur, dans ce bain transparent,
dans cette source qui coulait sur elle, autour d'elle,
couvrant son corps de petites bulles de gaz, tout le long
des jambes, tout le long des bras, et sur les seins aussi.
Elle regardait avec surprise ces innombrables et si
fines gouttes d'air qui l'habillaient des pieds à la tête
d'une cuirasse entière de perles menues. Et ces perles,
si petites, s'envolaient sans cesse de sa chair blanche,
et venaient s'évaporer à la surface du bain, chassées
par d'autres qui naissaient sur elle. Elles naissaient sur
sa peau comme des fruits légers, insaisissables et
charmants, les fruits de ce corps mignon, rose et frais,
qui faisait pousser dans l'eau des perles.

Et Christiane se sentait si bien là-dedans, si doucement, si mollement, si délicieusement caressée,
étreinte par l'onde agitée, l'onde vivante, l'onde animée de la source qui jaillissait au fond du bassin, sous
ses jambes, et s'enfuyait par le petit trou dans le rebord
de sa baignoire, qu'elle aurait voulu rester là toujours,
sans remuer, presque sans songer. La sensation d'un
bonheur calme, fait de repos et de bien-être, de
tranquille pensée, de santé, de joie discrète et de gaîté
silencieuse, entrait en elle avec la chaleur exquise de ce
bain. Et son esprit rêvait, vaguement bercé par le
glouglou du trop-plein qui s'écoulait, il rêvait à ce
qu'elle ferait tantôt, à ce qu'elle ferait demain, à des
promenades, à son père, à son mari, à son frère et à ce
grand garçon qui la gênait un peu depuis l'aventure du
chien. Elle n'aimait pas les gens violents.

douce

Aucun désir n'agitait son âme, calme comme son cœur dans cette eau tiède, aucun désir, sauf cette confuse espérance d'un enfant, aucun désir d'une vie autre, d'émotion ou de passion. Elle se sentait bien, heureuse et contente.

Elle eut peur; on ouvrait sa porte : c'était l'Auvergnate apportant le linge. Les vingt minutes étaient passées; il fallait déjà s'habiller. Ce fut presque un chagrin, presque un malheur que ce réveil; elle avait envie de prier la femme de la laisser encore quelques minutes, puis elle réfléchit que tous les jours elle retrouverait cette joie, et elle sortit de l'eau avec regret pour se rouler dans un peignoir chaud, qui la brûlait un peu.

Comme elle s'en allait, le docteur Bonnefille ouvrit la porte de son cabinet de consultation et la pria d'entrer, en la saluant avec cérémonie. Il s'informa de sa santé, lui tâta le pouls, regarda sa langue, prit des nouvelles de son appétit et de sa digestion, l'interrogea sur son sommeil, puis la reconduisit jusqu'à l'entrée de l'appartement en répétant :

« Allons, allons, ça va bien, ça va bien. Mes respects, s'il vous plaît, à monsieur votre père, un des hommes les plus distingués que j'aie rencontrés dans ma carrière. »

Elle sortit enfin, ennuyée déjà de cette obsession, et devant la porte elle aperçut le marquis qui causait avec Andermatt, Gontran et Paul Brétigny.

Son mari, dans la tête de qui toute idée nouvelle bourdonnait sans repos, comme une mouche dans une bouteille, racontait l'histoire du paralytique, et voulait retourner voir si le vagabond prenait son bain.

On y alla, pour lui plaire.

Mais Christiane, tout doucement, retint son frère en arrière, et, lorsqu'ils furent un peu loin des autres :

« Dis donc, je voulais te parler de ton ami ; il ne me plaît pas beaucoup, à moi. Explique-moi au juste ce qu'il est. »

Et Gontran, qui connaissait Paul depuis plusieurs années, raconta cette nature passionnée, brutale, sincère et bonne, par élans.

C'était, disait-il, un garçon intelligent, dont l'âme brusque se jetait dans les idées avec impétuosité. Cédant à toutes ses impulsions, ne sachant ni se maîtriser, ni se diriger, ni combattre une sensation par un raisonnement, ni gouverner sa vie avec une méthode faite de convictions méditées, il obéissait à ses entraînements, excellents ou détestables, dès qu'un désir, dès qu'une pensée, dès qu'une émotion quelconque troublait sa nature exaltée.

Il s'était battu déjà sept fois en duel, aussi prompt à insulter les gens qu'à devenir ensuite leur ami ; il avait eu des furies d'amour pour des femmes de toutes classes, adorées avec un égal emportement, depuis l'ouvrière cueillie au seuil de son magasin, jusqu'à l'actrice enlevée, oui enlevée, le soir d'une première représentation, comme elle posait le pied dans son coupé pour rentrer chez elle, et emportée par lui, dans ses bras, au milieu des passants stupéfaits, et jetée dans une voiture qui disparaissait au galop sans qu'on pût la suivre ou la rattraper.

Et Gontran conclut : « Voilà. C'est un bon garçon, mais un fou ; très riche d'ailleurs, et capable de tout, de tout, de tout quand il perd la tête. »

Christiane reprit :

« Quel singulier parfum il a, ça sent très bon. Qu'est-ce que c'est ? »

Gontran répondit :

« Je n'en sais rien, il ne veut pas le dire ; je crois que ça vient de Russie. C'est l'actrice, son actrice, celle dont je le guéris en ce moment, qui lui a donné cela. Oui, ça sent très bon en effet. »

On apercevait sur la route un attroupement de baigneurs et de paysans, car on avait coutume, chaque matin avant le déjeuner, de faire un tour sur ce chemin.

Christiane et Gontran rejoignirent le marquis, Andermatt et Paul, et ils virent bientôt, à la place où la veille encore s'élevait le morne, une tête humaine, bizarre, coiffée d'une loque de feutre gris, couverte d'une grande barbe blanche, et qui sortait de terre, une sorte de tête de décapité qu'on aurait cru poussée là, comme une plante. Autour d'elle, des vignerons stupéfaits regardaient, impassibles, les Auvergnats n'étant point moqueurs, tandis que trois gros messieurs, clients des hôtels de second ordre, riaient et plaisantaient.

Oriol et son fils, debout, contemplaient le vagabond qui trempait dans son trou, assis sur une pierre, avec de l'eau jusqu'au menton. On eût dit un supplicié d'autrefois, condamné pour quelque crime étrange de sorcellerie ; et il n'avait point lâché ses béquilles baignées à côté de lui.

Andermatt, ravi, répétait :

« Bravo, bravo ! voilà un exemple que devraient suivre tous les gens du pays qui souffrent de douleurs. »

Et, se penchant sur le bonhomme, il lui cria comme s'il eût été sourd :

« Êtes-vous bien ? »

L'autre, qui semblait abruti complètement par cette eau brûlante, répondit :

« Il me chemble que je fonds. Bougrre, qu'elle est chaude ! »

Mais le père Oriol déclara :

« Plus qu'elle est chaude, plus que t'iras bien. »

Une voix dit, derrière le marquis :

« Qu'est-ce que c'est que cela ? »

Et M. Aubry-Pasteur, soufflant toujours, s'arrêta, au retour de sa promenade quotidienne.

Alors Andermatt expliqua son projet de guérison.

Mais le vieux répétait :

« Bougrre, qu'elle est chaude ! »

Et il voulait sortir, demandant de l'aide pour le tirer de là.

Le banquier finit par le calmer en lui promettant vingt sous de plus par bain.

On faisait cercle autour du trou où flottaient les haillons grisâtres dont était couvert ce vieux corps.

Une voix dit :

« Quel pot-au-feu ! Je n'y tremperais pas une soupe. »

Un autre reprit :

« La viande non plus ne m'irait guère. »

Mais le marquis remarqua que les bulles d'acide carbonique semblaient plus nombreuses, plus grosses et plus vives, dans cette nouvelle source que dans celle des bains.

Les loques du vagabond en étaient couvertes, et ces bulles montaient à la surface en telle abondance que l'eau paraissait traversée par des chaînettes innombrables, par des chapelets infinis de tout petits diamants ronds, le grand soleil du plein ciel les rendant claires comme des brillants.

Alors, Aubry-Pasteur se mit à rire :

« Parbleu, dit-il, écoutez ce qu'on fait à l'établissement. Vous savez qu'on prend une source comme un oiseau, dans une sorte de piège, ou plutôt dans une cloche. C'est ce qu'on appelle la capter. Or, l'an dernier, voici ce qui arriva à la source alimentant les bains. L'acide carbonique, plus léger que l'eau, s'emmagasinait au sommet de la cloche, puis, lorsqu'il s'y amassait en trop grande quantité, il se trouvait refoulé dans les conduits, remontait en abondance dans les baignoires, emplissait les cabines et asphyxiait les malades. On a eu trois accidents en deux mois. Alors on me consulta de nouveau, et j'inventai un appareil très simple, formé de deux tuyaux, qui amenaient séparément le liquide et le gaz de la cloche, pour les mélanger à nouveau immédiatement sous le bain, et reconstituer ainsi l'eau à son état normal en évitant l'excès dangereux d'acide carbonique. Mais mon appareil aurait coûté un millier de francs ! Alors savez-vous ce qu'a fait le geôlier ? Je vous le donne en mille. Un trou dans la cloche pour se débarrasser du gaz, qui s'envola, bien entendu. De sorte qu'on vous vend des bains acidulés sans acide, ou du moins avec si peu d'acide que ça ne vaut plus grand'chose. Tandis qu'ici, regardez. »

Tout le monde était indigné ! On ne riait plus, et on contemplait avec envie le paralytique. Chaque baigneur aurait volontiers saisi une pioche pour se creuser un trou à côté de celui du vagabond.

Mais Andermatt prit par le bras l'ingénieur et ils s'éloignèrent en causant. De temps en temps Aubry-Pasteur s'arrêtait, semblait tracer une ligne avec sa canne, indiquait des points ; et le banquier écrivait des notes sur un calepin.

Christiane et Paul Brétigny s'étaient mis à parler. Il lui racontait son voyage en Auvergne, ce qu'il avait vu, et senti. Il aimait la campagne avec ses instincts ardents où transperçait toujours de l'animalité. Il l'aimait en sensuel qu'elle émeut, dont elle fait vibrer les nerfs et les organes.

Il disait :

« Moi, Madame, il me semble que je suis ouvert ; et tout entre en moi, tout me traverse, me fait pleurer ou grincer des dents. Tenez, quand je regarde cette côte-là en face, ce grand pli vert, ce peuple d'arbres qui grimpe la montagne, j'ai tout le bois dans les yeux ; il me pénètre, m'envahit, coule dans mon sang ; et il me semble aussi que je le mange, qu'il m'emplit le ventre ; je deviens un bois moi-même ! »

Il riait, en racontant cela, ouvrait ses grands yeux ronds, tantôt sur le bois et tantôt sur Christiane ; et elle, surprise, étonnée, mais facile à impressionner, se sentait aussi dévorée, comme le bois, par ce regard avide et large.

Paul reprit :

« Et si vous saviez quelles jouissances je dois à mon nez. Je bois cet air-là, je m'en grise, j'en vis, et je sens tout ce qu'il y a dedans, tout, absolument tout. Tenez, je vais vous le dire. D'abord avez-vous remarqué, depuis que vous êtes ici, une odeur délicieuse, à laquelle aucune autre odeur n'est comparable, si fine, si légère, qu'elle semble presque... comment dirais-je...

une odeur immatérielle ? On la retrouve partout, on ne
la saisit nulle part, on ne découvre pas d'où elle sort !
Jamais, jamais rien de plus... de plus divin ne m'avait
troublé le cœur... Eh bien, c'est l'odeur de la vigne en
fleurs ! Oh ! j'ai été quatre jours à le découvrir. Et
n'est-ce pas charmant à penser, Madame, que la
vigne, qui nous donne le vin, le vin que peuvent seuls
comprendre et savourer les esprits supérieurs, nous
donne aussi le plus délicat et le plus troublant des
parfums, que peuvent seuls découvrir les plus raffinés
des sensuels ? Et puis, reconnaissez-vous aussi la
senteur puissante des châtaigniers, la saveur sucrée
des acacias, les aromates de la montagne, et l'herbe,
l'herbe qui sent si bon, si bon, si bon, ce dont personne
ne se doute ? »

Elle était stupéfaite d'écouter ces choses, non pas
qu'elles fussent surprenantes, mais elles lui paraissaient d'une nature si différente de celles entendues
autour d'elle, chaque jour, que sa pensée en demeurait
saisie, émue, troublée.

Il parlait toujours, de sa voix un peu sourde, mais
chaude.

« Et puis, tenez, reconnaissez-vous aussi, dans l'air,
sur les routes, quand il fait chaud, un petit goût de
vanille ? — Oui, n'est-ce pas ? — Eh bien, c'est...
c'est... mais je n'ose pas vous le dire. »

Il riait tout à fait maintenant ; et soudain, étendant
la main devant lui : « Regardez ! »

Une file de voitures chargées de foin s'en venaient
traînées par des vaches accouplées deux par deux. Les
bêtes lentes, le front bas, la tête inclinée par le joug, les
cornes liées à la barre de bois, marchaient pénible-
ment ; et on voyait sous leur peau soulevée remuer les

os de leurs jambes. Devant chaque attelage, un homme en manches de chemise, en gilet et en chapeau noir, allait, une baguette à la main, réglant l'allure des animaux. De temps en temps il se tournait, et, sans jamais frapper, touchait l'épaule ou le front d'une vache qui clignait ses gros yeux vagues et obéissait à son geste.

Christiane et Paul se rangèrent pour les laisser passer.

Il lui dit :

« Sentez-vous ? »

Elle s'étonna :

« Quoi donc ? ça sent l'étable.

— Oui, ça sent l'étable ; et toutes ces vaches qui vont par les chemins, car il n'y a point de chevaux dans ce pays, sèment sur les routes cette odeur d'étable qui, mêlée à la poussière fine, donne au vent une saveur de vanille. »

Christiane, un peu dégoûtée, murmura :

« Oh ! »

Il reprit :

« Permettez, en ce moment j'analyse comme un pharmacien. En tout cas, nous sommes, Madame, dans le pays le plus séduisant, le plus doux, le plus reposant que j'aie jamais vu. Un pays de l'âge d'or. Et la Limagne, oh ! la Limagne ! Mais je ne vous en parle pas, je veux vous la montrer. Vous verrez ! »

Le marquis et Gontran les rejoignirent. Le marquis passa son bras sous celui de sa fille, et la faisant tourner et revenir sur ses pas pour rentrer déjeuner, il dit :

« Écoutez, les enfants, cela vous regarde tous les trois. William, qui devient fou quand il a une idée en tête, ne rêve plus que de sa ville à bâtir et il veut séduire la famille Oriol. Il désire donc que Christiane fasse la connaissance des petites, pour voir si elles sont possibles. Mais il ne faut pas que le père se doute de notre ruse. Alors j'ai eu une idée, c'est d'organiser une fête de charité. Toi, ma fille, tu vas aller voir le curé ; vous chercherez ensemble deux de ses paroissiennes pour quêter avec toi. Tu comprends lesquelles tu lui feras désigner ; et il les invitera sous sa responsabilité. Quant à vous, les hommes, vous allez préparer une tombola au Casino, avec le secours de Petrus Martel, de sa troupe et de son orchestre. Et si les petites Oriol sont gentilles, comme on les dit fort bien élevées dans leur couvent, Christiane fera leur conquête. »

V

Pendant huit jours, Christiane ne s'occupa que de la préparation de cette fête. Le curé, en effet, parmi ses paroissiennes, n'avait trouvé que les petites Oriol qui fussent dignes de quêter avec la fille du marquis de Ravenel; et heureux de pouvoir se mettre en avant il avait fait toutes les démarches, tout organisé, tout réglé, et invité lui-même les jeunes filles comme si l'idée première venait de lui.

La commune était agitée; et les mornes baigneurs, tenant un nouveau sujet de conversation, emplissaient les tables d'hôte d'aperçus variés sur les recettes possibles des deux séances, religieuse et profane.

La journée commença bien. Il faisait un admirable temps d'été, chaud et clair, brillant dans la plaine et délicieux sous les arbres du village.

La messe était à neuf heures, une messe rapide en musique. Christiane, arrivée avant l'office pour jeter un coup d'œil sur l'ornementation de l'église faite avec des guirlandes de fleurs venues de Royat et de Clermont-Ferrand, entendit marcher derrière elle; le curé, l'abbé Litre, la suivait accompagné des petites Oriol, et il fit les présentations. Christiane aussitôt invita les jeunes filles à déjeuner. Elles acceptèrent en rougissant et en saluant avec des révérences.

Les fidèles commençaient à arriver.

Elles s'assirent toutes les trois sur trois chaises d'honneur, qu'on leur avait préparées au bord du chœur, en face de trois autres occupées par de jeunes garçons endimanchés, fils du maire, de l'adjoint et d'un conseiller municipal, choisis pour accompagner les quêteuses et pour flatter l'autorité locale.

Tout se passa fort bien d'ailleurs.

L'office fut court. La quête donna cent dix francs qui, joints aux cinq cents d'Andermatt, aux cinquante francs du marquis et aux cent francs de Paul Brétigny, faisaient un total de sept cent soixante, ce qui n'était jamais arrivé dans la commune d'Enval.

Puis, après la cérémonie on emmena à l'hôtel les petites Oriol. Elles paraissaient un peu intimidées, sans gaucherie cependant, et ne parlaient guère, plutôt par modestie que par crainte. Elles déjeunèrent à table d'hôte, et elles plurent aux hommes, à tous les hommes.

L'aînée, plus grave, la cadette, plus vive, l'aînée plus comme il faut, au sens vulgaire du mot, la cadette, plus gracieuse, elles se ressemblaient pourtant aussi complètement que peuvent se ressembler deux sœurs.

Dès que le repas fut fini, on se rendit au Casino pour le tirage de la tombola qui avait lieu à deux heures.

Le parc, déjà envahi par les baigneurs et les paysans mêlés, présentait l'aspect d'une fête foraine.

Sous leur kiosque chinois, les musiciens exécutaient une symphonie champêtre, œuvre de Saint-Landri lui-même. Paul, qui accompagnait Christiane, s'arrêta :

« Tiens, dit-il, c'est joli cela. Il a du talent ce garçon. Avec un orchestre, ça ferait un grand effet. »

Puis il demanda :

« Aimez-vous la musique, Madame ?

— Beaucoup.

— Moi, elle me ravage. Quand j'écoute une œuvre que j'aime, il me semble d'abord que les premiers sons détachent ma peau de ma chair, la fondent, la dissolvent, la font disparaître et me laissent, comme un écorché vif, sous toutes les attaques des instruments. Et c'est en effet sur mes nerfs que joue l'orchestre, sur mes nerfs à nu, frémissants, qui tressaillent à chaque note. Je l'entends, la musique, non pas seulement avec mes oreilles, mais avec toute la sensibilité de mon corps, vibrant des pieds à la tête. Rien ne me procure un pareil plaisir, ou plutôt un pareil bonheur. »

Elle souriait et dit :

« Vous sentez vivement.

— Parbleu ! A quoi servirait de vivre si on ne sentait pas vivement ? Je n'envie pas les gens qui ont sur le cœur une carapace de tortue ou un cuir d'hippopotame. Ceux-là seuls sont heureux qui souffrent par leurs sensations, qui les reçoivent comme des chocs et les savourent comme des friandises. Car il faut raisonner toutes nos émotions, heureuses ou tristes, s'en rassasier, s'en griser jusqu'au bonheur le plus aigu ou jusqu'à la détresse la plus douloureuse. »

Elle leva les yeux sur lui, un peu surprise comme elle l'était depuis huit jours par toutes les choses qu'il disait.

Depuis huit jours, en effet, ce nouvel ami, car il était

devenu son ami tout de suite, malgré la répugnance
des premières heures, secouait à tout instant la tranquillité de son âme, et l'agitait comme on agite un
bassin en y jetant des pierres. Et il jetait des pierres, de
grosses pierres, dans cette pensée encore ensommeil-
lée.

Le père de Christiane, comme tous les pères, l'avait
toujours traitée en petite fille à qui on ne doit pas dire
grand'chose ; son frère la faisait rire et non point
réfléchir ; son mari ne s'imaginait pas qu'on dût parler
de quoi que ce fût avec sa femme en dehors des intérêts
de la vie commune ; et elle avait vécu jusqu'ici dans
une torpeur d'esprit satisfaite et douce.

Ce nouveau venu ouvrait son intelligence à coups
d'idées qui ressemblaient à des coups de hache. C'était
d'ailleurs un de ces hommes qui plaisent aux femmes,
à toutes les femmes, par sa nature même, par l'acuité
vibrante de ses émotions. Il savait leur parler, tout leur
dire, et il leur faisait tout comprendre. Incapable d'un
effort continu, mais intelligent à l'extrême, aimant
toujours ou détestant avec passion, parlant de tout
avec une fougue naïve d'homme frénétiquement
convaincu, aussi changeant qu'il était enthousiaste, il
avait à l'excès le vrai tempérament des femmes, leur
crédulité, leur charme, leur mobilité, leur nervosité,
avec l'intelligence supérieure, active, ouverte et pénétrante d'un homme.

Gontran les rejoignit brusquement :

« Retournez-vous, dit-il, et regardez le ménage
Honorat. »

Ils se retournèrent et aperçurent le docteur Honorat
flanqué d'une grosse et vieille dame en robe bleue,
dont la tête semblait un jardin de pépiniériste, toutes

les variétés de plantes et de fleurs se trouvant réunies sur son chapeau.

Christiane, stupéfaite, demanda :

« C'est sa femme ? mais elle a quinze ans de plus que lui !

— Oui, soixante-cinq ans : une ancienne sage-femme aimée entre deux accouchements. C'est du reste, paraît-il, un de ces ménages où on se cogne du matin au soir. »

Ils revenaient vers le Casino, attirés par les clameurs du public. Sur une grande table, devant l'établissement, étaient étalés les lots de la tombola dont Petrus Martel, assisté de Mlle Odelin, de l'Odéon, une toute petite brunette, tirait et annonçait les numéros, avec des boniments de charlatan qui amusaient beaucoup la foule. Le marquis, accompagné des petites Oriol et d'Andermatt, reparut et demanda :

« Restons-nous ici ? C'est bien bruyant. »

Alors on se décida à faire une promenade sur la route à mi-côte qui va d'Enval à La Roche-Pradière.

Pour l'atteindre, ils montèrent d'abord, l'un derrière l'autre, un sentier étroit à travers les vignes. Christiane marchait en tête, d'un pas souple et rapide. Depuis son arrivée en ce pays, elle se sentait exister d'une façon nouvelle, avec une activité de plaisir et de vie qu'elle ne connaissait point autrefois. Peut-être les bains, la faisant mieux portante, la débarrassant des légers troubles des organes qui gênent et attristent sans cause sensible, la disposaient-ils à mieux percevoir, à mieux goûter toutes choses. Peut-être se sentait-elle simplement animée, fouettée par la présence et l'ardeur d'esprit de ce garçon inconnu qui lui apprenait à comprendre.

Elle respirait par grands souffles prolongés en songeant à tout ce qu'il avait dit sur les parfums errant dans le vent. « C'est vrai, pensait-elle, qu'il m'a enseigné à sentir l'air. » Et elle retrouvait toutes les odeurs, celle de la vigne surtout, si légère, si fine, si fuyante.

Elle atteignit la route, et des groupes se formèrent. Andermatt et Louise Oriol, l'aînée, partirent en avant en causant du rendement des terres en Auvergne. Elle savait, cette Auvergnate, vraie fille de son père, douée de l'instinct héréditaire, tous les détails précis et pratiques de la culture ; et elle les disait de sa voix sage, d'un ton gentil, avec l'accent discret qu'on lui avait enseigné au couvent.

Tout en l'écoutant il la regardait de côté et trouvait charmante cette fillette grave, déjà si pratiquement instruite. Il répétait parfois, un peu surpris :

« Comment ! la terre vaut jusqu'à trente mille francs l'hectare dans la Limagne ?

— Oui, Monsieur, quand elle est plantée de beaux pommiers qui donnent des pommes de dessert. C'est notre contrée qui fournit presque tous les fruits qu'on mange à Paris. »

Alors il se retourna pour considérer la Limagne avec estime, car de la route qu'ils suivaient on apercevait, à perte de vue, la vaste plaine toujours couverte d'une petite brume de vapeur bleue.

Christiane et Paul aussi s'étaient arrêtés en face de l'immense pays voilé, si doux à l'œil qu'ils seraient demeurés indéfiniment à le contempler ainsi.

La route maintenant était abritée par des noyers énormes dont l'ombre opaque faisait passer une fraîcheur sur la peau. Elle ne montait plus, et serpentait à mi-hauteur sur le versant de la côte tapissée de vignes d'abord, puis d'herbe rase et verte jusqu'à la crête, peu élevée en cet endroit.

Paul murmura :

« Est-ce beau ? dites, est-ce beau ? Et pourquoi ce paysage m'attendrit-il ? Oui, pourquoi ? Il s'en dégage un charme si profond, si large, si large surtout, qu'il me pénètre jusqu'au cœur. Il semble, en regardant cette plaine, que la pensée ouvre les ailes, n'est-ce pas ? Et elle s'envole, elle plane, elle passe, elle s'en va là-bas, plus loin, vers tous les pays rêvés que nous ne verrons jamais. Oui, tenez, cela est admirable parce que cela ressemble à une chose rêvée bien plus qu'à une chose vue. »

Elle l'écoutait sans rien dire, attendant, espérant, recueillant chacune de ses paroles ; et elle se sentait émue, sans trop savoir pourquoi. Elle entrevoyait en effet d'autres pays, les pays bleus, les pays roses, les pays invraisemblables et merveilleux, introuvables et toujours cherchés qui nous font juger médiocres tous les autres.

Il reprit :

« Oui, c'est beau, parce que c'est beau. D'autres horizons sont plus frappants et moins harmonieux. Ah ! Madame, la beauté, la beauté harmonieuse ! Il n'y a que cela au monde. Rien n'existe que la beauté ! Mais combien peu la comprennent ! La ligne d'un corps, d'une statue ou d'une montagne, la couleur d'un tableau ou celle de cette plaine, le je ne sais quoi de la *Joconde*, une phrase qui vous mord jusqu'à l'âme, ce rien de plus qui fait un artiste aussi créateur que Dieu, qui donc le distingue parmi les hommes ?

» Tenez, je vais vous dire deux strophes de Baudelaire. »

Et il déclama :

Que tu viennes du ciel ou de l'enfer, qu'importe,
O Beauté, monstre énorme, effrayant, ingénu,
Si ton œil, ton souris, ton pied m'ouvre la porte
D'un infini que j'aime et n'ai jamais connu !

De Satan ou de Dieu qu'importe, ange ou sirène,
Qu'importe si tu rends — fée aux yeux de velours,
Rythme, parfum, lueur, ô mon unique reine, —
L'univers moins hideux et les instants moins lourds !

Christiane maintenant le regardait, étonnée de son
lyrisme, l'interrogeant de l'œil, ne comprenant pas
bien quelle chose extraordinaire pouvait contenir cette
poésie.

Il devina sa pensée, et s'irrita de ne lui avoir point
communiqué son exaltation, car il les avait fort bien
dits, ces vers, et il reprit avec une nuance de dédain :

« Je suis un fou de vouloir vous forcer à goûter un
poète d'une inspiration aussi subtile. Un jour viendra,
je l'espère, où vous sentirez, comme moi, ces choses-là.
Les femmes, douées de bien plus d'intuition que de
compréhension, ne saisissent les intentions secrètes et
voilées de l'art que si on fait d'abord un appel
sympathique à leur pensée. »

Et, la saluant, il ajouta :

« Je m'efforcerai, Madame, de faire cet appel sympathique. »

Elle ne le trouva pas impertinent, mais bizarre ; et
d'ailleurs elle ne cherchait même plus à comprendre,

frappée soudain par une remarque qu'elle n'avait pas encore faite : Il était fort élégant, mais d'une taille trop haute et trop forte, d'une allure trop virile pour qu'on s'aperçût tout de suite de la recherche fine de sa toilette.

Et puis sa tête avait quelque chose de brutal, d'inachevé qui donnait à toute sa personne un aspect un peu lourd au premier coup d'œil. Mais lorsqu'on s'était accoutumé à ses traits on y trouvait du charme, un charme puissant et rude qui devenait par moments très doux, selon les inflexions tendres de sa voix toujours voilée.

Christiane se disait, en remarquant pour la première fois combien il était soigné des pieds à la tête : « Décidément, c'est un homme dont il faut découvrir une à une les qualités. »

Mais Gontran les rejoignait en courant. Il criait :

« Sœur, hé, Christiane, attends ! »

Et, lorsqu'il les eut rattrapés, il leur dit, riant encore :

« Oh ! venez donc écouter la petite Oriol, elle est drôle comme tout, elle a un esprit étonnant. Papa a fini par la mettre à son aise, et elle nous raconte les choses les plus comiques de la terre. Attendez-les. »

Et ils attendirent le marquis, qui s'en venait avec la cadette des fillettes, Charlotte Oriol.

Elle racontait, avec une verve enfantine et sournoise, des histoires du village, des naïvetés et des roueries de paysans. Et elle les imitait avec leurs gestes, leurs allures lentes, leurs paroles graves, leurs fouchtra, leurs innombrables bougrrre qu'elle prononçait bigrrre, mimant, d'une façon qui rendait charmante sa jolie figure éveillée, tous les mouvements de leurs physionomies. Ses yeux vifs brillaient : sa bouche, assez grande, s'ouvrait bien, montrant de belles dents blanches ; son nez, un peu relevé, lui donnait un air d'esprit, et elle était fraîche, d'une fraîcheur de fleur à faire frémir d'envie les lèvres.

Le marquis ayant passé presque toute son existence dans ses terres, Christiane et Gontran, élevés dans le château familial, au milieu des fiers et gros fermiers normands qu'on recevait quelquefois à table, suivant l'usage, et dont les enfants, camarades de première communion, étaient traités par eux familièrement, savaient parler à cette petite campagnarde aux trois quarts mondaine déjà, avec une franchise amicale, un tact cordial et sûr qui éveillait tout de suite en elle une assurance gaie et confiante.

Andermatt et Louise revenaient, ayant été jusqu'au village et ne voulant point y pénétrer.

Et tout le monde s'assit au pied d'un arbre, sur l'herbe du fossé.

Ils restèrent là longtemps, causant doucement, de tout et de rien, dans une languissante torpeur de bien-être. Parfois une charrette passait, toujours traînée par les deux vaches dont le joug inclinait et tordait les têtes, et toujours conduite par un paysan au ventre creux, coiffé du grand chapeau noir, dirigeant les bêtes du bout de sa mince baguette avec des mouvements de chef d'orchestre.

L'homme se découvrait, saluant les petites Oriol ; et les fillettes répondaient par un « bonjour » familier, jeté de leurs voix jeunes.

Puis, comme l'heure avançait, on rentra.

En approchant du parc, Charlotte Oriol s'écria : « Oh ! la bourrée ! la bourrée ! »

On dansait la bourrée, en effet, sur un vieil air auvergnat.

Paysans et paysannes marchaient et sautaient en faisant des grâces, tournaient et se saluaient; celles-ci pinçant et soulevant leurs jupes avec deux doigts de chaque main; ceux-là les bras ballants ou arrondis comme des anses.

L'air monotone et gentil dansait aussi dans le vent plus frais du soir; c'était toujours la même phrase chantée par le violon sur un ton suraigu, et dont les autres instruments scandaient le rythme, rendaient l'allure plus bondissante. Et c'était bien la musique simple et paysanne, alerte et sans art, qui convenait à ce menuet rustique et lourdaud.

Les baigneurs, aussi, essayaient de danser. Petrus Martel bondissait en face de la petite Odelin, maniérée comme une marcheuse de ballet; le comique Lapalme mimait un pas extravagant autour de la caissière du Casino, qui semblait agitée par des souvenirs de Bullier.

Mais soudain Gontran aperçut le docteur Honorat qui s'en donnait de tout son cœur et de toutes ses jambes, et exécutait la bourrée classique en véritable Auvergnat pur sang.

L'orchestre se tut. Tous s'arrêtèrent. Le docteur vint saluer le marquis.

Il s'essuyait le front et soufflait.

« C'est bon, dit-il, d'être jeune, quelquefois. »

Gontran lui posa la main sur l'épaule, et, souriant d'un air mauvais :

« Vous ne m'aviez pas dit que vous étiez marié. »

Le médecin cessa de s'essuyer, et répondit avec gravité :

« Oui, je le suis, et mal.

— Vous dites ?

— Je dis : mal marié. Ne faites jamais cette folie-là, jeune homme.

— Pourquoi ?

— Pourquoi ? Tenez, voilà vingt ans que je suis marié, eh bien, je ne m'y accoutume pas. Tous les soirs en rentrant, je me dis : « Tiens, cette vieille dame est encore chez moi ! Elle ne s'en ira donc jamais ? »

Tout le monde se mit à rire, tant il avait l'air sérieux et convaincu.

Mais les cloches d'hôtel sonnaient le dîner. La fête était terminée. On reconduisit Louise et Charlotte Oriol à la maison paternelle, et quand on les eut quittées, on parla d'elles.

Tout le monde les trouvait charmantes. Seul, Andermatt préférait l'aînée. Le marquis dit :

« Comme la nature féminine est souple ! Le seul voisinage de l'or paternel dont elles ne connaissent même pas l'usage, a fait des dames de ces campagnardes. »

Christiane ayant demandé à Paul Brétigny :

« Et vous, laquelle préférez-vous ? »

Il murmura :

« Oh ! moi, je ne les ai même pas regardées. Ce n'est pas elles que je préfère. »

Il avait parlé très bas ; et elle ne répondit rien.

VI

Les jours qui suivirent furent charmants pour
Christiane Andermatt. Elle vivait, le cœur léger et
l'âme en joie. Le bain du matin était son premier
plaisir, un délicieux plaisir à fleur de peau, une demi-
heure exquise dans l'eau chaude et courante qui la
disposait à être heureuse jusqu'au soir. Elle était
heureuse en effet dans toutes ses pensées et dans tous
ses désirs. L'affection dont elle se sentait entourée et
pénétrée, l'ivresse de la vie jeune, battant dans ses
veines, et puis aussi ce cadre nouveau, ce pays
superbe, fait pour le rêve et pour le repos, large et
parfumé, qui l'enveloppait comme une grande caresse
de la nature, éveillaient en elle des émotions neuves.
Tout ce qui l'approchait, tout ce qui la touchait,
continuait cette sensation du matin, cette sensation
d'un bain tiède, d'un grand bain de bonheur où elle se
plongeait corps et âme.

Andermatt, qui devait passer à Enval une quinzaine
sur deux, était reparti pour Paris en recommandant à
sa femme de bien veiller à ce que le paralytique ne
cessât point son traitement.

Chaque jour donc, avant le déjeuner, Christiane,

son père, son frère et Paul allaient voir ce que Gontran appelait la « soupe du pauvre ». D'autres baigneurs y venaient aussi et on faisait cercle autour du trou en causant avec le vagabond.

Il ne marchait pas mieux, affirmait-il, mais il se sentait les jambes pleines de fourmis ; et il racontait comment ces fourmis allaient, venaient, montaient jusqu'aux cuisses, redescendaient jusqu'au bout des doigts. Et il les sentait même la nuit, ces bêtes chatouilleuses qui le piquaient et lui ôtaient le sommeil.

Tous les étrangers et les paysans, partagés en deux camps, celui des confiants et celui des incrédules, s'intéressaient à cette cure.

Après le déjeuner, Christiane allait souvent chercher les petites Oriol, afin de faire ensemble une promenade. C'étaient les seules femmes de la station avec qui elle pût causer, avec qui elle pût avoir des relations agréables, à qui elle pût donner un peu de confiance amicale et demander un peu d'affection féminine. Elle avait pris goût tout de suite au bon sens sérieux et souriant de l'aînée et plus encore à l'esprit sournois et drôle de la cadette, et c'était moins pour complaire à son mari que pour son propre agrément qu'elle recherchait maintenant l'amitié des deux fillettes.

On partait pour une excursion, tantôt en landau, dans un vieux landau de voyage à six places, trouvé chez un loueur de Riom, et tantôt à pied.

Ils aimaient surtout un petit vallon sauvage auprès de Châtel-Guyon, conduisant à l'ermitage de Sans-Souci.

Dans le chemin étroit, suivi à pas lents, sous les sapins, au bord de la petite rivière, ils s'en allaient

deux par deux et causant. A tous les passages du
ruisseau que la sente traversait sans cesse, Paul et
Gontran, debout sur des pierres dans le courant,
prenaient les femmes chacun par un bras et les
enlevaient d'une secousse pour les déposer de l'autre
côté. Et chacun de ces gués changeait l'ordre des
promeneurs.

Christiane allait de l'un à l'autre, mais trouvait le
moyen, chaque fois, de rester seule quelque temps avec
Paul Brétigny, soit en avant, soit en arrière.

Il n'avait plus avec elle les mêmes manières que
dans les premiers jours, il était moins rieur, moins
brusque, moins camarade, mais plus respectueux et
plus empressé.

Leurs conversations cependant prenaient une allure
intime et les choses du cœur y tenaient une grande
place. Il parlait de sentiment et d'amour en homme
qui connaît ces sujets, qui a sondé la tendresse des
femmes et qui leur doit autant de bonheur que de
souffrance.

Elle, ravie, un peu émue, le poussait aux confidences, avec une curiosité ardente et rusée. Tout ce
qu'elle savait de lui éveillait en elle un désir aigu d'en
connaître davantage, de pénétrer, par la pensée, dans
une de ces existences d'hommes entrevues par les
livres, dans une de ces existences pleines d'orages et de
mystères d'amour.

Poussé par elle il lui disait chaque jour un peu plus
de sa vie, de ses aventures et de ses chagrins, avec une
chaleur de parole que les brûlures de son souvenir
rendaient parfois passionnée, et que le désir de plaire
faisait astucieuse aussi.

Il ouvrait devant ses yeux un monde inconnu et

trouvait des mots éloquents pour exprimer les subti-
lités du désir et de l'attente, le ravage des espérances
grandissantes, la religion des fleurs et des bouts de
rubans, de tous les petits objets gardés, l'énervement
des doutes subits, l'angoisse des suppositions alar-
mantes, les tortures de la jalousie, et l'inexprimable
folie du premier baiser.

Et il savait conter tout cela d'une façon très
convenable, voilée, poétique et entraînante. Comme
tous les hommes hantés sans cesse par le désir et la
pensée de la femme, il parlait discrètement de celles
qu'il avait aimées avec une fièvre encore palpitante. Il
se rappelait mille détails gentils, faits pour émouvoir le
cœur, mille circonstances délicates faites pour mouiller
le coin des yeux, et toutes ces mignonnes futilités de la
galanterie qui rendent les rapports d'amour, entre
gens d'âme fine et d'esprit cultivé, ce qu'il y a de plus
élégant et de plus joli par le monde.

Toutes ces causeries troublantes et familières,
renouvelées chaque jour, chaque jour plus prolongées,
tombaient sur le cœur de Christiane ainsi que des
graines qu'on jette en terre. Et le charme du grand
pays, l'air savoureux, cette Limagne bleue, et si vaste
qu'elle semblait agrandir l'âme, ces cratères éteints sur
la montagne, vieilles cheminées du monde qui ne
servaient plus qu'à chauffer des eaux pour les malades,
la fraîcheur des ombrages, le bruit léger des ruisseaux
dans les pierres, tout cela aussi pénétrait le cœur et la
chair de la jeune femme, les pénétrait et les amollissait
comme une pluie douce et chaude sur un sol encore
vierge, une pluie qui fera germer les fleurs dont il a
reçu la semence.

Elle sentait bien que ce garçon lui faisait un peu la

cour, qu'il la trouvait jolie, plus que jolie même; et le désir de lui plaire lui donnait, à elle, mille inventions rusées et simples en même temps, pour le séduire et le conquérir.

Quand il avait l'air ému, elle le quittait brusquement; quand elle pressentait dans sa bouche une allusion attendrie, elle lui jetait, avant que la phrase fût terminée, un de ces regards courts et profonds qui entrent comme du feu au cœur des hommes.

Elle avait de fines paroles, de doux mouvements de tête, des gestes distraits de la main, et des airs mélancoliques bien vite arrêtés par un sourire pour lui montrer, sans lui rien dire, qu'il ne perdait pas ses efforts.

Que voulait-elle? Rien. Qu'attendait-elle de cela? Rien. Elle s'amusait à ce jeu uniquement parce qu'elle était femme, parce qu'elle n'en sentait point le danger, parce que, sans rien pressentir, elle voulait voir ce qu'il ferait.

Et puis en elle s'était développée tout à coup cette coquetterie native qui couve dans les veines de toutes les créatures femelles. L'enfant endormie et naïve d'hier s'était éveillée brusquement souple et perspicace en face de cet homme qui lui parlait sans cesse d'amour. Elle devinait le trouble croissant de sa pensée auprès d'elle, elle voyait l'émotion naissante de son regard, et elle comprenait les intonations différentes de sa voix, avec cette intuition particulière de celles qui se sentent sollicitées d'aimer.

D'autres hommes déjà lui avaient fait la cour dans les salons sans obtenir d'elle autre chose que des moqueries de gamine égayée. La banalité de leurs compliments l'amusait; leurs mines de soupirants

tristes l'emplissaient de joie; et elle répondait par
des niches à toutes les manifestations de leur émotion.

Avec celui-là, elle s'était sentie soudain en face
d'un adversaire séduisant et dangereux; et elle était
devenue cet être adroit, clairvoyant par instinct,
armé d'audace et de sang-froid, qui, tant que son
cœur reste libre, guette, surprend et entraîne les
hommes dans l'invisible filet du sentiment.

Lui, dans les premiers temps l'avait trouvée niaise.
Accoutumé aux femmes aventureuses, exercées à
l'amour comme un vieux troupier l'est à la manœu-
vre, expertes à toutes les ruses de la galanterie et de
la tendresse, il jugeait banal ce cœur simple, et le
traitait avec un léger dédain.

Mais peu à peu cette candeur même l'avait
amusé, et puis séduit; et, cédant à sa nature entraî-
nable, il avait commencé à entourer de soins atten-
dris la jeune femme.

Il savait bien que le meilleur moyen de troubler
une âme pure était de lui parler sans cesse d'amour,
en ayant l'air de songer aux autres; et, se prêtant
alors avec astuce à la curiosité friande qu'il avait
éveillée en elle, il s'était mis, sous prétexte de confidences, à lui faire sous l'ombre des bois un véritable
cours de passion.

Il s'amusait, comme elle, à ce jeu, lui montrait par
toutes les menues attentions que savent trouver les
hommes, le goût grandissant qu'il avait pour elle, et
se posait en amoureux sans se douter encore qu'il le
deviendrait vraiment.

Ils faisaient cela, l'un et l'autre, tout le long des
lentes promenades aussi naturellement qu'il est natu-

les jeux de la seduction.

rel de prendre un bain quand on se trouve, par un jour chaud, au bord d'une rivière.

Mais à partir du moment où la vraie coquetterie se déclara chez Christiane, à partir de l'heure où elle découvrit toutes les adresses natives de la femme pour séduire les hommes, où elle se mit en tête de jeter à ses genoux ce passionné, comme elle aurait entrepris de gagner une partie de croket, il se laissa prendre, ce roué candide, aux mines de cette innocente, et il commença à l'aimer.

Alors il devint gauche, inquiet, nerveux ; et elle le traita comme un chat fait d'une souris.

Avec une autre il n'eût point été gêné, il eût parlé, il l'eût conquise par sa fougue entraînante ; avec elle il n'osait pas, tant elle lui semblait différente de toutes celles qu'il avait connues.

Les autres, en somme, étaient des femmes déjà brûlées par la vie, à qui on pouvait tout dire, avec qui on pouvait oser les appels les plus hardis, en leur murmurant près des lèvres les paroles frémissantes qui enflamment le sang. Il se savait, il se sentait irrésistible quand il pouvait communiquer librement à l'âme, au cœur, aux sens de celle qu'il aimait le désir impétueux dont il était ravagé.

Auprès de Christiane il se croyait auprès d'une jeune fille, tant il la devinait novice ; et tous ses moyens restaient paralysés. Et puis il la chérissait d'une façon nouvelle, comme une enfant, et comme une fiancée. Il la désirait ; et il avait peur d'y toucher, de la salir, de la faner. Il n'avait pas envie de l'étreindre à la broyer dans ses bras, comme les autres, mais de se mettre à genoux pour baiser sa robe et d'embrasser doucement, avec une lenteur infiniment chaste et tendre, les petits

cheveux de ses tempes, les coins de sa bouche, et ses
yeux, ses yeux fermés dont il sentirait le regard bleu, le
regard charmant éveillé sous la paupière baissée. Il
aurait voulu la protéger contre tout le monde et contre
tout, ne pas la laisser coudoyer des gens communs,
regarder des gens laids, passer à côté de gens malpro-
pres. Il aurait voulu enlever la boue des rues qu'elle
traversait, les cailloux des chemins, les ronces et les
branches des bois, faire tout facile et délicieux autour
d'elle, et la porter toujours pour qu'elle ne marchât
jamais. Et il s'irritait qu'elle dût causer avec ses voisins
d'hôtel, manger les médiocres nourritures de la table
d'hôte, subir toutes les petites choses désagréables et
inévitables de l'existence.

Il ne savait que lui dire, tant il avait de pensées pour
elle ; et son impuissance à exprimer l'état de son cœur,
à rien accomplir de ce qu'il aurait voulu faire, à lui
témoigner l'impérieux besoin de se dévouer qui lui
brûlait les veines, lui donnait des aspects de bête féroce
enchaînée et, en même temps, d'étranges envies de
sangloter.

Elle voyait tout cela sans le comprendre complètement, et s'en amusait avec la joie maligne des
coquettes.

Lorsqu'ils étaient restés derrière les autres et qu'elle
sentait, à son allure, qu'il allait enfin dire quelque
chose d'inquiétant, elle se mettait brusquement à
courir pour rattraper son père, et, l'ayant rejoint, elle
criait : « Si nous faisions une partie de quatre coins. »

Les parties de quatre coins servaient en général de
terme aux excursions. On cherchait une clairière, un
bout de route plus large, et on jouait, comme des
gamins en promenade.

Les petites Oriol et Gontran lui-même prenaient un grand plaisir à cet amusement qui satisfaisait l'incessante envie de courir que portent en eux tous les êtres jeunes. Seul, Paul Brétigny grognait, obsédé par d'autres idées, puis, s'animant peu à peu, il se mettait à la partie avec plus de fureur que les autres afin de prendre Christiane, de la toucher, de poser la main brusquement sur son épaule ou sur son corsage.

Le marquis, dont la nature indifférente et nonchalante se prêtait à tout pourvu qu'on ne troublât point sa quiétude, s'asseyait au pied d'un arbre et regardait s'ébattre son pensionnat, comme il disait. Il trouvait fort bonne cette vie paisible, et le monde entier parfait.

Cependant, les allures de Paul effrayèrent bientôt Christiane. Un jour même, elle eut peur de lui.

Ils étaient allés, un matin, avec Gontran au fond de la bizarre crevasse, d'où coule le ruisseau d'Enval, ce qu'on appelle la Fin du Monde.

La gorge, de plus en plus resserrée et tortueuse, s'enfonce dans la montagne. On franchit des pierres énormes. On passe sur de gros cailloux la petite rivière, et après avoir contourné un roc haut de plus de cinquante mètres qui barre toute l'entaille du ravin, on se trouve enfermé dans une sorte de fosse étroite, entre deux murailles géantes, nues jusqu'au sommet couvert d'arbres et de verdure.

Le ruisseau forme un lac grand comme une cuvette, et c'est vraiment là un trou sauvage, étrange, inattendu, comme on en rencontre plus souvent dans les récits que dans la nature.

Or, ce jour-là, Paul, regardant la haute marche de rocher qui leur barrait le chemin à l'endroit où s'arrêtent tous les promeneurs, remarqua qu'elle portait des traces d'escalade. Il dit :

« Mais, on peut aller plus loin. »

Ayant donc gravi, non sans peine, cette muraille droite, il cria :

« Oh ! c'est charmant ! Un petit bosquet dans l'eau, venez donc. »

Et, se couchant, il prit les mains de Christiane qu'il enleva, pendant que Gontran dirigeait et posait ses pieds sur toutes les faibles saillies de la roche.

La terre tombée du sommet avait formé sur ce gradin un jardinet sauvage et touffu, où le ruisseau courait à travers les racines.

Une autre marche, un peu plus loin, barrait de nouveau ce couloir de granit ; ils la gravirent encore, puis une troisième, et ils se trouvèrent au pied d'un mur infranchissable d'où tombait, droite et claire, une cascade de vingt mètres, dans un bassin profond, creusé par elle, et enfoui sous des lianes et des branches.

L'entaille de la montagne était devenue si étroite, que les deux hommes se tenant par la main en pouvaient toucher les côtés. On ne voyait plus qu'une ligne de ciel ; on n'entendait que le bruit de l'eau ; on eût dit une de ces introuvables retraites où les poètes latins cachaient les nymphes antiques. Il semblait à Christiane qu'elle venait de violer la chambre d'une fée.

Paul Brétigny ne disait rien. Gontran s'écria :

« Oh ! comme ce serait joli, une femme blonde et rose baignée dans cette eau. »

Ils revinrent. Les deux premiers gradins furent

assez faciles à descendre, mais le troisième effraya Christiane, tant il était haut et droit, sans marches visibles.

Brétigny se laissa glisser sur le roc, puis, tendant les deux bras vers elle :

« Sautez ! » dit-il.

Elle n'osa pas. Non qu'elle eût peur de tomber, mais elle avait peur de lui, peur de ses yeux surtout.

Il la regardait avec une avidité de bête affamée, avec une passion devenue féroce ; et ses deux mains ouvertes vers elle l'attiraient si impérieusement, qu'elle fut soudain épouvantée et saisie d'une envie folle de hurler, de se sauver, de grimper la montagne à pic, pour échapper à cet irrésistible appel.

Son frère, debout derrière elle, cria : « Va donc ! » et il la poussa. Se sentant tomber, elle ferma les yeux, et, saisie par une étreinte douce et forte, elle frôla sans le voir tout le grand corps du jeune homme, dont l'haleine haletante et chaude lui passa sur le visage.

Puis elle se retrouva sur ses pieds, souriante, à présent que sa terreur était finie, pendant que Gontran descendait à son tour.

Cette émotion l'ayant rendue prudente, elle prit garde, durant quelques jours, de ne se point trouver seule avec Brétigny qui semblait rôder autour d'elle maintenant, comme le loup des fables autour d'une brebis.

Mais une grande excursion avait été décidée. On devait emporter des provisions dans le landau à six places et aller dîner, avec les sœurs Oriol, au bord du petit lac de Tazenat, qu'on appelle dans le pays le gour de Tazenat, pour revenir de nuit, au clair de lune.

On partit donc une après-midi, par un jour torride,

sous un soleil dévorant qui chauffait comme des dalles de four les granits de la montagne.

La voiture montait la côte au pas des trois chevaux soufflants et couverts de sueur ; le cocher sommeillait sur son siège, la tête baissée ; et des légions de lézards verts couraient sur les pierres au bord de la route. L'air brûlant semblait plein d'une invisible et lourde poussière de feu. Parfois on l'eût dit figé, résistant, épais à traverser, parfois il s'agitait un peu et faisait passer sur les visages des souffles ardents d'incendie où flottait une odeur de résine chaude au milieu des longs bois de pins.

Personne ne parlait dans la voiture. Les trois femmes, dans le fond, fermaient leurs yeux éblouis, sous l'ombre rose des ombrelles ; le marquis et Gontran, un mouchoir sur le front, dormaient ; Paul regardait Christiane qui le guettait aussi entre ses paupières baissées.

Et le landau, soulevant une colonne de fumée blanche, suivait toujours l'interminable montée.

Lorsqu'il eut atteint le plateau, le cocher se redressa, les chevaux se mirent à trotter et on parcourut un grand pays onduleux, boisé, cultivé, peuplé de villages et de maisons isolées. On apercevait au loin, à gauche, les grands sommets tronqués des volcans. Le lac de Tazenat, qu'on allait voir, était formé par le dernier cratère de la chaîne d'Auvergne.

Après trois heures de route, Paul dit soudain : « Tenez, des laves. » Des rochers bruns, bizarrement tordus, crevassaient le sol au bord de la route. On voyait à droite une montagne camarde dont le large sommet avait l'air creux et plat, on prit un chemin qui semblait entrer dedans par une entaille en triangle, et

Christiane, qui s'était levée, découvrit tout à coup dans un vaste et profond cratère un beau lac frais et rond ainsi qu'une pièce d'argent. Les pentes rapides du mont, boisées à droite et nues à gauche, tombaient dans l'eau qu'elles entouraient d'une haute enceinte régulière. Et cette eau calme, plate et luisante comme un métal, reflétait les arbres d'un côté, et de l'autre la côte aride avec une netteté si parfaite qu'on ne distinguait point les bords et qu'on voyait seulement dans cet immense entonnoir où se mirait, au centre, le ciel bleu, un trou clair et sans fond qui semblait traverser la terre percée de part en part jusqu'à l'autre firmament.

La voiture ne pouvait aller plus loin. On descendit et on prit, par le côté boisé, un chemin qui tournait autour du lac, sous les arbres, à mi-hauteur de la pente. Cette route, où ne passaient que les bûcherons, était verte comme une prairie; et on voyait, à travers les branches, l'autre côté en face et l'eau luisante au fond de cette cuve de montagne.

Puis on gagna, par une clairière, le rivage même pour s'asseoir sur un talus de gazon ombragé par des chênes. Et tout le monde s'étendit dans l'herbe avec une joie animale et délicieuse.

Les hommes s'y roulaient, y enfonçaient leurs mains; et les femmes, doucement couchées sur le flanc, y posaient leur joue comme pour y chercher une fraîche caresse.

C'était, après la chaleur de la route, une de ces sensations douces, si profondes et si bonnes qu'elles sont presque des bonheurs.

Alors le marquis s'endormit de nouveau; Gontran bientôt en fit autant; Paul se mit à causer avec

Christiane et les jeunes filles. De quoi ? De pas
grand'chose ! De temps en temps, un d'eux disait une
phrase ; un autre répondait après une minute de
silence ; et les paroles lentes paraissaient engourdies
dans leurs bouches comme les pensées dans leurs
esprits.

Mais le cocher ayant apporté le panier aux provisions, les petites Oriol, accoutumées chez elles aux
soins du ménage, gardant encore des habitudes actives
de travail domestique, se mirent aussitôt à le déballer
et à préparer le dîner, un peu plus loin, sur le gazon.

Paul restait étendu à côté de Christiane qui rêvait.
Et il murmura, si bas qu'elle entendit à peine, si bas
que ces mots frôlèrent son oreille, comme ces bruits
confus qui passent dans le vent : « Voici les meilleurs
moments de ma vie. »

Pourquoi ces vagues paroles la troublèrent-elles
jusqu'au fond du cœur ? Pourquoi se sentit-elle brusquement attendrie comme elle ne l'avait jamais été ?

Elle regardait, dans les arbres, un peu plus loin, une
toute petite maison, un pavillon de chasseurs ou de
pêcheurs, si étroit qu'il ne devait contenir qu'une seule
pièce.

Paul suivit ses yeux et il dit :

« Avez-vous quelquefois songé, Madame, à ce que
pourraient être, pour deux êtres s'aimant éperdument,
des jours passés dans une cabane comme celle-là ! Ils
seraient seuls au monde, vraiment seuls, face à face ! Et
si une chose semblable pouvait se faire, ne devrait-on
point tout quitter pour la réaliser, tant le bonheur est
rare, insaisissable et court ? Est-ce qu'on vit, aux jours
ordinaires de la vie ? Quoi de plus triste que de se lever
sans espérance ardente, d'accomplir avec calme les

mêmes besognes, de boire avec modération, de manger avec réserve et de dormir comme une brute, avec tranquillité ? »

Elle regardait toujours la maisonnette, et son cœur se gonflait comme si elle allait pleurer, car, tout à coup, elle devinait des ivresses qu'elle n'avait jamais soupçonnées.

Certes, elle songeait qu'on serait bien à deux dans cette si petite demeure cachée sous les arbres, en face de ce joujou de lac, de ce bijou de lac, vrai miroir d'amour ! On serait bien, sans personne autour de soi, sans un voisin, sans un cri d'être, sans un bruit de vie, seule avec un homme aimé qui passerait ses heures aux genoux de l'adorée, la regardant pendant qu'elle regarderait l'onde bleue et qui lui dirait des paroles tendres en lui baisant le bout des doigts.

Ils vivraient là, dans le silence, sous les arbres, au fond de ce cratère qui contiendrait toute leur passion, comme l'eau limpide et profonde, dans son enceinte fermée et régulière, sans autre horizon pour leurs yeux que la ligne ronde de la côte, sans autre horizon pour leur pensée que le bonheur de s'aimer, sans autre horizon pour leurs désirs que des baisers lents et sans fin.

Se trouvait-il donc des gens sur la terre qui pouvaient goûter des jours pareils ? Oui, sans doute ! Et pourquoi pas ? Comment n'avait-elle point compris plus tôt que des joies semblables existaient ?

Les fillettes annoncèrent le dîner prêt. Il était déjà six heures. On réveilla le marquis et Gontran pour aller s'asseoir à la turque un peu plus loin, à côté des assiettes qui glissaient dans l'herbe. Les deux sœurs continuèrent à servir, et les hommes nonchalants ne les

en empêchèrent point. Ils mangeaient lentement,
jetant les épluchures et les os de poulet dans l'eau. On
avait apporté du champagne ; le bruit subit du premier
bouchon qui sauta surprit tout le monde, tant il parut
bizarre en ce lieu.

Le jour finissait ; l'air s'imprégnait de fraîcheur ; une
étrange mélancolie s'abattait avec le soir sur l'eau
dormante au fond du cratère.

Lorsque le soleil fut près de disparaître, le ciel
s'étant mis à flamboyer, le lac tout à coup eut l'air
d'une cuve de feu ; puis, après le soleil couché,
l'horizon étant devenu rouge comme un brasier qui va
s'éteindre, le lac eut l'air d'une cuve de sang. Et
soudain, sur la crête de la colline, la lune presque
pleine se leva, toute pâle dans le firmament encore
clair. Puis, à mesure que les ténèbres se répandaient
sur la terre, elle monta, luisante et ronde, au-dessus du
cratère tout rond comme elle. Il semblait qu'elle dût se
laisser choir dedans. Et, lorsqu'elle fut haut dans le
ciel, le lac eut l'air d'une cuve d'argent. Alors sur sa
surface, tout le jour immobile, on vit courir des
frissons, tantôt lents et tantôt rapides. On eût dit que
des esprits, voltigeant au ras de l'eau, laissaient traîner
dessus d'invisibles voiles.

C'étaient les gros poissons du fond, les carpes
séculaires et les brochets voraces, qui venaient s'ébattre au clair de la lune.

Les petites Oriol avaient remis toute la vaisselle et
les bouteilles dans le panier que le cocher vint prendre.
On repartit.

En passant dans l'allée, sous les arbres, où des
taches de clarté tombaient comme une pluie dans
l'herbe à travers les feuilles, Christiane, qui venait

l'avant-dernière, suivie de Paul, entendit soudain une voix haletante qui lui disait, presque dans l'oreille : « Je vous aime ! — Je vous aime ! — Je vous aime ! »

Son cœur se mit à battre si éperdument qu'elle faillit tomber, ne pouvant plus remuer les jambes ! Elle marchait cependant ! Elle marchait, folle, prête à se retourner, les bras ouverts et les lèvres tendues. Il avait saisi maintenant le bord du petit châle dont elle se couvrait les épaules, et il le baisait avec frénésie. Elle continuait à marcher, si défaillante, qu'elle ne sentait plus du tout le sol sous ses pieds.

Soudain elle sortit de la voûte des arbres, et se trouvant en pleine lumière, elle maîtrisa brusquement son trouble ; mais avant de monter en landau et de perdre de vue le lac, elle se tourna à moitié pour jeter vers l'eau avec ses deux mains un grand baiser que comprit bien l'homme qui la suivait.

Pendant le retour, elle demeura inerte d'âme et de corps, étourdie, courbaturée comme après une chute ; et à peine arrivée à l'hôtel, elle monta bien vite s'enfermer dans sa chambre. Quand elle eut poussé le verrou, elle donna un tour de clef, tant elle se sentait encore suivie et désirée. Puis elle demeura frémissante au milieu de l'appartement, presque obscur et vide. La bougie posée sur la table jetait aux murs les ombres tremblantes des meubles et des rideaux. Christiane s'affaissa dans un fauteuil. Toutes ses idées couraient, sautaient, fuyaient sans qu'elle pût les saisir, les retenir, en faire une chaîne. Elle se sentait prête à pleurer, maintenant, sans savoir pourquoi, navrée, misérable, abandonnée dans cette pièce vide, perdue dans l'existence ainsi que dans une forêt.

Où allait-elle, que ferait-elle ?

Ayant grand'peine à respirer, elle se releva, ouvrit la fenêtre et l'auvent, et s'accouda sur le balustre. L'air était frais. Au fond du ciel immense et vide aussi, la lune, lointaine, solitaire et triste, montée maintenant dans les hauteurs bleuâtres de la nuit, versait une lumière dure et froide sur les feuillages et sur la montagne.

Le pays entier dormait. Seul le chant léger du violon de Saint-Landri, qui étudiait chaque soir très tard, passait et pleurait par moments dans le silence profond du vallon. Christiane l'entendait à peine. Il cessait puis reprenait, le cri grêle et douloureux des cordes nerveuses.

Et cette lune perdue dans ce ciel désert, et ce faible son perdu dans la nuit muette, lui jetèrent au cœur une telle émotion de solitude qu'elle se mit à sangloter. Elle tremblait et tressaillait jusqu'aux moelles, secouée par l'angoisse et les frissons des gens atteints d'un mal redoutable ; et elle s'aperçut brusquement qu'elle aussi était toute seule dans l'existence.

Elle ne l'avait pas compris jusqu'à ce jour ; et maintenant elle le sentait si vivement à la détresse de son âme, qu'elle se crut devenue folle.

Elle avait un père ! un frère ! un mari ! Elle les aimait pourtant et ils l'aimaient ! Et voilà que tout à coup elle s'éloignait d'eux, elle leur devenait étrangère comme si elle les connaissait à peine ! L'affection calme de son père, la camaraderie amicale de son frère, la tendresse froide de son mari, ne lui paraissaient plus rien, plus rien ! Son mari ! C'était donc son mari, cet homme rose et bavard qui lui disait avec indifférence : « Vous allez bien, ce matin, chère amie ? » Elle lui appartenait, à cet homme, corps et âme, de par la puissance d'un

contrat. Était-ce possible ? — Oh ! comme elle se
sentait seule et perdue ! Elle avait fermé les yeux pour
regarder au-dedans d'elle-même, au fond de sa pensée.

Et elle les voyait, à mesure qu'elle les évoquait, les
figures de tous ceux qui vivaient auprès d'elle : son
père insouciant et tranquille, heureux, pourvu qu'on
ne troublât point son repos ; son frère railleur et
sceptique ; son mari remuant, plein de chiffres, et qui
lui annonçait : « J'ai fait un joli coup, tantôt », quand
il aurait pu dire : « Je t'aime ! »

Un autre le lui avait murmuré tout à l'heure, ce
mot-là, qui vibrait encore dans son oreille et dans son
cœur. Elle l'aperçut aussi, cet autre, la dévorant de son
regard fixe ; et s'il eût été près d'elle en ce moment, elle
se serait jetée dans ses bras !

VII

Christiane, qui s'était couchée fort tard, se réveilla
dès que le soleil jeta dans sa chambre un flot de clarté
rouge par sa fenêtre restée grande ouverte.

Elle regarda l'heure — cinq heures, — et demeura
sur le dos, délicieusement, dans la chaleur du lit. Il lui
semblait, tant elle sentait alerte et joyeuse son âme,
qu'un bonheur, un grand bonheur, un immense bonheur lui était arrivé pendant la nuit. Lequel ? Elle le
cherchait, elle cherchait quelle nouvelle heureuse
l'avait pénétrée ainsi d'allégresse. Toute sa tristesse du
soir avait disparu, fondue pendant le sommeil.

Donc Paul Brétigny l'aimait ! Comme il lui apparaissait différent du premier jour ! Malgré tous les
efforts de son souvenir, elle ne pouvait le retrouver tel
qu'elle l'avait vu et jugé tout d'abord ; elle ne retrouvait même plus du tout l'homme présenté par son
frère. Celui d'aujourd'hui n'avait rien gardé de l'autre,
rien, ni le visage, ni les allures, rien, car son image
première avait passé peu à peu, jour par jour, par
toutes les lentes modifications que subit dans un esprit
un être aperçu qui devient un être connu, puis un être
familier, un être aimé. On prend possession de lui

heure par heure, sans s'en douter ; on prend possession
de ses traits, de ses mouvements, de ses attitudes, de sa
personne physique et de sa personne morale. Il entre
en vous, dans le regard et dans le cœur, par sa voix,
par tous ses gestes, par ce qu'il dit et par ce qu'il pense.
On l'absorbe, on le comprend, on le devine dans toutes
les intentions de son sourire et de sa parole ; il semble
enfin qu'il vous appartienne tout entier, tant on aime
inconsciemment encore tout ce qui est de lui et tout ce
qui vient de lui.

Alors, il demeure impossible de se rappeler ce
qu'était cet être devant vos yeux indifférents, la
première fois qu'il vous est apparu.

Donc, Paul Brétigny l'aimait ! Christiane n'éprouvait de cela ni peur, ni angoisse, mais un attendrissement profond, une joie immense, nouvelle, exquise,
d'être aimée et de le savoir.

Elle restait un peu inquiète cependant de l'attitude
qu'il prendrait vis-à-vis d'elle, et qu'elle garderait vis-
à-vis de lui. Mais comme il était délicat pour sa
conscience de penser même à ces choses-là, elle cessa
d'y songer, en se fiant à sa finesse et à son adresse pour
diriger les événements. Elle descendit à l'heure ordinaire, et trouva Paul qui fumait une cigarette devant la
porte de l'hôtel. Il la salua avec respect.

« Bonjour, Madame. Vous allez bien, ce matin ? »

Elle répondit en souriant :

« Fort bien, Monsieur. J'ai dormi admirablement. »

Et elle lui tendit la main, avec une crainte qu'il ne la
gardât trop. Mais il ne la serra qu'à peine ; et ils se
mirent à causer tranquillement comme s'ils avaient
oublié l'un et l'autre.

Et la journée se passa sans qu'il fît rien pour

rappeler son ardent aveu de la veille. Il demeura, les jours suivants, aussi discret et aussi calme; et elle prit confiance en lui. Il avait deviné, croyait-elle, qu'il la blesserait en devenant plus hardi; et elle espéra, elle crut fermement qu'ils s'étaient arrêtés à cette étape charmante de la tendresse où l'on peut s'aimer en se regardant au fond des yeux, sans remords, étant sans souillures.

Elle avait soin, cependant, de ne jamais s'écarter avec lui.

Or, un soir, le samedi de la même semaine où ils avaient été au gour de Tazenat, comme ils remontaient à l'hôtel, vers dix heures, le marquis, Christiane et Paul, car ils avaient laissé Gontran jouant à l'écarté avec MM. Aubry-Pasteur, Riquier et le docteur Honorat dans la grande salle du Casino, Brétigny s'écria, en apercevant la lune qui apparaissait à travers les branches :

« Comme ce serait joli d'aller voir les ruines de Tournoël par une nuit comme celle-ci ! »

A cette seule pensée, Christiane fut émue, la lune et les ruines ayant sur elle la même influence que sur presque toutes les âmes de femmes.

Elle pressa la main du marquis :

« Oh! petit père, si tu voulais ? »

Il hésitait, ayant grande envie de se coucher.

Elle insista :

« Songe donc, c'est déjà si beau de jour, Tournoël ! Tu disais toi-même que tu n'avais jamais vu une ruine aussi pittoresque, avec cette grande tour au-dessus du château ! Qu'est-ce que ça doit être la nuit ? »

Il consentit enfin :

« Eh bien, allons; mais nous regarderons d

minutes et nous reviendrons tout de suite. Je veux être couché à onze heures, moi.

— Oui, nous reviendrons tout de suite. Il ne faut pas plus de vingt minutes pour y aller. »

Ils partirent tous les trois, Christiane appuyée au bras de son père et Paul marchant à côté d'elle.

Il parlait de voyages qu'il avait faits, de la Suisse, de l'Italie, de la Sicile. Il racontait ses impressions devant certaines choses, son enthousiasme au faîte du mont Rose, alors que le soleil, surgissant à l'horizon de ce peuple de sommets glacés, de ce monde figé des neiges éternelles, jeta sur chacune des cimes géantes une clarté éclatante et blanche, les alluma comme les phares pâles qui doivent éclairer les royaumes des morts. Puis il dit son émotion au bord du cratère monstrueux de l'Etna, quand il s'était senti, bête imperceptible, à trois mille mètres dans les nuages, n'ayant plus que la mer et le ciel autour de lui, la mer bleue au-dessous, le ciel bleu au-dessus, et penché sur cette bouche effroyable de la terre, dont l'haleine le suffoquait.

Il élargissait les images pour émouvoir la jeune femme ; et elle palpitait en l'écoutant, apercevant elle-même, dans un élan de sa pensée, ces grandes choses qu'il avait vues.

Tout à coup, au détour de la route, ils découvrirent Tournoël. L'antique château, debout sur son pic, dominé par sa tour haute et mince, percée à jour et démantelée par le temps et par les guerres anciennes, dessinait, sur un ciel d'apparitions, sa grande silhouette de manoir fantastique.

Ils s'arrêtèrent, surpris tous trois. Le marquis dit enfin :

« En effet, c'est très joli ; on dirait un rêve de Gustave Doré réalisé. Asseyons-nous cinq minutes. »

Et il s'assit sur l'herbe du fossé.

Mais Christiane, affolée d'enthousiasme, s'écria :

« Oh, père, allons plus loin ! C'est si beau ! si beau ! Allons jusqu'au pied, je t'en supplie ! »

Le marquis, cette fois, refusa :

« Non, ma chérie, j'ai assez marché ; je n'en puis plus. Si tu veux le voir de plus près, vas-y avec M. Brétigny. Moi, je vous attends ici. »

Paul demanda :

« Voulez-vous, Madame ? »

Elle hésitait, saisie par deux craintes : celle de se trouver seule avec lui, et celle de blesser un honnête homme, en ayant l'air de le redouter.

Le marquis reprit :

« Allez, allez ! moi, je vous attends. »

Alors, elle songea que son père resterait à portée de leurs voix, et elle dit résolument :

« Allons, Monsieur. »

Ils partirent côte à côte.

Mais à peine eut-elle marché pendant quelques minutes qu'elle se sentit envahie par une émotion poignante, par une peur vague, mystérieuse, peur de la ruine, peur de la nuit, peur de cet homme. Ses jambes devenues molles tout à coup, comme l'autre soir au lac de Tazenat, refusaient de la porter plus loin, ployaient sous elle, lui paraissaient s'enfoncer dans la route, où ses pieds demeuraient tenus quand elle voulait les soulever.

Un grand arbre, un châtaignier, planté contre le chemin, abritait le bord d'une prairie. Christiane, essoufflée comme si elle eût couru, se laissa tomber contre le tronc. Et elle balbutia :

« Je m'arrête ici... On voit très bien. »

Paul s'assit à côté d'elle. Elle entendait battre son cœur à grands coups précipités. Il dit, après un court silence :

« Croyez-vous que nous ayons déjà vécu ? »

Elle murmura, sans avoir bien compris ce qu'il lui demandait, tant elle était émue :

« Je ne sais pas. Je n'y ai jamais songé ! »

Il reprit :

« Moi, je le crois... par moments... ou plutôt je le sens... L'être étant composé d'un esprit et d'un corps, qui semblent distincts mais ne sont sans doute qu'un tout de même nature, doit reparaître lorsque les éléments qui l'ont formé une première fois se trouvent combinés ensemble une seconde fois. Ce n'est pas le même individu assurément, mais c'est bien le même homme qui revient quand un corps pareil à une forme précédente se trouve habité par une âme semblable à celle qui l'animait autrefois. Eh bien, moi ce soir, je suis sûr, Madame, que j'ai vécu dans ce château, que je l'ai possédé, que je m'y suis battu, que je l'ai défendu. Je le reconnais, il fut à moi, j'en suis certain ! Et je suis certain aussi que j'y ai aimé une femme qui vous ressemblait, qui s'appelait, comme vous, Christiane ! J'en suis tellement certain, qu'il me semble vous voir encore, m'appelant du haut de cette tour. Cherchez, souvenez-vous ! Il y a un bois, derrière, qui descend dans une profonde vallée. Nous nous y sommes souvent promenés. Vous aviez des robes légères, les soirs d'été ; et je portais de lourdes armes qui sonnaient sous les feuillages.

» Vous ne vous rappelez pas ? Cherchez donc, Christiane ! Mais votre nom m'est familier comme

ceux qu'on entend dès l'enfance ! On regarderait avec
soin toutes les pierres de cette forteresse, on l'y
retrouverait gravé par ma main, jadis ! Je vous affirme
que je reconnais ma demeure, mon pays, comme je
vous ai reconnue, vous, la première fois que je vous ai
vue ! »

Il parlait avec une conviction exaltée, grisé poéti-
quement par le contact de cette femme, et par la nuit,
et par la lune, et par la ruine.

Brusquement il se mit à genoux devant Christiane,
et, d'une voix tremblante :

« Laissez-moi vous adorer encore, puisque je vous ai
retrouvée. Voilà si longtemps que je vous cherche ! »

Elle voulait se lever, partir, rejoindre son père ;
mais elle n'en avait pas la force, elle n'en avait pas le
courage, retenue, paralysée par une envie ardente
de l'écouter encore, d'entendre entrer dans son cœur
ces paroles qui la ravissaient. Elle se sentait emportée dans un songe, dans le songe toujours espéré, si
doux, si poétique, plein de rayons de lune et de
ballades.

Il lui avait saisi les mains et lui baisait le bout des
ongles en balbutiant :

« Christiane... Christiane... prenez-moi... tuez-
moi... je vous aime... Christiane... ! »

Elle le sentait trembler, frissonner à ses pieds. Il lui
baisait les genoux maintenant, avec des sanglots
profonds dans la poitrine. Elle eut peur qu'il ne devînt
fou et se leva pour se sauver. Mais il s'était dressé plus
vite qu'elle et l'avait saisie dans ses bras en se jetant
sur sa bouche.

Alors, sans un cri, sans révolte, sans résistance,
se laissa tomber sur l'herbe, comme si cette caress

eût cassé les reins en brisant sa volonté. Et il la prit
aussi facilement que s'il cueillait un fruit mûr.

Mais, à peine eut-il desserré son étreinte, elle se
releva et se sauva, éperdue, frissonnante et glacée
soudain comme un être qui vient de tomber à l'eau. Il
la rejoignit en quelques enjambées et la saisit par le
bras en murmurant : « Christiane, Christiane !... prenez garde à votre père. »

Elle se remit à marcher, sans répondre, sans se
retourner, allant droit devant elle d'un pas roide et
saccadé. Il la suivait maintenant sans oser lui parler.

Dès que le marquis les aperçut, il se leva :

« Allons vite, dit-il, je commençais à avoir froid.
C'est très beau, ces choses-là, mais mauvais pour le
traitement. »

Christiane se serrait contre son père, comme pour
lui demander protection et se réfugier dans sa tendresse.

Aussitôt rentrée dans sa chambre, elle se dévêtit en
quelques secondes et s'enfonça dans son lit, en cachant
sa tête sous les draps, puis elle pleura. Elle pleura, la
figure dans l'oreiller, longtemps, longtemps, inerte,
anéantie. Elle ne songeait plus, elle ne souffrait point,
elle ne regrettait pas. Elle pleurait sans songer, sans
réfléchir, sans savoir pourquoi. Elle pleurait, par
instinct, comme on chante quand on est gai. Puis,
quand elle fut épuisée de larmes, accablée, courbaturée à force d'avoir sangloté, elle s'endormit de fatigue
et de lassitude.

Elle fut réveillée par des coups légers frappés à la
porte de sa chambre qui donnait sur le salon. Il faisait
grand jour, il était neuf heures. Elle cria : « Entrez ! »
Et son mari parut, joyeux, animé, coiffé d'une cas-

quette de route, et portant au flanc son petit sac à argent qu'il ne quittait jamais en voyage.

Il s'écria :

« Comment, tu dormais encore, ma chère ! Et c'est moi qui te réveille. Voilà ! J'arrive sans m'annoncer. J'espère que tu vas bien. Il fait un temps superbe à Paris. »

Et, s'étant décoiffé, il s'avança pour l'embrasser.

Elle s'éloignait vers le mur, saisie d'une peur folle, d'une peur nerveuse de ce petit homme rose et content qui tendait ses lèvres vers elle.

Puis, brusquement, elle lui offrit son front en fermant les yeux. Il y posa un baiser calme, et demanda :

« Tu permets que je me lave un peu dans ton cabinet de toilette ? Comme on ne m'attendait pas aujourd'hui, on n'a point préparé ma chambre. »

Elle balbutia :

« Mais, certainement. »

Et il disparut par une porte, au pied du lit.

Elle l'entendait remuer, clapoter, siffloter ; puis il cria :

« Quoi de neuf ici ? Moi, j'ai des nouvelles excellentes. L'analyse de l'eau a donné des résultats inespérés. Nous pourrons guérir au moins trois maladies de plus qu'à Royat. C'est superbe ! »

Elle s'était assise dans son lit, suffoquant, la tête égarée par ce retour imprévu qui la frappait comme une douleur et l'étreignait comme un remords. Il reparut, content, répandant autour de lui une forte odeur de verveine. Alors il s'assit familièrement sur le pied du lit et demanda :

« Et le paralytique ! Comment va-t-il ? Est-ce qu'il

recommence à marcher? Il n'est pas possible qu'il
ne guérisse point avec ce que nous avons trouvé
dans l'eau! »

Elle l'avait oublié depuis plusieurs jours, et elle
balbutia :

« Mais... je... je crois qu'il commence à aller
mieux... je ne l'ai pas vu d'ailleurs cette semaine...
je... je suis un peu souffrante... »

Il la regarda avec intérêt et reprit :

« C'est vrai, tu es un peu pâle... Ça te va fort
bien, d'ailleurs... Tu es charmante ainsi... tout à
fait charmante... »

Il se rapprocha et, se penchant vers elle, voulut
passer un bras dans le lit, sous sa taille.

Mais elle fit en arrière un tel mouvement de
terreur qu'il demeura stupéfait, les mains tendues
et la bouche en avant. Puis il demanda :

« Qu'as-tu donc? On ne peut plus te toucher!
Je t'assure que je ne veux pas te faire de mal... »

Et il se rapprochait, pressant, l'œil allumé d'un
désir subit.

Alors elle balbutia :

« Non.... laisse-moi... laisse-moi... C'est que...
c'est que... je crois... je crois que je suis
enceinte!... »

Elle avait dit cela, affolée d'angoisse, sans y songer, pour éviter son contact, comme elle aurait
dit : « J'ai la lèpre ou la peste. »

Il pâlit à son tour, ému d'une joie profonde; et
il murmura seulement : « Déjà! » Il avait envie de
l'embrasser maintenant, longtemps, doucement,
tendrement, en père heureux et reconnaissant. Puis
une inquiétude lui vint :

« Est-ce possible ?... Comment ?... Tu crois ?... Si tôt ?... »

Elle répondit :

« Oui... c'est possible !... »

Alors il sauta dans la chambre et s'écria en se frottant les mains :

« Cristi, cristi, quelle bonne journée ! »

On frappait de nouveau à la porte. Andermatt l'ouvrit, et une femme de chambre lui dit :

« C'est M. le docteur Latonne qui voudrait parler tout de suite à Monsieur.

— C'est bien. Faites-le entrer dans notre salon, j'y vais. »

Il retourna dans la pièce voisine. Le docteur parut aussitôt. Il avait un visage solennel, une allure compassée et froide. Il salua, toucha la main que lui tendait le banquier un peu surpris, s'assit et s'expliqua, avec le ton d'un témoin dans une affaire d'honneur.

« Il m'arrive, mon cher Monsieur, une aventure fort désagréable, dont je dois vous rendre compte pour vous expliquer ma conduite. Quand vous m'avez fait l'honneur de m'appeler auprès de Madame votre femme, je suis accouru à l'heure même ; or, il paraît que, quelques minutes avant moi, mon confrère, M. le médecin-inspecteur, qui inspire sans doute plus de confiance à Mme Andermatt, avait été mandé par les soins de M. le marquis de Ravenel. Il en est résulté que, venu le second, j'ai l'air d'avoir enlevé par ruse à M. le docteur Bonnefille une cliente qui lui appartenait déjà, j'ai l'air d'avoir commis un acte indélicat, malséant, inqualifiable de confrère à confrère. Or, il nous faut apporter, Monsieur, dans l'exercice d art, des précautions et un tact excessifs pour éviter tous les froissements, qui peuvent avoir de graves conséquences. M. le docteur Bonnefille, instruit de ma visite ici, me croyant coupable de cette indélicatesse, les apparences étant, en effet, contre moi, en a parlé en termes tels que, n'était son âge, je me serais vu forcé de lui en demander raison. Il ne me reste qu'une chose à faire, pour m'innocenter à ses yeux et aux yeux de tout le corps médical de la contrée, c'est de cesser, à mon grand chagrin, de donner mes soins à votre femme, et de faire connaître toute la vérité sur cette affaire, en vous priant d'agréer mes excuses. »

Andermatt répondit avec embarras :

« Je comprends fort bien, Docteur, la situation difficile où vous vous trouvez. La faute en est, non pas à moi ou à ma femme, mais à mon beau-père, qui avait appelé M. Bonnefille sans nous prévenir. Ne pourrais-je aller trouver votre confrère et lui dire... »

Le docteur Latonne l'interrompit :

« C'est inutile, mon cher Monsieur, il y a là une question de dignité et d'honorabilité professionnelles que je dois avant tout respecter, et, malgré mes vifs regrets... »

Andermatt, à son tour, lui coupa la parole. L'homme riche, l'homme qui paye, qui achète une ordonnance de cinq, dix, vingt ou quarante francs comme une boîte d'allumettes de trois sous, à qui tout doit appartenir par la puissance de sa bourse, et qui n'apprécie les êtres et les objets qu'en vertu d'une assimilation de leur valeur avec celle de l'argent, d'un rapport rapide et direct établi entre les métaux monnayés et toutes les autres choses du monde, s'irritait de l'outrecuidance de ce marchand de remèdes sur papier. Il déclara d'un ton roide :

« Soit, Docteur. Restons-en là. Mais je souhaite pour vous que cette démarche n'ait pas sur votre carrière une fâcheuse influence. Nous verrons, en effet, lequel de nous deux aura le plus à souffrir de votre résolution. »

Le médecin, froissé, se leva, et, saluant avec une grande politesse :

« Ce sera moi, Monsieur, je n'en doute pas. Dès aujourd'hui, ce que je viens de faire m'est fort pénible sous tous les rapports. Mais je n'hésite jamais entre mon intérêt et ma conscience. »

Et il sortit. Comme il franchissait la porte, il heurta le marquis qui entrait, une lettre à la main. Et M. de Ravenel s'écria, dès qu'il fut seul avec son gendre :

« Tenez, mon cher, voici une chose très ennuyeuse qui m'arrive par votre faute. Le docteur Bonnefille, blessé de ce que vous ayez fait venir son confrère auprès de Christiane, m'envoie sa note avec un mot très sec pour me prévenir que je n'aie plus à compter sur son expérience. »

Alors Andermatt se fâcha tout à fait. Il marchait, s'animait en parlant, gesticulait, plein d'une colère inoffensive et factice, de ces colères qu'on ne prend jamais au sérieux. Il criait ses arguments. — A qui la faute, après tout ? Au marquis seul qui avait appelé cet âne bâté de Bonnefille sans même prévenir Andermatt, renseigné, grâce à son médecin de Paris, sur la valeur relative des trois charlatans d'Enval !

Et puis, de quoi s'était mêlé le marquis en consultant derrière le dos du mari, du mari seul juge, seul responsable de la santé de sa femme ? Enfin, c'était tous les jours la même chose pour tout ! On ne faisait que des bêtises autour de lui, que des bêtises ! Il le répétait sans cesse ; mais il criait dans le désert, personne ne comprenait, personne n'ajoutait foi à son expérience que lorsqu'il était trop tard.

Et il disait : « Mon médecin », « mon expérience », avec une autorité d'homme qui détient des choses uniques. Les pronoms possessifs prenaient dans sa bouche des sonorités de métal. Et quand il prononçait : « Ma femme », on sentait d'une façon bien évidente que le marquis n'avait plus aucun droit sur sa fille, puisque Andermatt l'avait épousée, épouser et acheter ayant le même sens dans son esprit.

Gontran entra au plus vif de la discussion, et il s'assit dans un fauteuil, avec un sourire de gaîté sur les lèvres. Il ne disait rien, il écoutait, s'amusant énormément.

Lorsque le banquier se tut, à bout de souffle, son beau-frère leva la main en criant :

« Je demande la parole. Vous voici tous les deux sans médecins, n'est-ce pas ? Eh bien, je propose mon candidat, le docteur Honorat, le seul qui ait sur l'eau d'Enval une opinion précise et inébranlable. Il en fait boire, mais n'en boirait pour rien au monde. Voulez-vous que j'aille le chercher ? Je me charge des négociations. »

C'était le seul parti à prendre et on pria Gontran de le faire venir immédiatement. Le marquis, saisi d'inquiétude à l'idée d'un changement de régime et de soins, voulait savoir tout de suite l'avis de ce nouveau médecin ; et Andermatt désira non moins vivement le consulter pour Christiane.

A travers la porte, elle les entendait sans les écouter et sans comprendre de quoi ils parlaient. Dès que son mari l'avait quittée, elle s'était sauvée de son lit comme d'un endroit redoutable et elle s'habillait en hâte, sans femme de chambre, la tête secouée par tous ces événements.

Le monde lui paraissait changé autour d'elle, la vie autre que la veille, les gens eux-mêmes tout différents.

La voix d'Andermatt s'éleva de nouveau :

« Tiens, mon cher Brétigny, comment allez-vous ? »

Il ne disait déjà plus « Monsieur ».

Une autre voix répondit :

« Mais fort bien, mon cher Andermatt, vous êtes donc arrivé ce matin ? »

Christiane, qui relevait ses cheveux sur ses tempes, s'arrêta, suffoquée, les bras en l'air. A travers la cloison, elle crut les voir se serrant la main. Elle s'assit, ne pouvant plus se tenir debout ; et ses cheveux déroulés retombèrent sur ses épaules.

C'était Paul qui parlait maintenant, et elle frissonnait de la tête aux pieds à chaque parole sortie de sa bouche. Chaque mot, dont elle ne saisissait pas le sens, tombait et sonnait sur son cœur comme un marteau qui frappe une cloche.

Tout à coup, elle prononça presque tout haut : « Mais je l'aime... je l'aime ! » comme si elle eût constaté une chose nouvelle et surprenante qui la sauvait, qui la consolait, qui l'innocentait devant sa conscience. Une énergie subite la redressa ; en une seconde son parti fut pris. Et elle se remit à se coiffer en murmurant : « J'ai un amant, voilà tout. J'ai un amant. » Alors, pour s'affermir encore, pour se dégager de toute angoisse, elle se résolut soudain, avec une conviction ardente, à l'aimer frénétiquement, à lui donner sa vie, son bonheur, à lui sacrifier tout, selon la morale exaltée des cœurs vaincus mais scrupuleux qui se jugent purifiés par le dévouement et la sincérité.

Et, derrière le mur qui les séparait, elle lui jeta des baisers. C'était fini, elle s'abandonnait à lui, sans réserve, comme on s'offre à un dieu. L'enfant déjà coquette et rusée, mais encore timide, encore trem-blante, venait de mourir brusquement en elle; et la femme était née, prête pour la passion, la femme résolue, tenace, seulement annoncée jusqu'ici par l'énergie cachée en son œil bleu, qui donnait un air de courage et presque de bravade à sa mignonne figure blonde.

Elle entendit ouvrir la porte, et ne se retourna pas, devinant son mari sans le voir, comme si un sens nouveau, presque un instinct, venait aussi d'éclore en elle.

Il demanda :

« Seras-tu bientôt prête ? Nous irons tout à l'heure au bain du paralytique, pour voir s'il va vraiment mieux. »

Elle répondit avec calme :

« Oui, mon cher Will, dans cinq minutes. »

Mais Gontran, rentrant dans le salon, rappelait Andermatt.

« Figurez-vous, disait-il, que j'ai rencontré dans le parc cet imbécile d'Honorat qui refuse aussi de vous soigner, par crainte des autres. Il parle de procédés, d'égards, d'usages... On croirait que... il aurait l'air de... Bref, c'est une bête comme ses deux confrères. Vrai, je l'aurais cru moins singe que cela. »

Le marquis demeurait atterré. L'idée de prendre les

eaux sans médecin, de se baigner cinq minutes de trop, de boire un verre de moins qu'il n'aurait fallu le torturait de peur, car il croyait toutes les doses, les heures et les phases du traitement exactement réglées par une loi de la nature, qui avait pensé aux malades en faisant couler les eaux minérales, et dont les docteurs connaissaient tous les secrets mystérieux, comme des prêtres inspirés et savants.

Il s'écria :

« Alors on peut mourir ici... On y peut crever comme un chien sans qu'aucun de ces messieurs se dérange ! »

Et une colère l'envahit, une colère égoïste et furieuse d'homme menacé dans sa santé.

« Est-ce qu'ils ont le droit de faire cela, puisqu'ils payent patente comme des épiciers, ces gredins-là ? On doit pouvoir les forcer à soigner les gens, comme on force les trains à prendre tous les voyageurs. Je vais écrire aux journaux pour signaler le fait. »

Il marchait avec agitation et il reprit, en se retournant vers son fils :

« Écoute, il va falloir en faire venir un de Royat ou de Clermont. Nous ne pouvons pas rester ainsi !... »

Gontran répondit en souriant :

« Mais ceux de Clermont et de Royat ne connaissent pas bien le liquide d'Enval, qui n'a pas la même action spéciale que leur eau sur le tube digestif et sur l'appareil circulatoire. Et puis, sois certain qu'ils ne viendront pas non plus, ceux de là-bas, pour ne point avoir l'air de couper les chardons sous la dent de leurs confrères. »

Le marquis, effaré, balbutia :

« Mais alors, que deviendrons-nous ? »

Andermatt saisit son chapeau :

« Laissez-moi faire, et je vous réponds que nous les aurons ce soir tous les trois, vous entendez bien — tous — les — trois — à nos genoux. Allons voir le paralytique, maintenant. »

Il cria :

« Es-tu prête, Christiane ? »

Elle parut sur la porte, très pâle, avec un air déterminé. Ayant embrassé son père et son frère, elle se tourna vers Paul et lui tendit la main. Il la prit, les yeux baissés, tremblant d'angoisse. Comme le marquis, Andermatt et Gontran s'en allaient en causant et sans s'occuper d'elle, elle dit, d'une voix ferme, en fixant sur le jeune homme un regard tendre et décidé :

« Je vous appartiens corps et âme. Faites de moi désormais ce qu'il vous plaira. »

Puis elle sortit, sans le laisser répondre.

En approchant de la source des Oriol, ils aperçurent, pareil à un énorme champignon, le chapeau du père Clovis, qui sommeillait sous le soleil, dans l'eau chaude, au fond de son trou. Il y passait maintenant ses matinées entières, accoutumé à ce bain brûlant qui le rendait, disait-il, plus gaillard qu'un nouveau marié.

Andermatt le réveilla :

« Eh bien, mon brave, ça va-t-il mieux ? »

Quand il eut reconnu son bourgeois, le vieux fit une grimace de satisfaction :

« Oui, oui, cha va, cha va a lo voulounta.

— Est-ce que vous commencez à marcher ?

— Comme un lapin, Môchieu, comme un lapin. Je dancherai une bourrée avec ma bonne amie au premier dimanche du mois. »

Andermatt sentit battre son cœur ; il répéta :

« Vrai, vous marchez ? »

Le père Clovis cessa de plaisanter :

« Oh ! pas fort, pas fort. N'importe, cha va. »

Alors le banquier voulut voir tout de suite comment marchait le vagabond. Il tournait autour du trou, s'agitait, donnait des ordres comme pour renflouer un navire coulé.

« Tenez, Gontran, prenez le bras droit. — Vous, Brétigny, le bras gauche. Moi, je vais lui soutenir les reins. Allons, ensemble — une — deux — trois. — Mon cher beau-père, tirez à vous la jambe, — non, l'autre, celle qui reste dans l'eau. — Vite, je vous prie, je n'en puis plus ! — Nous y sommes, — une, — deux, — voilà, ouf ! »

Ils avaient assis par terre le bonhomme qui les laissait faire d'un air goguenard, sans aider en rien leurs efforts.

Puis on le souleva de nouveau et on le dressa sur ses jambes en lui donnant ses béquilles, dont il se servit comme de cannes ; et il se mit à marcher, courbé en deux, traînant ses pieds, geignant, soufflant. Il avançait à la façon d'une limace et laissait derrière lui une longue traînée d'eau sur la poussière blanche de la route.

Andermatt, enthousiasmé, battit des mains, en criant comme on fait au théâtre pour acclamer les acteurs : « Bravo, bravo, admirable, bravo !!! » Puis, comme le vieux semblait exténué, il s'élança pour le soutenir, le saisit dans ses bras, bien que ses hardes fussent ruisselantes, et il répétait :

« Assez, ne vous fatiguez pas. Nous allons vous remettre dans le bain. »

Et le père Clovis fut replongé dans son trou, par les

quatre hommes qui l'avaient pris par ses quatre membres et le portaient avec précaution, comme un objet fragile et précieux.

Alors le paralytique déclara, d'une voix convaincue :

« Ch'est de la bonne eau tout d' même, d' la bonne eau qui n'a point cha pareille. Cha vaut un tréjor, de l'eau comme cha ! »

Andermatt, tout à coup, se retourna vers son beau-père :

« Ne m'attendez point pour déjeuner. Je vais chez les Oriol et je ne sais quand je serai libre. Il ne faut pas laisser traîner ces choses-là ! »

Et il partit, pressé, courant presque, et faisant avec sa badine un moulinet d'homme enchanté.

Les autres s'assirent sous les saules, au bord de la route, en face du trou du père Clovis.

Christiane, à côté de Paul, regardait devant elle la haute butte d'où elle avait vu sauter le morne ! Elle était là-haut, ce jour-là, voici un mois à peine ! Elle était assise sur cette herbe rousse ! Un mois ! Rien qu'un mois ! Elle se rappelait les plus légers détails, les ombrelles tricolores, les marmitons, les moindres paroles de chacun ! Et le chien, le pauvre chien broyé par l'explosion ! Et ce grand garçon inconnu qui s'était élancé sur un mot d'elle pour sauver la bête ! Aujourd'hui il était son amant ! son amant ! Donc elle avait un amant ! Elle était sa maîtresse — sa maîtresse ! Elle se répétait ce mot dans le secret de sa conscience — sa maîtresse ! Quel mot bizarre ! Cet homme, assis à côté d'elle, dont elle voyait une main arracher un à un des brins d'herbe auprès de sa robe qu'il cherchait à toucher, cet homme était maintenant lié à sa chair et à son cœur, par cette chaîne mystérieuse, inavouable, honteuse, que la nature a tendue entre la femme et l'homme.

Avec cette voix de la pensée, cette voix muette qui semble parler si haut dans le silence des âmes troublées, elle se répétait sans cesse : « Je suis sa maîtresse, sa maîtresse ! sa maîtresse ! » Comme cela était étrange, imprévu !

« Est-ce que je l'aime ? » Elle jeta sur lui un coup d'œil rapide. Leurs yeux se rencontrèrent et elle se sentit tellement caressée par le regard passionné dont il l'avait couverte, qu'elle frémit de la tête aux pieds. Elle avait envie, maintenant, une envie folle, irrésistible, de prendre cette main qui jouait dans l'herbe, et de la serrer bien fort pour lui exprimer tout ce qu'on peut dire dans une étreinte. Elle fit glisser la sienne le long de sa robe jusqu'au gazon, puis elle l'y laissa, immobile, les doigts ouverts. Alors elle vit l'autre s'en venir, tout doucement, comme une bête amoureuse qui cherche sa compagne. Elle s'en vint, tout près, tout près, et leurs petits doigts se touchèrent ! Ils se frôlèrent par le bout, doucement, à peine, se perdirent et se retrouvèrent, ainsi que des lèvres qui s'embrassent. Mais cette caresse imperceptible, cet effleurement léger, entrait en elle si violemment qu'elle se sentait défaillir comme s'il l'avait de nouveau écrasée en ses bras.

Et elle comprit soudain comment on appartient à quelqu'un, comment on n'est plus rien sous l'amour qui vous possède, comment un être vous prend, corps et âme, chair, pensée, volonté, sang, nerfs, tout, tout, tout ce qui est en vous, ainsi que fait un grand oiseau de proie aux larges ailes en s'abattant sur un roitelet.

corps et âme
n'est rien sans homme.

Le marquis et Gontran parlaient de la station future, gagnés eux-mêmes par l'enthousiasme de Will. Et ils disaient les mérites du banquier, la netteté de son esprit, la sûreté de son jugement, la certitude de sa méthode spéculative, la hardiesse de ses procédés et la régularité de son caractère. Beau-père et beau-frère, devant le succès probable, dont ils se croyaient certains, étaient d'accord et se félicitaient de cette alliance.

Christiane et Paul ne semblaient pas entendre, tout occupés l'un de l'autre.

Le marquis dit à sa fille :

« Hé ! mignonne, tu pourrais bien devenir un jour une des femmes les plus riches de France, et on te nommera comme on nomme les Rothschild. Will est vraiment un homme remarquable, très remarquable, une grande intelligence. »

Mais une jalousie brusque et bizarre entra soudain dans le cœur de Paul.

« Laissez donc, dit-il, je la connais, leur intelligence, à tous ces brasseurs d'affaires. Ils n'ont qu'une chose en tête : l'argent ! Toutes les pensées que nous donnons aux belles choses, tous les actes que nous perdons pour nos caprices, toutes les heures que nous jetons à nos distractions, toute la force que nous gaspillons pour nos plaisirs, toute l'ardeur et toute la puissance que nous prend l'amour, l'amour divin, ils les emploient à chercher de l'or, à songer à l'or, à amasser de l'or ! L'homme, l'homme intelligent, vit pour toutes les grandes tendresses désintéressées, les arts, l'amour, la science, les voyages, les livres ; et s'il cherche l'argent, c'est parce que cela facilite les joies réelles de l'esprit et même le bonheur du cœur ! Mais eux, ils n'ont rien dans l'esprit et dans le cœur que ce goût ignoble du trafic! Ils ressemblent aux hommes de valeur, ces écumeurs de la vie, comme le marchand de tableaux ressemble au peintre, comme l'éditeur ressemble à l'écrivain, comme le directeur de théâtre ressemble au poète. »

Il se tut soudain, comprenant qu'il se laissait emporter, et il reprit d'une voix plus calme :

« Je ne dis point cela pour Andermatt, que je trouve un charmant homme. Je l'aime beaucoup parce qu'il est cent fois supérieur à tous les autres... »

Christiane avait retiré sa main. Paul, de nouveau, cessa de parler.

Gontran se mit à rire, et de sa voix méchante, dont il osait tout dire, en ses heures de gouaillerie sincère :

« En tout cas, mon cher, ces hommes-là ont un rare mérite : c'est d'épouser nos sœurs et d'avoir des filles riches qui deviennent nos femmes. »

Le marquis, blessé, se leva :

« Oh! Gontran! Tu es parfois révoltant. »

Paul alors, se tournant vers Christiane, murmura :

« Sauraient-ils mourir pour une femme ou même lui donner toute leur fortune — toute — sans rien garder? »

Cela disait si clairement : « Tout ce que j'ai est à vous, jusqu'à ma vie », qu'elle fut émue, et elle eut cette ruse pour lui prendre les mains :

« Levez-vous et relevez-moi; je suis engourdie à ne plus remuer. »

Il se dressa, la saisit par les poignets et l'attirant, la mit debout, sur le bord de la route, tout contre lui. Elle vit sa bouche balbutier : « Je vous aime » et elle se détourna vite pour ne pas lui répondre aussi ces trois mots qui lui montaient aux lèvres malgré elle dans un élan qui la jetait vers lui.

Ils retournèrent vers l'hôtel.

L'heure du bain était passée. On attendit celle du déjeuner. Elle sonna, mais Andermatt ne revenait point. Après un nouveau tour dans le parc on résolut donc de se mettre à table. Le repas, bien que long, se termina sans que le banquier parût. On redescendit pour s'asseoir sous les arbres. Et les heures, l'une après l'autre, s'en allaient, le soleil glissait sur les feuillages, s'inclinant vers les monts, le jour s'écoulait, Will ne se montrait point.

Tout à coup on l'aperçut. Il marchait vite, le chapeau à la main, en s'épongeant le front, la cravate de côté, le gilet entr'ouvert, comme après un voyage, après une lutte, après un effort terrible et prolongé.

Dès qu'il vit son beau-père, il s'écria :

« Victoire ! c'est fait ! mais quelle journée, mes amis ! Ah ! le vieux renard, m'en a-t-il donné du mal ! »

Et tout de suite il expliqua ses démarches et ses peines.

Le père Oriol s'était d'abord montré tellement déraisonnable qu'Andermatt, rompant les négociations, était parti. Puis on l'avait rappelé. Le paysan prétendait ne pas vendre ses terres, mais les apporter à la Société, avec le droit de les reprendre en cas d'insuccès. Il exigeait, en cas de succès, la moitié des bénéfices.

Le banquier avait dû lui démontrer avec des chiffres sur du papier, et des dessins pour simuler les pièces de terre, que l'ensemble des champs ne valait pas plus de quatre-vingt mille francs à l'heure actuelle, tandis que les dépenses de la Société s'élèveraient, d'un seul coup, à un million.

Mais l'Auvergnat avait répliqué qu'il entendait bénéficier de la plus-value énorme donnée à des biens par la création même de l'établissement et des hôtels, et toucher les intérêts sur le pied de la valeur acquise et non de la valeur passée.

Andermatt avait dû lui représenter alors que les risques doivent être proportionnels aux gains possibles, et le terroriser par la peur de la perte.

On s'était donc arrêté à ceci. Le père Oriol apportait à la Société tous les terrains s'étendant aux bords du ruisseau, c'est-à-dire tous ceux où il paraissait possible de trouver de l'eau minérale, plus le sommet de la butte pour y créer un casino et un hôtel, et quelques vignes en pente qui devaient être divisées par lots et offertes aux principaux médecins de Paris.

Le paysan, pour cet apport, évalué à deux cent cinquante mille francs, c'est-à-dire à quatre fois sa valeur environ, participerait pour un quart aux bénéfices de la Société. Comme il gardait dix fois plus de terrain qu'il n'en donnait, autour du futur établissement, il était sûr, en cas de succès, de réaliser une fortune en vendant avec discernement ces terres, qui constitueraient, disait-il, la dot de ses filles.

Aussitôt ces conditions arrêtées Will avait dû traîner le père et le fils chez le notaire pour rédiger une promesse de vente annulable dans le cas où on ne trouverait pas l'eau nécessaire.

Et la rédaction des articles, la discussion de chaque point, la répétition indéfinie des mêmes arguments, l'éternel recommencement des mêmes raisonnements, avaient duré toute l'après-midi.

Enfin, c'était fini. Le banquier tenait sa station.
Mais il répétait, rongé par un regret :

« Il faudra me borner à l'eau sans songer aux
affaires du terrain. Il a été fin, le vieux singe. »

Puis il ajouta :

« Bah, je rachèterai l'ancienne Société, et c'est là-
dessus que je pourrai spéculer !... N'importe, il faut
que je reparte ce soir pour Paris. »

Le marquis, stupéfait, s'écria :

« Comment, ce soir ?

— Mais oui, mon cher beau-père, pour préparer
l'acte définitif, pendant que M. Aubry-Pasteur fera des
fouilles. Il faut aussi que je m'arrange pour commencer les travaux dans quinze jours. Je n'ai pas une heure
à perdre. A ce propos, je vous préviens que vous faites
partie de mon conseil d'administration où j'ai besoin
d'une forte majorité. Je vous donne dix actions. A vous
aussi, Gontran, je donne dix actions. »

Gontran se mit à rire :

« Merci bien, mon cher. Je vous les revends. Cela
fait cinq mille francs que vous me devez. »

Mais Andermatt ne plaisantait plus devant des
affaires aussi graves. Il reprit sèchement :

« Si vous n'êtes pas sérieux, je m'adresserai à un
autre. »

Gontran cessa de rire :

« Non, non, mon bon, vous savez que je vous suis
tout acquis. »

Le banquier se tourna vers Paul :

« Mon cher Monsieur, voulez-vous me rendre un
service d'ami, c'est d'accepter aussi une dizaine
d'actions avec le titre d'administrateur ? »

Paul, s'inclinant, répondit :

« Vous me permettrez, Monsieur, de ne pas accepter cette offre si gracieuse, mais de mettre cent mille francs dans l'affaire que je considère comme superbe. C'est donc moi qui vous demande une faveur. »

William, ravi, lui saisit les mains, cette confiance l'avait conquis. Il éprouvait toujours, d'ailleurs, une envie irrésistible d'embrasser les gens qui lui apportaient de l'argent pour ses entreprises.

Mais Christiane rougissait jusqu'aux tempes, émue, froissée. Il lui semblait qu'on venait de la vendre et de l'acheter. S'il ne l'avait pas aimée, Paul aurait-il offert ces cent mille francs à son mari ? Non, sans doute ! Il n'aurait pas dû, au moins, traiter cette affaire devant elle.

Le dîner sonnait. Ils remontèrent à l'hôtel. Dès qu'on fut à table, Mme Paille, la mère, demanda à Andermatt :

« Vous allez donc fonder un autre établissement ? »

La nouvelle avait déjà couru par le pays entier, était connue de tout le monde ; elle agitait tous les baigneurs.

William répondit :

« Mon Dieu oui, celui qui existe est trop insuffisant. »

Et, se tournant vers M. Aubry-Pasteur :

« Vous m'excuserez, cher Monsieur, de vous parler à table d'une démarche que je voulais faire auprès de vous, mais je repars ce soir pour Paris ; et le temps me presse énormément. Consentiriez-vous à diriger les travaux de fouille pour trouver un volume d'eau supérieur ? »

L'ingénieur, flatté, accepta ; et, au milieu du silence général, ils réglèrent tous les points essentiels des recherches qui devaient commencer immédiatement. Tout fut discuté et fixé en quelques minutes avec la netteté et la précision qu'Andermatt apportait toujours dans les affaires. Puis on parla du paralytique. On l'avait vu traverser le parc, dans l'après-midi, avec une seule canne, alors que, le matin même, il en employait encore deux. Le banquier répétait : « C'est un miracle, un vrai miracle ! Sa guérison marche à pas de géant. »

Paul, pour plaire au mari, reprit :

« C'est le père Clovis lui-même qui marche à pas de géant. »

Un rire approbateur fit le tour de la table. Tous les yeux regardaient Will, toutes les bouches le complimentaient. Les garçons du restaurant s'étaient mis à le servir le premier avec une déférence respectueuse qui disparaissait de leurs visages et de leurs gestes dès qu'ils passaient les plats aux voisins.

Un d'eux lui présenta une carte sur une assiette.

Il la prit et lut à mi-voix. « Le docteur Latonne, de Paris, serait heureux si M. Andermatt voulait bien lui accorder quelques secondes d'entretien avant son départ. »

« Répondez que je n'ai pas le temps, mais que je reviendrai dans huit ou dix jours. »

Au même moment on apportait à Christiane une botte de fleurs de la part du docteur Honorat.

Gontran riait :

« Le père Bonnefille est mauvais troisième », dit-il.

Le dîner allait finir. On prévint Andermatt que son landau l'attendait. Il monta pour chercher son petit sac ; et quand il descendit, il vit la moitié du village amassée devant la porte. Petrus Martel vint lui serrer

la main avec une familiarité de cabotin et lui murmura
dans l'oreille :

« J'aurai une proposition à vous faire, quelque chose
d'épatant pour votre affaire. »

Soudain le docteur Bonnefille parut, pressé selon sa
coutume. Il passa tout près de Will, et, le saluant très
bas comme il faisait pour le marquis, il lui dit :

« Bon voyage, monsieur le Baron.

— Touché », murmura Gontran.

Andermatt, triomphant, gonflé de joie et d'orgueil,
serrait les mains, remerciait, répétait : « Au revoir ! »
Mais il faillit oublier d'embrasser sa femme, tant il
pensait à autre chose. Cette indifférence fut pour elle
un soulagement, et quand elle vit le landau s'éloigner
sur la route obscurcie, au grand trot des deux chevaux,
il lui sembla qu'elle n'avait plus rien à redouter de
personne pour le reste de sa vie.

Elle passa toute la soirée assise devant l'hôtel, entre
son père et Paul Brétigny, Gontran étant parti au
Casino, comme il faisait chaque jour.

Elle ne voulait ni marcher, ni parler, et restait
immobile, les mains croisées sur son genou, les yeux
perdus dans l'obscurité, alanguie et faible, un peu
inquiète et heureuse pourtant, pensant à peine, ne
rêvant même pas, luttant par moments contre de
vagues remords qu'elle repoussait en se répétant : « Je
l'aime, je l'aime, je l'aime ! »

Elle monta de bonne heure dans sa chambre, pour
être seule et songer. Assise au fond d'un fauteuil et
enveloppée d'un peignoir flottant, elle regardait les
étoiles par sa fenêtre restée ouverte ; et dans le cadre de
cette fenêtre, elle évoquait à toute minute l'image de
celui qui venait de la conquérir. Elle le voyait, bon,

doux et violent, si fort et si soumis devant elle. Cet
homme l'avait prise, elle le sentait, prise pour toujours.
Elle n'était plus seule, ils étaient deux dont les deux
cœurs ne formeraient plus qu'un cœur, dont les deux
âmes ne formeraient plus qu'une âme. Où était-il, elle
ne le savait pas ; mais elle savait bien qu'il rêvait d'elle
comme elle pensait à lui. A chaque battement de son
cœur, elle croyait entendre un autre battement qui
répondait quelque part. Elle sentait, autour d'elle,
rôder un désir qui l'effleurait comme une aile d'oiseau ;
elle le sentait entrer par cette fenêtre ouverte, ce désir
venu de lui, ce désir ardent, qui la cherchait, qui
l'implorait dans le silence de la nuit. Comme c'était
bon, doux, nouveau d'être aimée ! Quelle joie de
penser à quelqu'un avec une envie de pleurer dans les
yeux, de pleurer d'attendrissement, et une envie aussi
d'ouvrir les bras, même sans le voir, pour l'appeler,
d'ouvrir les bras vers son image apparue, vers ce baiser
qu'il lui jetait sans cesse, de loin ou de près, dans la
fièvre de son attente.

Et elle tendait vers les étoiles ses deux bras blancs
dans les manches du peignoir. Soudain, elle poussa un
cri. Une grande ombre noire, enjambant son balcon,
avait surgi dans sa fenêtre.

Éperdue, elle se dressa ! C'était lui ! Et sans songer
même qu'on pouvait les voir, elle se jeta sur sa
poitrine.

VIII

L'absence d'Andermatt se prolongeait. M. Aubry-
Pasteur faisait des fouilles. Il trouva de nouveau
quatre sources qui donnaient à la nouvelle Société
deux fois plus d'eau qu'il n'en fallait. Le pays entier,
affolé par ces recherches, par ces découvertes, par les
grandes nouvelles qui couraient, par les perspectives
d'un avenir éclatant, s'agitait et s'enthousiasmait, ne
parlait plus d'autre chose, ne pensait plus à autre
chose. Le marquis et Gontran eux-mêmes passaient
leurs jours autour des ouvriers qui sondaient les veines
du granit, et ils écoutaient avec un intérêt grandissant
les explications et les leçons de l'ingénieur sur la
nature géologique de l'Auvergne. Et Paul et Christiane
s'aimaient librement, tranquillement, dans une sécu-
rité absolue, sans que personne s'occupât d'eux, sans
que personne devinât rien, sans que personne songeât
même à les épier, car toute l'attention, toute la
curiosité, toute la passion de tout le monde étaient
absorbées par la station future.

Christiane avait fait comme un adolescent qui
s'enivre une première fois. Le premier verre, le premier
baiser, l'avait brûlée, étourdie. Elle avait bu le second

bien vite, et l'avait trouvé meilleur, et maintenant elle
se grisait à pleine bouche.

Depuis le soir où Paul était entré dans sa chambre,
elle ne savait plus du tout ce qui se passait dans le
monde. Le temps, les choses, les êtres n'existaient plus
pour elle; rien n'existait plus qu'un homme. Il n'y
avait plus, sur la terre ou dans le ciel, qu'un homme,
un seul homme, celui qu'elle aimait. Ses yeux ne
voyaient plus que lui, son esprit ne pensait plus qu'à
lui, son espoir ne s'attachait plus que sur lui. Elle
vivait, changeait de place, mangeait, s'habillait, semblait écouter et répondait, sans comprendre et sans
savoir ce qu'elle faisait. Aucune inquiétude ne la
hantait, car aucun malheur n'aurait pu la frapper!
Elle était devenue insensible à tout. Aucune douleur
physique n'aurait eu de prise sur sa chair que l'amour
seul pouvait faire frémir. Aucune douleur morale
n'aurait eu de prise sur son âme paralysée par le
bonheur.

Lui, d'ailleurs, l'aimant avec l'emportement qu'il
apportait en toutes ses passions, surexcitait jusqu'à la
folie la tendresse de la jeune femme. Souvent, vers la
fin du jour, quand il savait le marquis et Gontran
partis aux sources : « Allons voir notre ciel », disait-il.
Il appelait leur ciel un bouquet de sapins poussé sur la
côte, au-dessus même des gorges. Ils y montaient à
travers un petit bois, par un sentier rapide, qui faisait
souffler Christiane. Comme ils avaient peu de temps ils
allaient vite; et, pour qu'elle se fatiguât moins, il la
soulevait par la taille. Ayant mis une main sur son
épaule elle se laissait enlever, et parfois lui sautant au
cou posait sa bouche sur ses lèvres. A mesure qu'ils
montaient, l'air devenait plus vif; et quand ils attei-

gnaient le bouquet de sapins, l'odeur de la résine les rafraîchissait comme un souffle de la mer.

Ils s'asseyaient sous les arbres sombres, elle sur une butte d'herbe, lui plus bas, à ses pieds. Le vent dans les tiges chantait ce doux chant des pins qui ressemble un peu à une plainte; et la Limagne immense, aux lointains invisibles, noyée dans les brumes, leur donnait tout à fait la sensation de l'Océan. Oui, la mer était là, devant eux, là-bas! Ils n'en pouvaient douter, car ils recevaient son haleine sur la face!

Il avait pour elle des câlineries enfantines :

« Donnez vos doigts que je les mange, ce sont mes bonbons, à moi. »

Il les prenait, l'un après l'autre, dans sa bouche, et semblait les goûter avec des frissons gourmands :

« Oh! qu'ils sont bons! Le petit surtout. Je n'ai jamais rien mangé de meilleur que le petit. »

Puis il se mettait à genoux, posant ses coudes sur les genoux de Christiane et il murmurait :

« Liane, regardez-moi? »

Il l'appelait Liane parce qu'elle s'enlaçait à lui pour l'embrasser, comme une plante étreint un arbre.

« Regardez-moi. Je vais entrer dans votre âme. »

Et ils se regardaient de ce regard immobile, obstiné qui semble vraiment mêler deux êtres l'un à l'autre!

« On ne s'aime bien qu'en se possédant ainsi, disait-il, toutes les autres choses de l'amour sont des jeux de polissons. »

Et face à face, confondant leurs haleines, ils se cherchaient éperdument dans la transparence des yeux.

Il murmurait :

« Je vous vois, Liane. Je vois votre cœur adoré! »

Elle répondait :

« Moi aussi, Paul, je vois votre cœur ! »

Et ils se voyaient, en effet, l'un et l'autre, jusqu'au fond de l'âme et du cœur, car ils n'avaient plus dans l'âme et dans le cœur qu'un furieux élan d'amour l'un vers l'autre.

Il disait :

« Liane, votre œil est comme le ciel ! il est bleu, avec tant de reflets, avec tant de clarté ! Il me semble que j'y vois passer des hirondelles ! ce sont vos pensées, sans doute ? »

Et quand ils s'étaient longtemps, longtemps contemplés ainsi, ils se rapprochaient encore et s'embrassaient doucement, par petits coups, en se regardant de nouveau, entre chaque baiser. Quelquefois il la prenait dans ses bras et l'emportait en courant le long du ruisseau qui glissait vers les gorges d'Enval avant de s'y précipiter. C'était un étroit vallon où alternaient des prairies et des bois. Paul courait sur l'herbe et par moments, élevant la jeune femme au bout de ses poignets puissants, il criait : « Liane, envolons-nous. » Et ce besoin de s'envoler, l'amour, leur amour exalté, le jetait en eux, harcelant, incessant, douloureux. Et tout, autour d'eux, aiguisait ce désir de leur âme, l'air léger, un air d'oiseau, disait-il, et le vaste horizon bleuâtre où ils auraient voulu s'élancer tous les deux, en se tenant par la main, et disparaître au-dessus de la plaine infinie lorsque la nuit s'étendait sur elle. Ils seraient partis ainsi à travers le ciel embrumé du soir, pour ne jamais revenir. Où seraient-ils allés ? Ils ne le savaient point, mais quel rêve !

Quand il était essoufflé d'avoir couru en la portant ainsi, il la posait sur un rocher pour s'agenouiller devant elle ! Et lui baisant les chevilles, il l'adorait en murmurant des paroles enfantines et tendres.

S'ils s'étaient aimés dans une ville, leur passion, sans doute, aurait été différente, plus prudente, plus sensuelle, moins aérienne et moins romanesque. Mais là, dans ce pays vert dont l'horizon élargissait les élans de l'âme, seuls, sans rien pour se distraire, pour atténuer leur instinct d'amour éveillé, ils s'étaient élancés soudain dans une tendresse éperdument poétique, faite d'extase et de folie. Le paysage autour d'eux, le vent tiède, les bois, l'odeur savoureuse de cette campagne leur jouaient tout le long des jours et des nuits la musique de leur amour ; et cette musique les avait excités jusqu'à la démence, comme le son des tambourins et des flûtes aiguës pousse à des actes de déraison sauvage le derviche qui tourne avec son idée fixe.

Un soir, comme ils rentraient pour dîner, le marquis leur dit tout à coup :

« Andermatt revient dans quatre jours, toutes les affaires sont arrangées. Nous autres, nous partirons le lendemain de son retour. Voici bien longtemps que nous sommes ici, il ne faut pas trop prolonger les saisons d'eaux minérales. »

Ils furent surpris comme si on leur eût annoncé la fin du monde ; et ils ne parlèrent ni l'un ni l'autre pendant le repas, tant ils songeaient avec étonnement à ce qui devait arriver. Donc ils se trouveraient séparés dans quelques jours et ne se verraient plus librement. Cela leur paraissait si impossible et si bizarre qu'ils ne le comprenaient pas.

Andermatt revint, en effet, à la fin de la semaine. Il avait télégraphié pour qu'on lui envoyât deux landaus au premier train. Christiane, qui n'avait point dormi, harcelée par une émotion étrange et nouvelle, une sorte de peur de son mari, une peur mêlée de colère, de mépris inexpliqué et d'envie de le braver, s'était levée dès le jour et l'attendait. Il apparut dans la première voiture, accompagné de trois messieurs bien vêtus, mais d'allure modeste. Le second landau en portait quatre autres qui semblaient de condition un peu inférieure aux premiers. Le marquis et Gontran s'étonnèrent. Celui-ci demanda :

« Qu'est-ce que ces gens ? »

Andermatt répondit :

« Mes actionnaires. Nous allons constituer la Société aujourd'hui même et nommer immédiatement le conseil d'administration. »

Il embrassa sa femme sans lui parler et presque sans la voir, tant il était préoccupé, et se tournant vers les sept messieurs, respectueux et muets, debout derrière lui :

« Faites-vous servir à déjeuner, dit-il, et promenez-vous. Nous nous retrouverons ici, à midi. »

Ils s'en allèrent en silence, comme des soldats qui obéissent à l'ordre, et montant deux par deux les marches du perron, ils disparurent dans l'hôtel.

Gontran, qui les regardait partir, demanda avec un grand sérieux :

« Où les avez-vous trouvés, vos figurants ? »

Le banquier sourit :

« Ce sont des hommes très bien, des hommes de bourse, des capitalistes. »

Et il ajouta, après un silence, avec un sourire plus marqué :

« Qui s'occupent de mes affaires. »

Puis il se rendit chez le notaire pour relire les pièces dont il avait envoyé la rédaction toute prête quelques jours auparavant.

Il y trouva le docteur Latonne, avec qui d'ailleurs il avait échangé plusieurs lettres, et ils causèrent longtemps, à voix basse, dans un coin de l'étude, pendant que les plumes des clercs couraient sur le papier avec un petit bruit d'insectes.

Rendez-vous fut pris pour deux heures, afin de constituer la Société.

Le cabinet du notaire avait été préparé comme pour un concert. Deux rangs de chaises attendaient les actionnaires en face de la table où maître Alain devait s'asseoir à côté de son premier clerc. Maître Alain avait passé son habit, vu l'importance de l'affaire. C'était un tout petit homme, une boule de chair blanche, qui bredouillait.

Andermatt entra comme deux heures sonnaient, accompagné du marquis, de son beau-frère et de Brétigny, et suivi des sept messieurs que Gontran appelait des figurants. Il avait l'air d'un général. Le père Oriol apparut aussitôt avec Colosse. Ils semblaient inquiets, méfiants, comme le sont toujours des paysans qui vont signer. Le docteur Latonne vint le dernier. Il avait fait la paix avec Andermatt par une soumission complète précédée d'excuses habilement tournées et suivies d'offres de service sans réticences et sans restrictions.

Alors le banquier, sentant qu'il le tenait, lui avait promis la place enviée de médecin-inspecteur du nouvel établissement.

Quand tout le monde fut entré, un grand silence régna.

Le notaire prit la parole : « Messieurs, asseyez-
vous. » Il prononça encore quelques mots que personne n'entendit dans le mouvement des sièges.

Andermatt enleva une chaise et la plaça en face de
son armée, afin d'avoir l'œil sur tout son monde, puis il
dit, quand on fut assis :

« Messieurs, je n'ai pas besoin de vous donner des
explications sur le motif qui nous réunit. Nous allons
d'abord constituer la Société nouvelle dont vous voulez
bien être actionnaires. Je dois cependant vous faire
part de quelques détails qui nous ont causé un peu
d'embarras. J'ai dû, avant de rien entreprendre,
m'assurer que nous obtiendrions les autorisations
nécessaires pour la création d'un nouvel établissement
d'utilité publique. Cette assurance, je l'ai. Ce qui reste
à faire sous ce rapport, je le ferai. J'ai la parole du
Ministre. Mais un autre point m'arrêtait. Nous allons,
Messieurs, entreprendre une lutte avec l'ancienne
Société des eaux d'Enval. Nous sortirons vainqueurs
de cette lutte, vainqueurs et riches, soyez-en convaincus ; mais de même qu'il fallait un cri de guerre aux
combattants d'autrefois, il nous faut, à nous, combattants du combat moderne, un nom pour notre station,
un nom sonore, attirant, bien fait pour la réclame, qui
frappe l'oreille comme une note de clairon et entre
dans l'œil comme un éclair. Or, Messieurs, nous
sommes à Enval et nous ne pouvons débaptiser ce
pays. Une seule ressource nous restait. Désigner notre
établissement, notre établissement seul, par une appel-
lation nouvelle.

» Voici ce que je vous propose :

» Si notre maison de bains se trouve au pied de la
butte dont est propriétaire M. Oriol, ici présent, notre

futur casino sera situé sur le sommet de cette même butte. On peut donc dire que cette butte, ce mont, car c'est un mont, un petit mont, constitue notre établissement, puisque nous en avons le pied et le faîte. N'est-il pas naturel, dès lors, d'appeler nos bains : les Bains du Mont-Oriol, et d'attacher à cette station, qui deviendra une des plus importantes du monde entier, le nom du premier propriétaire. Rendons à César ce qui appartient à César.

» Et notez, Messieurs, que ce vocable est excellent. On dira le Mont-Oriol, comme on dit le Mont-Dore. Il reste dans l'œil et dans l'oreille, on le voit bien, on l'entend bien, il demeure en nous : Mont-Oriol ! — Mont-Oriol ! — Les bains du Mont-Oriol... »

Et Andermatt le faisait sonner, ce mot, le lançait comme une balle, en écoutait l'écho.

Il reprit, simulant des dialogues :

« Vous allez aux bains du Mont-Oriol ?

— Oui, Madame. On les dit parfaites, ces eaux du Mont-Oriol.

— Excellentes, en effet. Mont-Oriol, d'ailleurs, est un délicieux pays. »

Et il souriait, avait l'air de causer, changeait de ton pour indiquer quand parlait la dame, saluait de la main en représentant le monsieur.

Puis il reprit, de sa voix naturelle :

« Quelqu'un a-t-il une objection à présenter ? »

Les actionnaires répondirent en chœur : « Non, aucune. »

Trois des figurants applaudirent.

Le père Oriol, ému, flatté, conquis, pris par son orgueil intime de paysan parvenu, souriait en tournant son chapeau dans ses mains, et il faisait « oui » de la tête, malgré lui, un « oui » qui révélait sa joie et qu'Andermatt observait sans paraître le regarder.

Colosse demeurait impassible, mais aussi content que son père.

Alors Andermatt dit au notaire :

« Veuillez lire l'acte pour la constitution de la Société, maître Alain. »

Et il s'assit.

Le notaire dit à son clerc : « Allez, Marinet. »

Marinet, un pauvre être étique, toussota et, avec des intonations de prédicateur et des intentions déclamatoires, il commença à énumérer les statuts relatifs à la constitution d'une société anonyme, dite Société de l'Établissement thermal du Mont-Oriol, à Enval, au capital de deux millions.

Le père Oriol l'interrompit :

« Moment, moment », dit-il. Et il tira de sa poche un cahier de papier graisseux, traîné depuis huit jours chez tous les notaires et tous les hommes d'affaires du département. C'était la copie des statuts que son fils et lui, d'ailleurs, commençaient à savoir par cœur.

Puis il appliqua lentement ses lunettes sur son nez, redressa sa tête, chercha le point juste où il distinguait bien les lettres, et il ordonna :

« Vas-y, Marinet. »

Colosse, ayant rapproché sa chaise, suivait aussi sur le papier du père.

Et Marinet recommença. Alors le vieux Oriol, dérouté par la double besogne d'écouter et de lire en même temps, torturé par la crainte d'un mot changé, obsédé aussi par le désir de voir si Andermatt ne faisait point quelque signe au notaire, ne laissa plus passer une ligne sans arrêter dix fois le clerc dont il coupait les effets.

Il répétait :

« Tu dis ? Qué que tu dis là ? J'ai point entendu ! pas chi vite. »

Puis, se tournant un peu vers son fils :

« Ch'est-il cha, Coloche ? »

Colosse, plus maître de lui, répondait :

« Cha va, païré, laiche, laiche, cha va ! »

Le paysan n'avait pas confiance. Du bout de son doigt crochu il suivait sur son papier en marmottant les mots entre ses lèvres ; mais son attention ne pouvant se fixer au même moment des deux côtés, quand il écoutait, il ne lisait plus, et il n'entendait point quand il lisait. Et il soufflait comme s'il eût gravi un mont, il transpirait comme s'il eût bêché sa vigne en plein soleil, et de temps en temps il demandait un repos de quelques minutes, pour s'essuyer le front et reprendre haleine, comme un homme qui se bat en duel.

Andermatt, impatienté, frappait le sol de son pied. Gontran, ayant aperçu sur une table *Le Moniteur du Puy-de-Dôme*, l'avait pris et le parcourait ; et Paul, à cheval sur sa chaise, le front baissé, le cœur crispé, songeait que ce petit homme rose et ventru, assis devant lui, allait emporter, le lendemain, la femme qu'il aimait de toute son âme, Christiane, sa Christiane, sa blonde Christiane qui était à lui, toute à lui, rien qu'à lui. Et il se demandait s'il n'allait pas l'enlever ce soir-là même.

Les sept messieurs demeuraient sérieux et tranquilles.

Au bout d'une heure, ce fut fini. On signa.

Le notaire prit acte des versements. A l'appel de son nom, le caissier, M. Abraham Lévy, déclara avoir reçu les fonds. Puis la Société, aussitôt constituée légalement, fut déclarée réunie en assemblée générale, tous les actionnaires étant présents, pour la nomination du conseil d'administration et l'élection de son président.

Toutes les voix, moins deux, proclamèrent Andermatt président. Les deux voix dissidentes, celles du paysan et de son fils, avaient désigné Oriol. Brétigny fut nommé commissaire de surveillance.

Alors le conseil, composé de MM. Andermatt, le marquis et le comte de Ravenel, Brétigny, Oriol père et fils, le docteur Latonne, Abraham Lévy et Simon Zidler, pria le reste des actionnaires de se retirer, ainsi que le notaire et son clerc, afin qu'il pût délibérer sur les premières résolutions à prendre et arrêter les points les plus importants.

Andermatt se leva de nouveau.

« Messieurs, nous entrons dans la question vive, celle du succès, qu'il nous faut obtenir à tout prix.

» Il en est des eaux minérales comme de tout. Il faut qu'on parle d'elles, beaucoup, toujours, pour que les malades en boivent.

» La grande question moderne, Messieurs, c'est la réclame ; elle est le dieu du commerce et de l'industrie contemporains. Hors la réclame, pas de salut. L'art de la réclame, d'ailleurs, est difficile, compliqué, et demande un tact très grand. Les premiers qui ont employé ce procédé nouveau l'ont fait brutalement, attirant l'attention par le bruit, par les coups de grosse caisse et les coups de canon. Mangin, Messieurs, ne fut qu'un précurseur. Aujourd'hui, le tapage est suspect, les affiches voyantes font sourire, les noms criés par les rues éveillent plus de méfiance que de curiosité. Et cependant, il faut attirer l'attention publique et, après l'avoir frappée, il faut la convaincre. L'art consiste donc à découvrir le moyen, le seul moyen qui peut réussir, étant donné ce qu'on veut vendre. Nous autres, Messieurs, nous voulons vendre de l'eau. C'est par les médecins que nous devons conquérir les malades.

» Les médecins les plus célèbres, Messieurs, sont des hommes comme nous, qui ont des faiblesses comme nous. Je ne veux pas dire qu'on pourrait les corrompre. La réputation des illustres maîtres dont nous avons besoin les met à l'abri de tout soupçon de vénalité ! Mais quel est l'homme qu'on ne peut gagner, en s'y prenant bien ? Il est aussi des femmes qu'on ne saurait acheter ! Celles-là, il faut les séduire.

» Voici donc, Messieurs, la proposition que je vais vous faire, après l'avoir longuement discutée avec M. le docteur Latonne :

» Nous avons classé d'abord en trois groupes principaux les maladies soumises à notre traitement. Ce sont : 1° le rhumatisme sous toutes ses formes, herpès, arthrite, goutte, etc., etc. ; 2° les affections de l'estomac, de l'intestin et du foie ; 3° tous les désordres provenant des troubles de la circulation, car il est indiscutable que nos bains acidulés ont sur la circulation un effet admirable.

» D'ailleurs, Messieurs, la guérison merveilleuse du père Clovis nous promet des miracles.

» Donc, étant données les maladies tributaires de ces eaux, nous allons faire aux principaux médecins qui les soignent, la proposition suivante : « Messieurs, dirons-nous, venez voir, venez voir de vos yeux, suivez vos malades, nous vous offrons l'hospitalité. Le pays

est superbe, vous avez besoin de vous reposer après vos
rudes travaux de l'hiver, venez. Et venez, non pas chez
nous, messieurs les Professeurs, mais chez vous, car
nous vous offrons un chalet qui vous appartiendra, s'il
vous plaît, à des conditions exceptionnelles. »

Andermatt prit un repos, et recommença d'une voix
plus calme :

« Voici comment je suis arrivé à réaliser cette
conception. Nous avons choisi six lots de terre de mille
mètres chacun. Sur chacun de ces six lots, la Société
Bernoise des Chalets Mobiles s'engage à apporter une
de ses constructions modèles. Nous mettrons gratuitement ces demeures aussi élégantes que confortables à
la disposition de nos médecins. S'ils s'y plaisent, ils
achèteront seulement la maison de la Société Bernoise ;
quant au terrain, nous le leur donnons... et ils nous le
payeront... en malades. Donc, Messieurs, nous obte-
nons ces avantages multiples de couvrir notre territoire
de villas charmantes qui ne nous coûtent rien, d'attirer
les premiers médecins du monde et la légion de leurs
clients, et surtout de convaincre de l'efficacité de nos
eaux les docteurs éminents qui deviendront bien vite
propriétaires dans le pays. Quant à toutes les négociations qui doivent amener ces résultats, je m'en charge,
Messieurs, et je les ferai non pas en spéculateur, mais
en homme du monde. »

Le père Oriol l'interrompit. Sa parcimonie auvergnate s'indignait de ce terrain donné.

Andermatt eut un mouvement d'éloquence ; il com-
para le grand agriculteur qui jette à poignées la
semence dans la terre féconde, avec le paysan rapace
qui compte les grains et n'obtient jamais que des demi-
récoltes.

Puis, comme Oriol vexé s'obstinait, le banquier fit voter son conseil et ferma la bouche au vieux avec six voix contre deux.

Alors il ouvrit un grand portefeuille de maroquin et tira les plans de l'établissement nouveau, de l'hôtel et du casino, ainsi que les devis et les marchés tout préparés avec les entrepreneurs pour être approuvés et signés séance tenante. Les travaux devaient être commencés dès le début de l'autre semaine.

Seuls les deux Oriol voulurent voir et discuter. Mais Andermatt irrité leur dit : « Est-ce que je vous demande de l'argent ? Non ! Alors fichez-moi la paix ! Et si vous n'êtes pas contents, nous allons voter encore une fois. »

Ils signèrent donc avec les autres membres du conseil ; et la séance fut levée.

Tout le pays les attendait pour les voir sortir, tant l'émotion était grande. On les saluait avec respect. Comme les deux paysans allaient rentrer chez eux, Andermatt leur dit :

« N'oubliez pas que nous dînons tous ensemble à l'hôtel. Et amenez vos fillettes, je leur ai apporté de petits cadeaux de Paris. »

On se donna rendez-vous pour sept heures, dans le salon du Splendid Hotel.

Ce fut un grand repas où le banquier avait invité les principaux baigneurs et les autorités du village. Christiane présidait, ayant à sa droite le curé, et le maire à sa gauche.

On ne parla que de l'établissement futur et de l'avenir du pays. Les deux petites Oriol avaient trouvé sous leurs serviettes deux écrins contenant deux bracelets ornés de perles et d'émeraudes, et, affolées de joie,

elles causaient, comme elles n'avaient jamais fait, avec
Gontran placé entre les deux. L'aînée elle-même riait
de tout son cœur aux plaisanteries du jeune homme,
qui s'animait en leur parlant et portait à part lui, sur
elles, ces jugements de mâle, ces jugements hardis et
secrets qui naissent de la chair et de l'esprit devant
toute femme désirable.

Paul ne mangeait point, et ne disait rien... Il lui
semblait que sa vie allait finir ce soir-là. Tout à coup, il
se souvint qu'il y avait juste un mois écoulé, jour pour
jour, depuis leur dîner au lac de Tazenat. Il avait dans
l'âme cette souffrance vague, faite plutôt de pressenti-
ments que de chagrins, connue des seuls amoureux,
cette souffrance qui rend le cœur si pesant, les nerfs si
vibrants que le moindre bruit fait haleter, et l'esprit si
misérablement douloureux que tout ce qu'on entend
prend un sens pénible pour se rapporter à l'idée fixe.

Dès qu'on eut quitté la table il rejoignit Christiane
dans le salon :

« Il faut que je vous voie ce soir, dit-il, tout à l'heure,
tout de suite, puisque je ne sais plus quand nous
pourrons nous trouver seuls. Savez-vous qu'il y a
aujourd'hui juste un mois... »

Elle répondit :

« Je le sais. »

Il reprit :

« Écoutez, je vais vous attendre sur la route de La
Roche-Pradière, avant le village, auprès des châtaigniers. Personne ne remarquera votre absence en ce
moment. Venez vite me dire adieu, puisque nous nous
séparons demain. »

Elle murmura :

« Dans un quart d'heure j'y serai. »

Et il sortit pour ne plus rester au milieu de cette foule qui l'exaspérait.

Il prit, à travers les vignes, le sentier suivi un jour, le jour où ils avaient regardé ensemble la Limagne pour la première fois. Et bientôt il fut sur la grand'route. Il était seul, il se sentait seul, seul par le monde. L'immense plaine invisible augmentait encore cette sensation d'isolement. Il s'arrêta juste à l'endroit où ils s'étaient assis, où il lui avait déclamé les vers de Baudelaire sur la Beauté. Comme c'était loin, déjà ! Et, heure par heure, il retrouva dans son souvenir tout ce qui s'était passé depuis. Jamais il n'avait été aussi heureux, jamais ! Jamais il n'avait aimé aussi éperdument, et, en même temps, aussi chastement, aussi dévotement. Et il se rappelait le soir du gour de Tazenat, voici un mois ce jour-là même, le bois frais, mouillé de lumière pâle, le petit lac d'argent et les gros poissons qui frôlaient sa surface ; et leur retour, quand il la voyait marcher devant lui, dans l'ombre et dans la clarté, sous les gouttes de clair de lune qui lui tombaient sur les cheveux, sur les épaules et sur les bras à travers les feuilles des arbres. C'étaient les heures les plus douces qu'il eût goûtées de sa vie.

Il se tourna pour regarder si elle ne venait point. Il ne la vit pas, mais il aperçut la lune apparue sur l'horizon. La même lune qui s'était levée pour son premier aveu, se levait maintenant pour son premier adieu.

Un frisson lui courut sur la peau, un frisson glacé. L'automne venait, l'automne qui précède l'hiver. Il n'avait pas senti, jusqu'à présent, ce premier toucher du froid, qui le pénétrait brusquement comme la menace d'un malheur.

La route blanche, poudreuse, s'allongeait devant lui, pareille à une rivière entre ses berges. Une forme soudain se dressa au détour du chemin. Il la reconnut aussitôt; et il l'attendit sans bouger, frémissant du bonheur mystérieux de la sentir s'approcher, de la voir venir vers lui, pour lui.

Elle allait à petits pas, sans oser l'appeler, inquiète de ne point le découvrir encore, car il restait caché sous un arbre, et troublée par le grand silence, par la claire solitude de la terre et du ciel. Et, devant elle, son ombre s'avançait noire et démesurée, la précédant de loin, semblant apporter vers lui quelque chose d'elle, avant elle-même.

Christiane s'arrêta et l'ombre aussi resta immobile, couchée, tombée sur la route.

Paul fit rapidement quelques pas, jusqu'à la place où la forme de la tête s'arrondissait sur le chemin. Alors, comme s'il eût voulu ne rien perdre d'elle, il s'agenouilla et, se prosternant, posa sa bouche au bord de la sombre silhouette. Ainsi qu'un chien assoiffé boit, rampant sur le ventre dans une source, il se mit à baiser ardemment la poussière en suivant les contours de l'ombre bien-aimée. Il allait ainsi vers elle, sur les mains et sur les genoux, parcourant de caresses le dessin de son corps comme pour recueillir de ses lèvres l'image obscure et chère étendue sur le sol.

Elle, surprise, un peu effrayée même, attendit qu'il fût à ses pieds pour s'enhardir à lui parler; puis, quand il eut relevé la tête, toujours à genoux, mais l'étreignant à présent de ses deux bras, elle demanda :

« Qu'as-tu donc, ce soir ? »

Il répondit :

« Liane, je vais te perdre ! »

Elle enfonça tous ses doigts dans les cheveux épais de son ami et, se penchant, lui renversa le front pour lui baiser les yeux.

« Pourquoi me perdre ? dit-elle, souriante, confiante.

— Puisque nous allons nous séparer demain.

— Nous séparer ? Pour si peu de temps, chéri.

— Sait-on jamais. Nous ne retrouverons point les jours passés ici.

— Nous en aurons d'autres qui seront aussi beaux. »

Elle le releva, l'entraîna sous l'arbre où il l'avait attendue, le fit asseoir auprès d'elle, plus bas, pour avoir toujours la main dans ses cheveux, et elle lui parla sérieusement, en femme réfléchie, ardente et déterminée qui aime, qui a tout prévu déjà, qui sait, d'instinct, ce qu'il faut faire, qui est résolue à tout.

« Écoute, mon chéri, je suis très libre à Paris. William ne s'occupe jamais de moi. Ses affaires lui suffisent. Donc, puisque tu n'es pas marié, j'irai te voir. J'irai te voir tous les jours, tantôt le matin, avant déjeuner, tantôt le soir, à cause des domestiques qui pourraient jaser si je sortais à la même heure. Nous pourrons nous rencontrer autant qu'ici, même plus qu'ici, car nous n'aurons pas à craindre les curieux. »

Mais il répétait, la tête sur ses genoux et lui serrant la taille :

« Liane, Liane, je vais te perdre ! Je sens que je vais te perdre ! »

Elle s'impatientait de ce chagrin irraisonné, de ce chagrin d'enfant dans ce corps si vigoureux, elle si frêle

auprès de lui, et si sûre d'elle pourtant, si sûre que rien
ne pourrait les séparer.

Il murmurait :

« Si tu voulais, Liane, nous nous sauverions ensemble, nous irions très loin, dans un beau pays plein de
fleurs, pour nous aimer. Dis, veux-tu que nous par-
tions, ce soir, veux-tu ? »

Mais elle haussait les épaules, un peu nerveuse, un
peu mécontente qu'il ne l'écoutât point, car ce n'était
plus l'heure des rêveries et des gamineries tendres. Il
fallait, à présent, se montrer énergiques et prudents, et
chercher les moyens de s'aimer toujours sans éveiller
aucun soupçon.

Elle reprit :

« Écoute, chéri, il s'agit de bien nous entendre et de
ne pas commettre d'imprudences ni de fautes.
D'abord, es-tu sûr de tes domestiques ? Ce qu'il y a de
plus à craindre c'est une dénonciation, une lettre
anonyme à mon mari. De lui-même il ne devinera rien.
Je connais bien William... »

Ce nom, deux fois répété, irrita tout à coup le cœur
de Paul. Il dit, nerveux :

« Oh ! ne me parle pas de lui ce soir ! »

Elle s'étonna :

« Pourquoi ? Il le faut bien pourtant... Oh ! je
t'assure qu'il ne tient guère à moi. »

Elle avait deviné sa pensée.

Une obscure jalousie, encore inconsciente, s'éveillait
en lui. Et soudain, s'agenouillant et lui prenant les
mains :

« Écoute, Liane !... » — il se tut. Il n'osait pas dire
l'inquiétude, le soupçon honteux qui lui venaient ; et il
ne savait comment les exprimer.

« Écoute... Liane... Comment es-tu avec lui ?... »
Elle ne comprit pas.

« Mais... mais... très bien...

— Oui... je sais... Mais... écoute... comprends-moi
bien... C'est... c'est ton mari... enfin... et... et... tu ne
sais pas combien je pense à ça depuis tantôt...
Combien ça me tourmente... ça me torture... Tu
comprends... dis ? »

Elle hésita quelques secondes, puis soudain elle
pénétra son intention tout entière, et avec un élan de
franchise indignée :

« Oh ! mon chéri... peux-tu... peux-tu penser ?...
Oh ! Je suis à toi... entends-tu ?... rien qu'à toi...
puisque je t'aime... Oh ! Paul !... »

Il laissa retomber sa tête sur les genoux de la jeune
femme, et, d'une voix très douce :

« Mais !... enfin... ma petite Liane... puisque... puisque c'est ton mari... Comment feras-tu ?... Y as-tu
songé ?... Dis ?... Comment feras-tu ce soir... ou
demain... Car tu ne peux pas... toujours, toujours lui
dire : « Non... »

Elle murmura, très bas aussi :

« Je lui ai fait croire que j'étais enceinte, et... et ça
lui suffit... Oh ! il n'y tient guère... va... Ne parlons
plus de ces choses-là, mon chéri, tu ne sais pas comme
ça me froisse, comme ça me blesse. Fie-toi à moi,
puisque je t'aime... »

Il ne remua plus, respirant et baisant sa robe, tandis
qu'elle lui caressait le visage de ses doigts amoureux et
légers.

Mais soudain :

« Il faut revenir, dit-elle, car on s'apercevrait que
nous sommes absents tous les deux. »

Ils s'embrassèrent longuement en s'étreignant à se briser les os ; puis elle partit la première, courant pour rentrer plus vite, tandis qu'il la regardait s'éloigner et disparaître, triste comme si tout son bonheur et tout son espoir se fussent enfuis avec elle.

DEUXIÈME PARTIE

I

A peine eût-on reconnu la station d'Enval, le 1er juillet de l'année suivante.

Sur le sommet de la butte, debout entre les deux issues du vallon, s'élevait une construction d'architecture mauresque qui portait au front le mot Casino, en lettres d'or.

On avait utilisé un petit bois pour créer un petit parc sur la pente vers la Limagne. Une terrasse soutenue par un mur orné d'un bout à l'autre par de grands vases en simili-marbre, s'étendait devant cette construction et dominait la vaste plaine d'Auvergne.

Plus bas, dans les vignes, six chalets montraient, de place en place, leurs façades de bois verni.

Sur la pente tournée au midi, une immense bâtisse toute blanche appelait de loin les voyageurs qui l'apercevaient en sortant de Riom. C'était le grand hôtel du Mont-Oriol. Et juste au-dessous, au pied même de la colline, une maison carrée, plus simple, mais vaste, entourée d'un jardin que traversait le ruisselet venu des gorges, offrait aux malades la guérison miraculeuse promise par une brochure du docteur Latonne. On lisait sur la façade : « Thermes du Mont-Oriol. » Puis, sur l'aile de droite, en lettres plus petites : « Hydrothérapie. — Lavages d'estomac. — Piscines à eau courante. » Et sur l'aile de gauche : « Institut médical de gymnastique automotrice. »

Tout cela était blanc, d'une blancheur neuve, luisante et crue. Des ouvriers travaillaient encore, des peintres, des plombiers, des terrassiers, bien que l'établissement fût ouvert depuis un mois déjà.

Le succès d'ailleurs avait dépassé, dès les premiers jours, les espérances des fondateurs. Trois grands médecins, trois célébrités, MM. les professeurs Mas-Roussel, Cloche et Rémusot avaient pris sous leur protection la station nouvelle et accepté de séjourner quelque temps dans les villas de la Société Bernoise des Chalets Mobiles, mises à leur disposition par les administrateurs des eaux.

Sous leur influence, une foule de malades accourait. Le grand hôtel du Mont-Oriol était plein.

Quoique les bains eussent commencé à fonctionner dès les premiers jours de juin, l'ouverture officielle de la station avait été remise au 1er juillet, afin d'attirer beaucoup de monde. La fête devait commencer à trois heures par la bénédiction des sources. Et le soir, une grande représentation suivie d'un feu d'artifice et d'un bal réunirait tous les baigneurs du lieu avec ceux des stations voisines et les principaux habitants de Clermond-Ferrand et de Riom.

Le casino au faîte du mont disparaissait sous les drapeaux. On ne voyait plus que du bleu, du rouge, du blanc, du jaune, une sorte de nuage épais et palpitant ; tandis qu'au sommet de mâts géants plantés le long des allées du parc, des oriflammes démesurées se déployaient dans le ciel bleu avec des ondulations de serpents.

M. Petrus Martel, qui avait obtenu la direction de ce nouveau casino, se croyait devenu, sous cette nuée de drapeaux, le capitaine tout-puissant de quelque navire fantastique; et il donnait des ordres aux garçons en tabliers blancs, avec la voix retentissante et terrible que doivent avoir les amiraux pour commander sous la mitraille. Ses paroles vibrantes, emportées par le vent, étaient entendues jusqu'au village.

Andermatt, essoufflé déjà, apparut sur la terrasse. Petrus Martel courut à sa rencontre et le salua d'un grand geste noble.

« Tout va bien? demanda le banquier.

— Tout va bien, monsieur le Président.

— Si on a besoin de moi, on me trouvera dans le cabinet du médecin-inspecteur. Nous avons séance ce matin. »

Et il redescendit la colline. Devant la porte de l'établissement thermal, le surveillant et le caissier, enlevés aussi à l'autre Société, devenue la Société rivale, mais condamnée sans lutte possible, s'élancèrent pour recevoir leur maître. L'ancien geôlier fit le salut militaire. L'autre s'inclina comme un pauvre qui reçoit l'aumône.

Andermatt demanda :

« Monsieur l'Inspecteur est ici? »

Le surveillant répondit :

« Oui, monsieur le Président, tous ces messieurs sont arrivés. »

Le banquier entra dans le vestibule, au milieu des baigneuses et des garçons respectueux, tourna à droite, ouvrit une porte et trouva réunis, dans une large pièce d'aspect sérieux, pleine de livres et de bustes d'hommes de science, tous les membres, présents à Enval, du conseil d'administration : son beau-père le marquis, et Gontran son beau-frère, Oriol père et fils, devenus presque des messieurs, vêtus de redingotes si longues, eux si grands, qu'ils avaient l'air de réclames pour une maison de deuil, Paul Brétigny et le docteur Latonne.

Après des poignées de mains rapides, on s'assit et Andermatt parla :

« Il nous reste à régler une question importante, celle du nom des sources. Je suis sur ce sujet d'un avis tout différent de celui de M. l'inspecteur. Le docteur propose de donner à nos trois sources principales les noms des trois sommités de la médecine qui sont ici. Assurément c'est là une flatterie qui les toucherait et nous les gagnerait davantage. Mais soyez sûrs, Messieurs, qu'elle nous aliénerait à tout jamais ceux de leurs éminents confrères qui n'ont pas encore répondu à notre invitation et que nous devons convaincre, au prix de tous nos efforts et de tous les sacrifices, de l'efficacité souveraine de nos eaux. Oui, Messieurs, la nature humaine est invariable, il faut la connaître et s'en servir. Jamais MM. les professeurs Plantureau, de Larenard et Pascalis, pour ne citer que ces trois spécialistes des affections de l'estomac et de l'intestin, n'enverront leurs malades, leurs clients, leurs meilleurs clients, les plus illustres, les princes et les archiducs, toutes les célébrités mondaines qui font en même temps leur fortune et leur réputation, jamais ils ne les enverront se guérir avec l'eau de la source Mas-Roussel, de la source Cloche ou de la source Rémusot. Car ces clients et le public entier seraient un peu fondés à croire que ce sont messieurs les professeurs Rémusot, Cloche et Mas-Roussel qui ont découvert notre eau et toutes ses propriétés thérapeutiques. Il n'est pas douteux, Messieurs, que le nom de Gubler dont on a baptisé la première source de Châtel-Guyon n'ait indisposé longtemps contre cette station aujourd'hui prospère une partie au moins des grands médecins qui auraient pu la patronner dès l'origine.

» Je vous propose donc de donner tout simplement le nom de ma femme à la première source découverte et le nom de Mlles Oriol aux deux autres. Nous aurons ainsi les sources Christiane, Louise et Charlotte. Ça va très bien ; c'est très gentil. Qu'en dites-vous ? »

Son avis fut adopté même par le docteur Latonne, qui ajouta :

« On pourrait alors prier MM. Mas-Roussel, Cloche et Rémusot d'être parrains et d'offrir le bras aux marraines.

— Parfait, parfait, dit Andermatt. Je cours chez eux. Et ils accepteront. J'en réponds ! Ils accepteront. Donc rendez-vous à trois heures, à l'église où le cortège se formera. »

Et il repartit en courant.

Le marquis et Gontran le suivirent presque aussitôt. Les deux Oriol, coiffés de chapeaux de forme haute, se mirent en marche à leur tour côte à côte, graves et tout noirs sur la route blanche ; et le docteur Latonne dit à Paul, arrivé seulement la veille pour assister à la fête :

« Je vous ai retenu, mon cher Monsieur, afin de vous montrer une chose dont j'attends merveille. C'est mon institut médical de gymnastique automotrice. »

Il le prit par le bras et l'entraîna. Mais à peine furent-ils dans le vestibule qu'un garçon de bains arrêta le médecin :

« C'est M. Riquier qui attend pour son lavage. »

Le docteur Latonne, l'année précédente, médisait des lavages d'estomac préconisés et pratiqués par le docteur Bonnefille dans l'établissement dont il était inspecteur. Mais les temps avaient modifié son opinion, et la sonde Baraduc était devenue le grand instrument de torture du nouvel inspecteur qui la plongeait dans tous les œsophages avec une joie enfantine.

Il demanda à Paul Brétigny :

« Avez-vous jamais vu faire cette petite opération-là ? »

L'autre répondit :

« Non, jamais.

— Venez donc, mon cher, c'est très curieux. »

Ils entrèrent dans la salle des douches où M. Riquier, l'homme au teint de brique, qui essayait, cette année-là, les sources récemment découvertes, comme il avait essayé, chaque été, de toutes les stations naissantes, attendait sur un fauteuil de bois.

Pareil à quelque supplicié des temps anciens il était serré, étranglé dans une sorte de camisole de force en toile cirée qui devait préserver ses vêtements des souillures et des éclaboussures ; et il avait l'air misérable, inquiet et douloureux des patients qu'un chirurgien vient opérer.

Dès que le docteur apparut, le garçon saisit un long tube qui se divisait en trois vers le milieu et qui avait l'air d'un serpent mince à double queue. Puis l'homme fixa un des bouts à l'extrémité d'un petit robinet communiquant avec la source. On laissa tomber le second dans un récipient de verre où s'écouleraient tout à l'heure les liquides rejetés par l'estomac du malade ; et M. l'inspecteur prenant d'une main tranquille le troisième bras de ce conduit, l'approcha, avec un air aimable, de la mâchoire de M. Riquier, le lui passa dans la bouche et, le dirigeant adroitement, le fit glisser dans la gorge, l'enfonçant de plus en plus avec le pouce et l'index, d'une façon gracieuse et bienveillante, en répétant : « Très bien, très bien, très bien ! Ça va, ça va, ça va, ça va parfaitement. »

M. Riquier, les yeux hagards, les joues violettes, l'écume aux lèvres, haletait, suffoquait, poussait des hoquets d'angoisse ; et, cramponné aux bras du fauteuil, faisait des efforts terribles pour rejeter cette bête de caoutchouc qui lui pénétrait dans le corps.

Lorsqu'il en eut avalé un demi-mètre environ, le docteur dit :

« Nous sommes au fond. Ouvrez. »

Le garçon alors ouvrit le robinet ; et bientôt le ventre du malade se gonfla visiblement, rempli peu à peu par l'eau tiède de la source.

« Toussez, disait le médecin, toussez, pour amorcer la descente. »

Au lieu de tousser il râlait, le pauvre, et secoué de convulsions paraissait prêt surtout à perdre ses yeux qui lui sortaient de la tête. Puis soudain un léger glouglou se fit entendre par terre, à côté de son fauteuil. Le siphon du tube à double conduit venait enfin de s'amorcer ; et l'estomac se vidait maintenant dans ce récipient de verre où le médecin recherchait avec intérêt les indices du catarrhe et les traces reconnaissables des digestions incomplètes.

« Vous ne mangerez plus jamais de petits pois, disait-il, ni de salade ! Oh ! pas de salade ! Vous ne la digérez nullement. Pas de fraises, non plus ! Je vous l'ai déjà répété dix fois, pas de fraises ! »

M. Riquier semblait furieux. Il s'agitait maintenant sans pouvoir parler avec ce tube qui lui bouchait la gorge. Mais lorsque, le lavage terminé, le docteur lui eut extrait délicatement cette sonde des entrailles, il s'écria :

« Est-ce ma faute si je mange tous les jours des saletés qui me perdent la santé ? N'est-ce pas vous qui devriez veiller sur les menus de votre hôtelier ? Je suis venu à votre nouvelle gargote parce qu'on m'empoisonnait à l'ancienne avec des nourritures abominables, et je suis plus mal encore dans votre grande baraque d'auberge du Mont-Oriol, parole d'honneur ! »

Le médecin dut le calmer et il promit, plusieurs fois de suite, de prendre sous sa direction la table d'hôte des malades.

Puis il ressaisit le bras de Paul Brétigny, et l'emmenant :

« Voici sur quels principes extrêmement rationnels j'ai établi mon traitement spécial par la gymnastique automotrice que nous allons visiter. Vous connaissez mon système de médecine organométrique, n'est-ce pas ? Je prétends qu'une grande partie de nos maladies proviennent uniquement du développement excessif d'un organe qui empiète sur le voisin, gêne ses fonctions, et détruit en peu de temps l'harmonie générale du corps, d'où naissent les troubles les plus graves.

» Or l'exercice est, avec les douches et le traitement ...al, un des moyens les plus énergiques pour rétablir l'équilibre et ramener les parties envahissantes à leurs proportions normales.

» Mais comment décider l'homme à faire de l'exercice ? Il n'y a pas seulement dans l'acte de marcher, de monter à cheval, de nager ou de ramer un effort physique considérable ; il y a aussi et surtout un effort moral. C'est l'esprit qui décide, entraîne et soutient le corps. Les hommes d'énergie sont des hommes de mouvement ! Or, l'énergie est dans l'âme et non pas dans les muscles. Le corps obéit à la volonté vigoureuse.

» Il ne faut point songer, mon cher, à donner du courage aux lâches ni de la résolution aux faibles. Mais nous pouvons faire autre chose, nous pouvons faire plus, nous pouvons supprimer le courage, supprimer l'énergie mentale, supprimer l'effort moral et ne laisser subsister que le mouvement physique. Cet effort moral, je le remplace avec avantage par une force étrangère et purement mécanique ! Comprenez-vous ? Non, pas très bien. Entrons. »

Il ouvrit une porte qui donnait sur une vaste salle où étaient alignés des instruments bizarres, de grands fauteuils à jambes de bois, des chevaux grossiers en sapin, des planchettes articulées, des barres mobiles tendues devant des chaises fixées au sol. Et tous ces objets étaient armés d'engrenages compliqués que faisaient mouvoir des manivelles.

Le docteur reprit :

« Voici. Nous avons quatre exercices principaux que j'appellerai les exercices naturels ; ce sont : la marche, l'équitation, la natation et le canotage. Chacun de ces exercices développe des membres différents, agit d'une façon spéciale. Or, nous les possédons ici tous les quatre, produits artificiellement. On n'a qu'à se laisser faire, en ne pensant à rien, et on peut courir, monter à cheval, nager ou ramer pendant une heure sans que l'esprit prenne part, le moins du monde, à ce travail tout musculaire. »

A ce moment, M. Aubry-Pasteur entrait suivi d'un homme dont les manches retroussées montraient des biceps vigoureux. L'ingénieur avait encore engraissé. Il marchait, les cuisses écartées, les bras loin du corps, en haletant.

Le docteur dit :

« Vous vous instruirez de visu. » Et, s'adressant à son malade :

« Eh bien, mon cher Monsieur, qu'allons-nous faire aujourd'hui ? De la marche ou de l'équitation ? »

M. Aubry-Pasteur, qui serrait les mains de Paul, répondit :

« Je désire un peu de marche assise, cela me fatigue moins. »

M. Latonne reprit :

« Nous avons, en effet, la marche assise et la marche debout. La marche debout, plus efficace, est assez pénible. Je l'obtiens au moyen de pédales sur lesquelles on monte et qui mettent les jambes en mouvement pendant qu'on se maintient en équilibre en se cramponnant à des anneaux scellés dans le mur. Mais voici la marche assise. »

L'ingénieur s'était écroulé dans un fauteuil à bascule, et il posa ses jambes dans les jambes de bois à jointures mobiles attachées à ce siège. On lui sangla les cuisses, les mollets et les chevilles, de façon qu'il ne pût accomplir aucun mouvement volontaire ; puis l'homme aux manches retroussées, saisissant la manivelle, la tourna de toute sa force. Le fauteuil d'abord se balança comme un hamac, puis les jambes tout à coup partirent, s'allongeant et se recourbant, allant et revenant avec une vitesse extrême.

« Il court, dit le docteur, qui ordonna : Doucement, allez au pas. »

L'homme, ralentissant son allure, imposa au gros ingénieur une marche assise plus modérée, qui décomposait d'une façon comique tous les mouvements de son corps.

Deux autres malades apparurent alors, énormes tous deux, et suivis aussi de deux garçons de service aux bras nus.

On les hissa sur des chevaux de bois qui, mis en mouvement, se mirent aussitôt à sauter sur place, en secouant leurs cavaliers d'une abominable manière.

« Au galop ! » cria le docteur. Et les bêtes factices, bondissant comme des vagues, chavirant comme des navires, fatiguèrent tellement les deux patients qu'ils se mirent à crier ensemble, d'une voix essoufflée et lamentable : « Assez ! Assez ! je n'en puis plus ! Assez ! »

Le médecin commanda : « Stop ! » puis ajouta :

« Soufflez un peu. Vous reprendrez dans cinq minutes. »

Paul Brétigny, qui étouffait d'envie de rire, fit remarquer que les cavaliers n'avaient pas chaud, tandis que les tourneurs de manivelles étaient en sueur.

« Si vous intervertissiez les rôles, disait-il, cela ne vaudrait-il pas mieux ? »

Le docteur répondit gravement :

« Oh ! pas du tout, mon cher. Il ne faut pas

confondre exercice et fatigue. Le mouvement de l'homme qui tourne la roue est mauvais, tandis que le mouvement du marcheur ou de l'écuyer est excellent. »

Mais Paul aperçut une selle de femme.

« Oui, dit le médecin, le soir est réservé aux dames. Les hommes ne sont plus admis après midi. Venez donc voir la natation sèche. »

Un système de planchettes mobiles vissées ensemble par leurs extrémités et par leurs centres, s'allongeant en losanges ou se refermant en carré comme ce jeu d'enfants qui porte des soldats piqués, permettait de garrotter et d'écarteler trois nageurs en même temps.

Le docteur disait :

« Je n'ai pas besoin de vous vanter les avantages de la natation sèche qui ne mouille le corps que de transpiration et n'expose, par conséquent, notre baigneur imaginaire à aucun accident rhumatismal. »

Mais un garçon vint le chercher, une carte à la main.

« Le duc de Ramas, mon cher, je vous quitte. Excusez-moi. »

Paul, resté seul, se retourna. Les deux cavaliers trottaient de nouveau. M. Aubry-Pasteur marchait toujours ; et les trois Auvergnats haletaient, les bras rompus, les reins cassés à secouer ainsi leurs clients. Ils avaient l'air de moudre du café.

Quand il fut dehors, Brétigny aperçut le docteur Honorat regardant avec sa femme les préparatifs de la fête. Ils se mirent à causer, les yeux levés sur les drapeaux qui auréolaient la colline.

« C'est à l'église que se forme le cortège ? demanda l'épouse du médecin.

— C'est à l'église.

— A trois heures ?

— A trois heures.

— MM. les professeurs y seront ?

— Oui. Ils accompagneront les marraines. »

Les dames Paille l'arrêtèrent ensuite. Puis les Monécu père et fille. Mais comme il devait déjeuner, en tête à tête avec son ami Gontran, au *Café du Casino*, il y monta à petits pas. Paul, arrivé la veille, n'avait point vu seul à seul son camarade depuis un mois ; et il voulait lui conter beaucoup d'histoires du boulevard, histoires de filles et de tripots.

Ils étaient restés à bavarder jusqu'à deux heures et demie, quand Petrus Martel les prévint qu'on se rendait à l'église.

« Allons chercher Christiane, dit Gontran.

— Allons », reprit Paul.

Ils la trouvèrent debout sur le perron du nouvel hôtel. Elle avait les joues creuses, le teint bistré des femmes enceintes, et sa taille fortement bosselée annonçait une grossesse de six mois au moins.

« Je vous attendais, dit-elle : William est parti en avant. Il a tant de choses à faire aujourd'hui. »

Elle leva sur Paul Brétigny un regard plein de tendresse et prit son bras.

Ils se mirent en route doucement, évitant les pierres. Elle répétait :

« Comme je suis lourde ! Comme je suis lourde ! Je ne sais plus marcher. J'ai si peur de tomber ! »

Il ne répondait pas et la soutenait avec précaution, sans chercher à rencontrer ses yeux qu'elle tournait sans cesse vers lui.

Une foule compacte les attendait devant l'église.

Andermatt cria :

« Enfin, enfin ! Dépêchez-vous donc ! Tenez, voici l'ordre : deux enfants de chœur, deux chantres en surplis, la croix, l'eau bénite, le prêtre, puis Christiane avec M. le professeur Cloche, Mlle Louise avec M. le professeur Rémusot et Mlle Charlotte avec M. le professeur Mas-Roussel. Viennent ensuite le conseil d'administration, le corps médical, puis le public. C'est compris. En avant ! »

Le personnel ecclésiastique sortit alors de l'église, et prit la tête de la procession. Puis un grand monsieur à cheveux blancs rejetés derrière les oreilles, le savant classique, suivant la forme académique, s'approcha de Mme Andermatt en la saluant profondément.

Quand il se fut redressé, il partit à côté d'elle, nu-tête pour montrer sa belle chevelure scientifique, le chapeau sur la cuisse, l'air imposant comme s'il eût appris à marcher à la Comédie-Française et à faire voir au peuple sa rosette d'officier de la Légion d'honneur, trop grande pour un homme modeste.

Il causait :

« Monsieur votre époux, Madame, me parlait de vous, tout à l'heure, et de votre état qui lui inspire quelques inquiétudes d'affection. Il m'a dit vos doutes et vos hésitations sur le moment probable de votre délivrance. »

Elle était devenue rouge jusqu'aux tempes et elle murmura :

« Oui, je me suis crue mère bien longtemps avant de l'être. Maintenant je ne sais plus... je ne sais plus... »

Elle balbutiait, toute confuse.

Une voix disait derrière eux :

« Cette station a le plus grand avenir. J'obtiens déjà des effets surprenants. »

C'était le professeur Rémusot s'adressant à sa compagne Louise Oriol. Il était petit, celui-là, avec des cheveux jaunes mal peignés, une redingote mal coupée, l'air malpropre du savant crasseux.

Le professeur Mas-Roussel, qui donnait le bras à Charlotte Oriol, était un beau médecin, sans barbe ni moustaches, souriant, soigné, à peine grisonnant, un peu gras, et dont la douce figure rasée ne semblait ni d'un prêtre ni d'un acteur, comme celle du docteur Latonne.

Le conseil d'administration venait ensuite, conduit par Andermatt, et dominé par les coiffures gigantesques des deux Oriol.

Derrière eux marchait encore une compagnie de hauts chapeaux, le corps médical d'Enval, auquel manquait le docteur Bonnefille, remplacé d'ailleurs par deux nouveaux médecins, le docteur Black, un vieil homme très court, presque un nain, dont l'excessive dévotion avait surpris le pays entier dès le jour de son arrivée, puis un très beau garçon, très coquet, coiffé, lui, d'un petit chapeau, le docteur Mazelli, un Italien attaché à la personne du duc de Ramas, d'autres disaient à la personne de la duchesse.

Et derrière eux le public, un flot de public, de baigneurs, de paysans et d'habitants des villes voisines.

La bénédiction des sources fut très courte. L'abbé Litre les aspergea l'une après l'autre avec l'eau bénite, ce qui fit dire au docteur Honorat qu'il allait leur donner des propriétés nouvelles avec le chlorure de sodium. Puis toutes les personnes spécialement invitées entrèrent dans la grande salle de lecture, où une collation était servie.

Paul disait à Gontran :

« Comme les petites Oriol sont devenues jolies !

— Elles sont charmantes, mon cher.

— Vous n'avez pas vu M. le président ? demanda soudain aux jeunes gens l'ancien geôlier surveillant.

— Oui, il est dans le coin là-bas.

— C'est que le père Clovis amasse du monde devant la porte. »

Déjà, en allant aux sources pour les bénir, la procession tout entière avait défilé devant le vieil invalide, guéri l'année d'avant, et redevenu à présent plus paralytique que jamais. Il arrêtait les étrangers sur les routes, et les derniers venus de préférence pour leur conter son histoire :

« Ché-jeaux-là, voyez-vous, cha ne vaut rien, cha garit, ché vrai, et pi on r'tombe, mais on r'tombe prechque mort. Moi, j'avais les jambo qu'allaient pu, à ch't'heure, v'là que j' perds les bras, par chuite de la cure. Et mes jambo, ch'est du fer, mais du fer qu'on couperio plutôt que d' le plier. »

Andermatt, désolé, avait essayé de le faire emprisonner, en le poursuivant judiciairement pour préjudice causé aux eaux du Mont-Oriol, et tentative de chantage. Mais il n'avait pu réussir à obtenir une condamnation ni à lui fermer la bouche.

Aussitôt informé que le vieux jasait devant la porte de l'établissement, il s'élança pour le faire taire.

Au bord de la grande route, au milieu d'un attroupement il entendit des voix furieuses. On se pressait pour écouter et pour voir. Des dames demandaient :

« Qu'est-ce que c'est ? » Des hommes répondaient : *finish*
« C'est un malade que les eaux d'ici ont achevé. »
D'autres croyaient qu'on venait d'écraser un enfant.
On parlait aussi d'une attaque d'épilepsie dont
aurait été frappée une pauvre femme.

Andermatt fendit la foule, comme il savait faire,
en roulant violemment son petit ventre rond entre
les ventres. « Il prouve, disait Gontran, la supériorité
des billes sur les pointes. »

Le père Clovis, assis sur le fossé, geignait ses
peines, contait ses souffrances en pleurnichant, tandis que, debout devant lui et le séparant du public,
les deux Oriol exaspérés l'injuriaient et le menaçaient à pleine gorge.

« Cha n'est pas vrai, criait Colosse, ch'est un
menteux, un faignant, un braconnier, qui court le
bois toute la nuit. »

Mais le vieux, sans s'émouvoir, répétait d'une
petite voix perçante entendue malgré les vociférations des deux hommes :

« Ils m'ont tua, mes bons Méchieus, ils m'ont tua
avec leur eau. Ils m'ont baigné par forche l'an
paché. Et me v'là, à ch't'heure, me v'là, me v'là ! »

Andermatt imposa silence à tout le monde, et se
penchant vers l'impotent il lui dit, en le regardant
au fond des yeux :

« Si vous êtes plus malade, c'est votre faute,
entendez-vous. Mais si vous m'écoutez, je vous
réponds de vous guérir, moi, en quinze ou vingt
bains tout au plus. Venez me trouver dans une
heure à l'établissement, quand tout le monde sera
parti, et nous arrangerons ça, mon père. En attendant, taisez-vous. »

Le vieux avait compris. Il se tut, puis après un silence, il répondit :

« J' veux toujours ben échayer. Verraï. »

Andermatt prit par le bras les deux Oriol et les entraîna vivement, tandis que le père Clovis restait allongé sur l'herbe entre ses béquilles, au bord de la route, clignant les yeux sous le soleil.

La foule intriguée se serrait autour de lui. Des messieurs l'interrogeaient ; mais il ne répondait plus, comme s'il n'avait pas entendu ou pas compris ; et cette curiosité, inutile à présent, finissant par l'ennuyer, il se mit à chanter à tue-tête, d'une voix aussi fausse que suraiguë, une interminable chanson en patois inintelligible.

Et la foule s'écoula peu à peu. Seuls, quelques enfants demeurèrent longtemps devant lui, les doigts dans le nez, en le contemplant.

Christiane, très fatiguée, était rentrée se reposer ; Paul et Gontran se promenaient dans le nouveau parc au milieu des visiteurs. Tout à coup ils aperçurent la compagnie des acteurs qui avait aussi déserté l'ancien Casino pour s'attacher à la fortune naissante du nouveau.

Mlle Odelin, devenue très élégante, se promenait au bras de sa mère, qui avait pris de l'importance. M. Petitnivelle, du Vaudeville, semblait très empressé auprès de ces dames, que suivait M. Lapalme, du Grand-Théâtre de Bordeaux, en discutant avec les musiciens, toujours les mêmes, le maestro Saint-Landri, le pianiste Javel, le flûtiste Noirot et la contrebasse Nicordi.

En apercevant Paul et Gontran, Saint-Landri s'élança vers eux. Il avait eu, pendant l'hiver, un tout petit acte en musique joué dans un tout petit théâtre excentrique ; mais les journaux avaient parlé de lui avec une certaine faveur et il traitait de haut, maintenant, MM. Massenet, Reyer et Gounod.

Il tendit ses deux mains avec un élan bienveillant et raconta aussitôt sa discussion avec ces messieurs de l'orchestre qu'il dirigeait.

« Oui, mon cher, c'est fini, fini, fini, des rengainards de la vieille école. Les mélodistes ont fait leur temps. Voilà ce qu'on ne veut pas comprendre.

» La musique est un art neuf. La mélodie en est le bégaiement. L'oreille ignorante a aimé les ritournelles. Elle y prenait un plaisir d'enfant, un plaisir de sauvage. J'ajoute que les oreilles du peuple ou du public naïf, les oreilles simples aimeront toujours les petites chansons, les airs enfin. C'est un amusement assimilable à celui que prennent les habitués des cafés-concerts.

» Je vais me servir d'une comparaison pour me faire bien comprendre. L'œil du rustre aime les couleurs brutales et les tableaux éclatants, l'œil du bourgeois lettré mais non artiste aime les nuances aimablement prétentieuses et les sujets attendrissants ; mais l'œil artiste, l'œil raffiné, aime, comprend, distingue les insaisissables modulations d'un même ton, les accords mystérieux des nuances, invisibles pour tout le monde.

» De même en littérature : les concierges aiment les romans d'aventures, les bourgeois aiment les romans qui les émeuvent, et les vrais lettrés n'aiment que les livres artistes incompréhensibles pour les autres.

» Quand un bourgeois me parle musique, j'ai envie de le tuer. Et quand c'est à l'Opéra, je lui demande : « Êtes-vous capable de me dire si le troisième vi

fait une fausse note à l'ouverture du troisième acte ? —
Non. — Alors taisez-vous. Vous n'avez pas d'oreille. »
L'homme qui, dans un orchestre, n'entend pas en
même temps l'ensemble, et séparément tous les instru-
ments, n'a pas d'oreille et n'est pas musicien. Voilà !
Bonsoir ! »

Il pivota sur un talon, et reprit : « Pour un artiste
toute la musique est dans un accord. Ah ! mon cher,
certains accords m'affolent, me font entrer dans toute
la chair un flot de bonheur inexprimable. J'ai aujour-
d'hui l'oreille tellement exercée, tellement faite, tellement mûre, que je finis par aimer même certains
accords faux, comme un amateur dont la maturité de
goût arrive à la dépravation. Je commence à être un
corrompu qui cherche les extrêmes sensations d'ouïe.
Oui, mes amis, certaines fausses notes ! Quelles
délices ! Quelles délices perverses et profondes !
Comme ça remue, comme ça ébranle les nerfs, comme
ça gratte l'oreille, comme ça gratte… ! comme ça
gratte… ! »

Il se frottait les mains avec ravissement, et il
chantonna : « Vous entendrez mon opéra, — mon
opéra, — mon opéra. — Vous entendrez mon opéra. »

Gontran dit :

« Vous faites un opéra ?

— Oui, je l'achève. »

Mais la voix de commandement de Petrus Martel
retentissait :

« Vous comprenez bien ! C'est convenu : une fusée
jaune, et vous partez ! »

Il donnait des ordres pour le feu d'artifice. On le
rejoignit et il expliqua ses dispositions en montrant de
son bras tendu, comme s'il eût menacé une flotte

ennemie, des piquets de bois blancs sur la montagne, au-dessus des gorges, de l'autre côté du vallon.

« C'est là-bas qu'on le tirera. Je disais à mon artificier d'être à son poste dès huit heures et demie. Aussitôt que le spectacle sera fini je donnerai le signal d'ici par une fusée jaune, et alors il allumera la pièce d'ouverture. »

Le marquis apparut :

« Je vais boire un verre d'eau », dit-il.

Paul et Gontran l'accompagnèrent et redescendirent la colline. En arrivant à l'établissement ils aperçurent le père Clovis qui y pénétrait, soutenu par les deux Oriol, suivi par Andermatt et par le docteur, et faisant, à chaque traînée de ses jambes sur le sol, des contorsions de souffrance.

« Entrons, dit Gontran, ce sera drôle. »

On assit l'impotent sur un fauteuil, puis Andermatt lui dit :

« Voici mes propositions, vieux filou que vous êtes. Vous allez vous guérir immédiatement en prenant deux bains chaque jour. Et vous aurez deux cents francs aussitôt que vous marcherez... »

Le paralytique se mit à gémir :

« Mes jambo, ch'est du fer, mon brave Monchieu. »

Andermatt le fit taire et reprit :

« Écoutez donc... Et vous aurez encore deux cents francs tous les ans, jusqu'à votre mort... vous entendez... jusqu'à votre mort, si vous continuez à éprouver l'effet salutaire de nos eaux. »

Le vieux resta perplexe. La guérison continue contrariait toutes ses dispositions d'existence.

Il demanda en hésitant :

« Mais quand... quand ch'est fermé... votre boîte...

si cha me reprend... j'y peux rien... moi... pichque ch'est fermé... vote eau... »

Le docteur Latonne l'interrompit ; et se tournant vers Andermatt :

« Parfait... ! parfait... ! Nous le guérirons tous les ans... cela vaut mieux et prouvera la nécessité du traitement annuel, l'indispensabilité du retour. Parfait, c'est entendu ! »

Mais le vieux répétait de nouveau.

« Che ch'ra pas commode ch'te fois, mes braves Méchieus. Mes jambo, ch'est du fer, du fer en barro... »

Une idée nouvelle germait dans l'esprit du docteur :

« Si je lui faisais faire quelques séances de marche assise, dit-il, je hâterais beaucoup l'effet des eaux. C'est une chose à tenter.

— Excellente pensée, répondit Andermatt, qui ajouta : Maintenant, père Clovis, allez-vous-en et n'oubliez pas nos conventions. »

Le vieux partit en gémissant toujours ; et, comme le soir venait, tous les administrateurs du Mont-Oriol rentrèrent dîner, car la représentation théâtrale était annoncée pour sept heures et demie.

Elle avait lieu dans la grande salle du nouveau Casino qui pouvait contenir mille personnes.

Dès sept heures, les spectateurs qui n'avaient point de places numérotées se présentèrent.

A sept heures et demie la salle était pleine et le rideau se leva sur un vaudeville en deux actes qui précédait l'opérette de Saint-Landri, interprétée par des chanteurs de Vichy, cédés pour la circonstance.

Christiane, au premier rang, entre son père et son mari, souffrait beaucoup de la chaleur.

Elle disait, à tout instant :

« Je n'en puis plus ! je n'en puis plus ! »

Après le vaudeville, lorsque commença l'opérette, elle faillit se trouver mal, et, se tournant vers son mari :

« Mon cher Will, je vais être obligée de sortir. J'étouffe ! »

Le banquier fut désolé. Il tenait avant tout à ce que la fête réussît, d'un bout à l'autre, sans un accroc. Il répondit :

« Fais tous tes efforts pour résister. Je t'en supplie. Ton départ bouleverserait tout. Tu aurais la salle entière à traverser. »

Mais Gontran, placé derrière elle avec Paul, avait entendu. Il se pencha vers sa sœur :

« Tu as trop chaud ? dit-il.

— Oui, j'étouffe.

— Bon. Attends. Tu vas rire. »

Une fenêtre était proche. Il s'y glissa, monta sur une chaise et sauta dehors sans être presque remarqué.

Puis il entra dans le café complètement vide, étendit la main sous le comptoir où il avait vu Petrus Martel cacher la fusée de signal, et, l'ayant volée, il courut se cacher dans un massif, puis l'alluma.

La rapide gerbe jaune s'envola vers les nuages en décrivant une courbe et jetant à travers le ciel une longue pluie de gouttes de feu.

Presque aussitôt une formidable détonation éclata sur la montagne voisine et un faisceau d'étoiles s'éparpilla dans la nuit.

Quelqu'un cria dans la salle de spectacle où frémissaient les accords de Saint-Landri : « On tire le feu d'artifice ! »

Les spectateurs les plus proches des portes se

levèrent brusquement pour s'en assurer et sortirent à
pas légers. Tous les autres tournèrent les yeux vers les
fenêtres, mais ne virent rien, car elles regardaient la
Limagne.

On demandait : « Est-ce vrai ? Est-ce vrai ? »

Une agitation remuait la foule impatiente, avide
surtout d'amusements simples.

Une voix du dehors annonça : « C'est vrai, on le
tire. »

Alors, en une seconde, toute la salle fut debout. On
se précipitait vers les portes, on se bousculait, on
hurlait vers ceux qui obstruaient la sortie : « Mais
dépêchez-vous, dépêchez-vous donc ! »

Tout le monde fut bientôt dans le parc. Seul Saint-
Landri exaspéré continuait à battre la mesure devant
son orchestre distrait. Et là-bas les soleils succédaient
aux chandelles romaines, au milieu des détonations.

Tout à coup, une voix formidable lança trois fois ce
cri furieux : « Arrêtez, nom de Dieu ! Arrêtez, nom de
Dieu ! Arrêtez, nom de Dieu ! »

Et, comme un feu de Bengale immense s'allumait
alors sur le mont, éclairant en rouge à droite, en bleu
à gauche, les rochers énormes et les arbres, on
aperçut, debout dans un des vases de simili-marbre
qui décoraient la terrasse du Casino, Petrus Martel
éperdu, nu-tête, les bras en l'air, gesticulant et hur-
lant.

Puis, la grande clarté s'éteignant, on ne vit plus
rien que les vraies étoiles. Mais aussitôt, une autre
pièce partit et Petrus Martel, sautant à terre, s'écria :
« Quel désastre ! quel désastre ! Mon Dieu, quel
désastre ! »

Et il passait dans la foule avec des gestes tragiques,

des coups de poing dans le vide, des trépignements de colère, en répétant toujours : « Quel désastre ! Mon Dieu, quel désastre ! »

Christiane avait pris le bras de Paul pour venir s'asseoir au grand air, et elle regardait, ravie, les fusées qui montaient au ciel.

Son frère la rejoignit tout à coup, et dit :

« Hein, est-ce réussi ? Crois-tu que c'est drôle ? »

Elle murmura :

« Comment, c'est toi ?...

— Mais oui, c'est moi. Est-elle bonne, hein ? »

Elle se mit à rire, trouvant cela drôle en effet. Mais Andermatt arrivait navré. Il ne comprenait pas d'où un coup pareil était parti. On avait volé la fusée sous le comptoir pour donner le signal convenu. Une pareille infamie ne pouvait venir que d'un émissaire de l'ancienne Société, d'un agent du docteur Bonnefille !

Et il répétait, lui :

« C'est désolant, positivement désolant. Voici un feu d'artifice de deux mille trois cents francs qui est perdu, tout à fait perdu ! »

Gontran reprit :

« Non, mon cher, en comptant bien, la perte ne s'élève pas à plus du quart, mettons au tiers, si vous voulez ; soit à sept cent soixante-six francs. Vos invités auront donc joui de quinze cent trente-quatre francs de fusées. Ça n'est pas mal, en vérité. »

La colère du banquier se tourna vers son beau-frère. Il le prit brusquement par le bras :

« Vous, j'ai à vous parler d'une façon sérieuse. Puisque je vous tiens, faisons un tour dans les allées. J'en ai pour cinq minutes, d'ailleurs. »

Puis, se tournant vers Christiane :

« Je vous confie à notre ami Brétigny, ma chère ;
mais ne restez pas longtemps dehors, ménagez-vous.
Vous pourriez attraper froid, vous savez. Prenez
garde, prenez garde ! »

Elle murmura :

« Ne craignez rien, mon ami. »

Et Andermatt entraîna Gontran.

Dès qu'ils furent seuls, un peu loin de la foule, le
banquier s'arrêta.

« Mon cher, c'est de votre situation financière que je
veux vous parler.

— De ma situation financière ?

— Oui ! la connaissez-vous, votre situation financière ?

— Non. Mais vous devez la connaître pour moi,
puisque vous me prêtez de l'argent.

— Eh bien, oui, je la connais, moi ! et c'est pour cela
que je vous en parle.

— Il me semble au moins que le moment est mal
choisi... au milieu d'un feu d'artifice !

— Le moment est fort bien choisi, au contraire. Je
ne vous parle pas au milieu d'un feu d'artifice ; mais
avant un bal...

— Avant un bal ?... Je ne comprends pas.

— Eh bien, vous allez comprendre. Votre situation,
la voici : Vous n'avez rien, que des dettes ; et vous
n'aurez jamais rien que des dettes... »

Gontran reprit avec sérieux :

« Vous me dites cela un peu crûment.

— Oui, parce qu'il le faut. Écoutez-moi : Vous avez
mangé la part de fortune qui vous revenait de votre
mère. N'en parlons plus.

— N'en parlons plus.

— Quant à votre père, il possède trente mille francs de rente, soit un capital de huit cent mille francs environ. Votre part sera donc, plus tard, de quatre cent mille francs. Or, vous me devez, à moi, cent quatre-vingt-dix mille francs. Vous devez en outre à des usuriers... »

Gontran murmura d'un air hautain :

« Dites à des juifs.

— Soit, à des juifs, bien qu'il y ait dans le nombre un marguillier de Saint-Sulpice qui s'est servi d'un prêtre comme intermédiaire entre lui et vous... mais je ne chicanerai pas pour si peu... Vous devez donc à divers usuriers, israélites ou catholiques, à peu près autant. Mettons cent cinquante mille, au bas mot. Cela fait un total de trois cent quarante mille francs dont vous payez les intérêts en empruntant toujours, sauf pour les miens, que vous ne payez point.

— C'est juste, dit Gontran.

— Alors, il ne vous reste plus rien.

— Rien, en effet... que mon beau-frère.

— Que votre beau-frère, qui en a assez de vous prêter de l'argent.

— Alors ?

— Alors, mon cher, le moindre paysan logé dans une de ces huttes, là-bas, est plus riche que vous.

— Parfaitement... et après ?

— Après... après... Si votre père mourait demain, il ne vous resterait plus, pour manger du pain, pour manger du pain, entendez-vous, qu'à accepter une place d'employé dans ma maison. Et ce serait encore là un moyen de déguiser la pension que je vous ferais. »

Gontran dit, d'un ton irrité :

« Mon cher William, ces choses-là m'embêtent. Je

les sais d'ailleurs aussi bien que vous, et, je vous le répète, le moment est mal choisi pour me les rappeler avec... avec... avec aussi peu de diplomatie...

— Permettez, laissez-moi finir. Vous ne pouvez vous tirer de là que par un mariage. Or, vous êtes un parti déplorable, malgré votre nom qui sonne bien, sans être illustre. Enfin, il n'est pas de ceux qu'une héritière, même israélite, paye d'une fortune. Donc, il faut vous trouver une femme acceptable et riche, ce qui n'est pas très commode... »

Gontran l'interrompit :

« Nommez-la tout de suite, ça vaut mieux.

— Soit : une des filles du père Oriol, à votre choix. Et voici pourquoi je vous en parle avant le bal.

— Et maintenant, expliquez-vous plus longuement, reprit Gontran d'une voix froide.

— C'est bien simple. Vous voyez le succès que j'ai obtenu, du premier coup, avec cette station. Or, si j'avais entre les mains, ou, plutôt si nous avions entre les mains toutes les terres conservées par ce finaud de paysan, j'en ferais de l'or. Pour ne parler que des vignes qui vont de l'établissement à l'hôtel et de l'hôtel au Casino, je les payerais un million demain, moi, Andermatt. Or, ces vignes-là et les autres, tout autour de la butte, seront les dots des petites. Le père me le disait encore tantôt, non sans intention, peut-être. Eh bien..., si vous vouliez, nous pourrions faire là une grosse affaire, tous les deux ?... »

Gontran murmura, en ayant l'air de réfléchir :

« C'est possible. J'y penserai.

— Pensez-y, mon cher, et n'oubliez pas que je ne

parle jamais que de choses très sûres, après y avoir beaucoup songé, et quand je connais toutes les conséquences possibles et tous les avantages certains. »

Mais Gontran, levant un bras, s'écria comme s'il venait d'oublier brusquement tout ce que lui avait dit son beau-frère :

« Regardez ! Que c'est beau ! »

Le bouquet s'allumait, simulant un palais embrasé sur lequel un drapeau flambant portait *Mont-Oriol* en lettres de feu toutes rouges, et, en face de lui, au-dessus de la plaine, la lune, rouge aussi, semblait apparue pour contempler ce spectacle. Puis, quand le palais, après avoir brûlé quelques minutes, fit explosion ainsi qu'un navire saute, en projetant dans le ciel entier des astres de fantaisie qui éclataient à leur tour, la lune resta toute seule, calme et ronde sur l'horizon.

Le public applaudissait avec rage, criait : « Hurra ! Bravo ! bravo ! »

Andermatt dit soudain :

« Allons ouvrir le bal, mon cher. Voulez-vous danser en face de moi le premier quadrille ?

— Mais oui, certainement, mon cher beau-frère.

— Qui avez-vous l'intention d'inviter ? Moi, j'ai retenu la duchesse de Ramas. »

Gontran répondit avec indifférence :

« Moi j'inviterai Charlotte Oriol. »

Ils remontèrent. Comme ils passaient devant la place où Christiane était restée avec Paul Brétigny, ils ne les aperçurent plus.

William murmura :

« Elle a écouté mon conseil, elle est partie se coucher. Elle était très lasse aujourd'hui. »

Et il s'avança vers la salle de bal que les hommes de service avaient préparée pendant le feu d'artifice.

Mais Christiane n'était point rentrée dans sa chambre, ainsi que le pensait son mari.

Dès qu'elle s'était sentie seule avec Paul, elle lui avait dit tout bas, en lui serrant la main :

« Te voici donc venu, je t'attends depuis un mois. Tous les matins, je me demandais : Est-ce aujourd'hui que je le verrai ?... Et tous les soirs je me disais : Ce sera demain alors ?... Pourquoi as-tu tardé si longtemps, mon amour ? »

Il répondit avec embarras :

« J'ai eu des occupations, des affaires. »

Elle se penchait sur lui, murmurant :

« Ça n'était pas bien de me laisser seule ici, avec eux, surtout dans ma situation. »

Il écarta un peu sa chaise :

« Prends garde, on pourrait nous voir. Ces fusées éclairent tout le pays. »

Elle n'y pensait guère ; elle dit :

« Je t'aime tant ! »

Puis, avec des tressaillements de joie :

« Oh ! que je suis heureuse, que je suis heureuse de nous retrouver ensemble, ici ! Y songes-tu ? Paul, quelle joie ! Comme nous allons nous aimer encore ! »

Elle soupira d'une voix si faible qu'elle semblait un souffle :

« J'ai une envie folle de t'embrasser, mais folle... là,... folle. Je ne t'ai pas vu depuis si longtemps ! »

Puis soudain, avec une énergie violente de femme passionnée, à qui tout doit céder :

« Écoute, je veux... tu entends... je veux aller avec toi, tout de suite, à l'endroit où nous nous sommes dit adieu, l'an dernier! tu te rappelles bien, sur la route de La Roche-Pradière? »

Il répondit stupéfait :

« Mais c'est insensé, tu ne peux plus marcher. Tu as été debout toute la journée! C'est insensé, je ne le permettrai pas. »

Elle s'était levée, et elle répéta :

« Je le veux. Si tu ne m'accompagnes pas, j'irai seule. »

Et lui montrant la lune qui se levait :

« Tiens, c'était un soir tout pareil! Tu te rappelles, comme tu baisais mon ombre? »

Il la retenait :

« Christiane... écoute... c'est ridicule... Christiane. »

Elle ne répondait pas et marchait vers la descente qui conduisait aux vignes. Il connaissait cette volonté calme que rien ne faisait dévier, l'entêtement gracieux de ces yeux bleus, de ce petit front de blondine qu'aucun obstacle n'arrêtait; et il prit son bras pour la soutenir en route.

« Si on nous voyait, Christiane?

— Tu ne disais pas ça, l'an dernier. Et puis, tout le monde est à la fête. Nous serons revenus sans qu'on ait remarqué notre absence. »

Il fallut bientôt monter par le sentier pierreux. Elle soufflait, s'appuyant sur lui de toute sa force; et à chaque pas, elle disait :

« C'est bon, c'est bon, c'est bon de souffrir ainsi! »

Il s'arrêta, voulant la ramener. Mais elle ne l'écoutait point :

« Non, non. Je suis heureuse. Tu ne comprends pas

ça, toi. Écoute... je le sens qui tressaille... notre
enfant... ton enfant... quel bonheur !... donne ta main...
Tiens... le sens-tu ?... »

Elle ne comprenait pas qu'il était, cet homme, de la
race des amants, et non point de la race des pères.
Depuis qu'il la savait enceinte, il s'éloignait d'elle et se
dégoûtait d'elle, malgré lui. Il avait souvent répété,
jadis, qu'une femme n'est plus digne d'amour qui a fait
fonction de reproductrice. Ce qui l'exaltait dans la
tendresse, c'était cet envolement de deux cœurs vers
un idéal inaccessible, cet enlacement de deux âmes qui
sont immatérielles, c'était tout le factice et l'irréalisa-
ble mis par les poètes dans la passion. Dans la femme
physique, il adorait la Vénus dont le flanc sacré devait
conserver toujours la forme pure de la stérilité. L'idée
d'un petit être né de lui, larve humaine agitée dans ce
corps souillé par elle et enlaidi déjà, lui inspirait une
répulsion presque invincible. La maternité faisait une
bête de cette femme. Elle n'était plus la créature
d'exception, adorée et rêvée, mais l'animal qui reproduit sa race. Et même un dégoût matériel se mêlait en
lui à ces répugnances de l'esprit.

Comment aurait-elle senti et deviné cela, elle que
chaque tressaillement de l'enfant désiré attachait
davantage à son amant ? Cet homme qu'elle adorait,
qu'elle avait aimé chaque jour un peu plus, depuis
l'heure de leur premier baiser, non seulement il avait
pénétré jusqu'au fond de son cœur, mais voilà qu'il était
entré aussi jusqu'au fond de sa chair, qu'il y avait semé
sa propre vie, qu'il allait sortir d'elle redevenu tout
petit. Oui, elle le portait là, sous ses mains croisées,
lui-même, son bon, son cher, son tendre, son seul ami,
renaissant dans ses entrailles de par le mystère de la

nature. Et elle l'aimait doublement, maintenant qu'elle l'avait deux fois, le grand et le petit encore inconnu, celui qu'elle voyait, qu'elle touchait, qu'elle embrassait, qu'elle entendait parler, et celui qu'elle ne pouvait encore que sentir remuer sous sa peau.

Ils étaient arrivés sur la route.

« Tu m'attendais là-bas, ce soir-là », dit-elle.

Et elle lui tendit ses lèvres. Il les baisa sans répondre, d'un baiser froid.

Elle murmura, pour la deuxième fois :

« Te souviens-tu, comme tu m'embrassais par terre ? Nous étions ainsi, regarde. »

Et dans l'espoir qu'il recommencerait, elle se mit à courir pour s'éloigner de lui. Puis elle s'arrêta, haletante, et attendit, debout au milieu de la route. Mais la lune, allongeant son profil sur le sol, y dessinait la bosse de son flanc déformé. Et Paul, regardant à ses pieds l'ombre de sa grossesse, restait immobile en face d'elle, blessé dans ses pudeurs poétiques, exaspéré qu'elle ne sentît pas cela, qu'elle ne devinât point sa pensée, qu'elle n'eût pas assez de coquetterie, de tact et de finesse féminine pour comprendre toutes les nuances qui font si différentes les circonstances ; et il lui dit, avec une impatience dans la voix :

« Voyons, Christiane, ces enfantillages sont ridicules. »

Elle revint à lui, émue, triste, les bras ouverts, et se jetant sur sa poitrine :

« Oh ! tu m'aimes moins. Je le sens ! J'en suis sûre ! »

Il eut pitié, lui prit la tête et mit sur ses yeux deux longs baisers.

Puis ils revinrent, silencieux. Il ne trouvait rien à lui dire ; et comme elle s'appuyait sur lui, épuisée de fatigue, il hâtait le pas pour ne plus sentir contre sa hanche le frôlement de cette taille élargie.

En approchant de l'hôtel, ils se séparèrent, et elle monta dans sa chambre.

L'orchestre du Casino jouait des airs de danse, et Paul alla voir le bal. C'était une valse, tous valsaient : le docteur Latonne avec Mme Paille la jeune, Andermatt avec Louise Oriol, le joli docteur Mazelli avec la duchesse de Ramas et Gontran avec Charlotte Oriol. Il lui parlait dans l'oreille avec cet air tendre qui indique une cour commencée ; et elle souriait derrière son éventail, rougissait, semblait ravie.

Paul entendit derrière lui :

« Tiens, tiens, M. de Ravenel qui conte fleurette à ma cliente. »

C'était le docteur Honorat, debout près de la porte, s'amusant à regarder. Il reprit :

« Oui, oui, voilà une demi-heure que cela dure. Tout le monde l'a déjà remarqué. Ça n'a pas l'air d'ailleurs de déplaire à la petite. »

Il ajouta, après un silence :

« En voilà une perle, que cette enfant-là, bonne, gaie, simple, dévouée, droite, vous savez, une brave créature. Il en faudrait dix comme l'aînée pour la valoir. Moi, je les connais depuis l'enfance... ces fillettes... Et pourtant le père préfère l'aînée, parce qu'elle est plus... plus... comme lui... plus paysanne... moins droite... plus économe... plus rusée... et plus... plus jalouse... Oh ! c'est une bonne fille tout de même... je n'en voudrais pas dire de mal... mais, malgré moi, je compare, vous comprenez... et, après avoir comparé... je juge... voilà. »

La valse finissait ; Gontran rejoignit son ami et, apercevant le docteur :

« Ah ! dites-moi donc, le corps médical d'Enval me paraît singulièrement accru. Nous avons un M. Mazelli qui valse dans la perfection et un vieux petit M. Black qui semble fort bien avec le ciel. »

Mais le docteur Honorat fut discret. Il n'aimait point juger ses confrères.

C'était maintenant une question brûlante, que celle des médecins dans Enval. Ils s'étaient brusquement emparés du pays, de toute l'attention, de toute la passion des habitants. Jadis les sources coulaient sous l'autorité du seul docteur Bonnefille, entre les animosités inoffensives du remuant Latonne et du placide docteur Honorat.

C'était bien autre chose à présent.

Dès que le succès préparé pendant l'hiver par Andermatt se fut tout à fait dessiné, grâce au concours puissant de MM. les professeurs Cloche, Mas-Roussel et Rémusot, qui avaient apporté chacun un contingent de deux à trois cents malades au moins, le docteur Latonne, inspecteur du nouvel établissement, était devenu un gros personnage, particulièrement patronné par le professeur Mas-Roussel, dont il avait été l'élève et dont il imitait la tenue et les gestes.

Du docteur Bonnefille, il n'était plus guère question. Rageant, exaspéré, déblatérant contre le Mont-Oriol, le vieux médecin restait tout le jour dans le vieil établissement, avec quelques vieux malades demeurés fidèles.

Dans l'esprit de quelques clients, en effet, il connaissait seul les propriétés véritables des eaux, il avait,
pour ainsi dire, leur secret, puisqu'il les administrait
officiellement depuis l'origine de la station.

Le docteur Honorat ne conservait guère que la
clientèle auvergnate. Il se contentait de cette fortune
médiocre, en demeurant bien avec tout le monde, et se
consolait en préférant de beaucoup les cartes et le vin
blanc à la médecine.

Il n'allait point cependant jusqu'à aimer ses
confrères.

Le docteur Latonne serait donc demeuré le grand
augure de Mont-Oriol, si on n'avait vu apparaître un
matin un tout petit homme, presque un nain, dont la
grosse tête enfoncée entre les épaules, les gros yeux
ronds et les grosses mains, faisaient un être très
bizarre. Ce nouveau médecin, M. Black, amené dans
le pays par le professeur Rémusot, s'était fait tout de
suite remarquer par son excessive dévotion.

Presque tous les matins, entre deux visites, il entrait
quelques minutes à l'église, et presque tous les
dimanches il recevait la communion. Le curé, bientôt,
lui fit avoir quelques malades, de vieilles filles, de
pauvres gens qu'il soignait gratuitement, des dames
pieuses qui demandaient conseil à leur directeur avant
d'appeler un homme de science dont elles désiraient
avant tout connaître les sentiments, la réserve et la
pudeur professionnelles.

Puis un jour on annonça la venue de la princesse de
Maldebourg, vieille Altesse allemande, catholique très
fervente, qui appela, le soir même de son arrivée, le
docteur Black auprès d'elle, sur la recommandation
d'un cardinal romain.

l'ivoire : ①

De ce moment il fut à la mode. Il était de bon goût, de bon ton, de grand chic de se faire soigner par lui. C'était le seul médecin comme il faut, disait-on, le seul en qui une femme pût avoir entière confiance.

Et l'on vit courir d'un hôtel à l'autre, du matin au soir, ce petit homme à tête de bouledogue qui parlait bas, toujours, dans tous les coins, avec tout le monde. Il semblait avoir des secrets importants à confier ou à recevoir sans cesse, car on le rencontrait dans les corridors en grande conférence mystérieuse avec les patrons des hôtels, avec les femmes de chambre de ses clients, avec quiconque approchait ses malades.

① il ne les a pas !

Dans la rue, dès qu'il apercevait une personne de sa connaissance, il allait droit à elle de son pas court et rapide, et il se mettait aussitôt à marmotter des recommandations nouvelles et minutieuses, à la façon d'un prêtre qui confesse.

Les vieilles femmes surtout l'adoraient. Il écoutait leurs histoires jusqu'au bout sans interrompre, prenait note de toutes leurs observations, de toutes leurs questions, de tous leurs désirs.

Il augmentait ou diminuait chaque jour le dosage de l'eau bue par ses malades, ce qui leur donnait pleine confiance dans le souci qu'il prenait d'eux.

« Nous en sommes restés hier à deux verres trois quarts, disait-il ; eh bien ! aujourd'hui nous prendrons seulement deux verres et demi, et demain trois verres... N'oubliez pas..., demain, trois verres... J'y tiens beaucoup, beaucoup ! »

Et tous ses malades étaient convaincus qu'il y tenait beaucoup, en effet.

② le narrateur n'est pas convaincu

Pour ne pas oublier ces chiffres et ces fractions de chiffres, il les inscrivait sur un calepin, afin de ne se jamais tromper. Car le client ne pardonne point une erreur d'un demi-verre.

Il réglait et modifiait avec la même minutie la durée des bains quotidiens, en vertu de principes de lui seul connus.

Le docteur Latonne, jaloux et exaspéré, haussait les épaules de dédain et déclarait : « C'est un faiseur. » Sa haine contre le docteur Black l'avait même amené quelquefois jusqu'à médire des eaux minérales. « Puisque nous savons à peine comment elles agissent, il est bien impossible de prescrire quotidiennement des modifications de dosage, qu'aucune loi thérapeutique ne peut réglementer. Ces procédés-là font le plus grand tort à la médecine. »

Le docteur Honorat se contentait de sourire. Il avait toujours soin d'oublier cinq minutes après une consultation le nombre de verres qu'il venait d'ordonner. « Deux de plus ou de moins, disait-il à Gontran en ses heures de gaîté, il n'y a que la source pour s'en apercevoir ; et encore, ça ne la gêne guère ! » La seule plaisanterie méchante qu'il se permît sur son religieux confrère consistait à l'appeler « le médecin du Saint Bain de Siège. » Il avait la jalousie prudente, narquoise et tranquille.

Il ajoutait quelquefois : « Oh ! celui-là, il connaît le malade à fond... et ça vaut encore mieux pour nous que de connaître la maladie ! »

Mais voilà qu'un matin, arriva à l'hôtel du Mont-Oriol une noble famille espagnole, le duc et la duchesse de Ramas-Aldavarra, qui amenait avec elle son médecin, un Italien, le docteur Mazelli, de Milan.

C'était un homme de trente ans, grand, mince, très joli garçon, portant moustaches seulement.

Dès le premier soir il fit la conquête de la table d'hôte, car le duc, homme triste, atteint d'une obésité monstrueuse, avait horreur de l'isolement et voulait manger dans la salle commune. Le docteur Mazelli connaissait déjà par leurs noms presque tous les habitués ; il eut un mot aimable pour chaque homme, un compliment pour chaque femme, un sourire même pour chaque domestique.

Placé à la droite de la duchesse, une belle personne entre trente-cinq et quarante ans, au teint pâle, aux yeux noirs, aux cheveux bleuâtres, il lui disait, à chaque plat : « Très peu », ou bien : « Non, pas ceci », ou bien : « Oui, mangez de cela. » Et il lui versait lui-même à boire, avec un soin très grand, en mesurant bien exactement les proportions de vin et d'eau qu'il mélangeait.

Il gouvernait aussi les nourritures du duc, mais avec une négligence visible. Le client, d'ailleurs, ne tenait aucun compte de ses avis, dévorait tout avec une voracité bestiale, buvait à chaque repas deux carafes de vin pur, puis allait s'abattre sur une chaise, à l'air, devant la porte de l'hôtel, et se mettait à geindre de peine en se lamentant sur ses digestions.

Après le premier dîner, le docteur Mazelli, qui avait jugé et pesé tout son monde d'un coup d'œil, alla rejoindre, sur la terrasse du Casino, Gontran qui fumait un cigare, se nomma et se mit à causer.

Au bout d'une heure, ils étaient intimes. Le lendemain, à la sortie du bain, il se fit présenter à Christiane dont il gagna la sympathie en dix minutes de conversation, et la mit en relations le jour même avec la duchesse, qui n'aimait point non plus la solitude.

Il veillait à tout dans la maison des Espagnols,

donnait au chef d'excellents conseils sur la cuisine, à la
femme de chambre des avis précieux sur l'hygiène de
la tête pour conserver aux cheveux de sa maîtresse leur
brillant, leur nuance superbe et leur abondance, au
cocher des renseignements fort utiles de médecine
vétérinaire, et il savait rendre les heures courtes et
légères, inventer des distractions, trouver dans les
hôtels des connaissances de passage toujours choisies
avec discernement.

La duchesse disait à Christiane, en parlant de lui :

« C'est un homme merveilleux, chère Madame, il
sait tout, il fait tout. C'est à lui que je dois ma taille.

— Comment, votre taille ?

— Oui, je commençais à engraisser et il m'a sauvée
avec son régime et ses liqueurs. »

Il savait, d'ailleurs, rendre intéressante la médecine
elle-même tant il en parlait avec aisance, avec gaîté et
avec un scepticisme léger qui lui servait à convaincre
ses auditeurs de sa supériorité.

« C'est bien simple, disait-il, je ne crois pas aux
remèdes. Ou plutôt je n'y crois guère. La vieille
médecine partait de ce principe qu'il y a remède à tout.
Dieu, croyait-on, dans sa divine mansuétude avait créé
des drogues pour tous les maux, seulement il avait
laissé aux hommes, par malice peut-être, le soin de
découvrir ces drogues. Or, les hommes en ont découvert un nombre incalculable sans jamais savoir au
juste à quel mal convient chacune. En vérité, il n'y a
pas de remèdes ; il y a seulement des maladies. Quand
une maladie se déclare, il faut en interrompre le cours
suivant les uns, le précipiter, suivant les autres, par un
moyen quelconque. Chaque école préconise son procédé. Dans le même cas, on voit employer les méthodes

les plus contraires et les médications les plus oppo-
sées : la glace par l'un et l'extrême chaleur par l'autre,
la diète par celui-ci et la nourriture forcée par celui-là.
Je ne parle pas des innombrables produits vénéneux
tirés des minéraux ou des végétaux que la chimie nous
procure. Tout cela agit, il est vrai, mais personne ne
sait comment. Quelquefois ça réussit, et quelquefois ça
tue. »

Et, avec beaucoup de verve, il indiquait l'impossibi-
lité d'une certitude, l'absence de toute base scientifique tant que la chimie organique, la chimie biologique
ne serait pas devenue le point de départ d'une
médecine nouvelle. Il racontait des anecdotes, des
erreurs monstrueuses des plus grands médecins, prouvait l'insanité et la fausseté de leur prétendue science.

« Faites fonctionner le corps, disait-il, faites fonctionner la peau, les muscles, tous les organes et surtout
l'estomac, qui est le père nourricier de la machine
entière, son régulateur et son magasin de vie. »

Il affirmait qu'à son gré, rien que par le régime il
pouvait rendre les gens gais ou tristes, capables de
travaux physiques ou de travaux intellectuels, selon la
nature de l'alimentation qu'il leur imposait. Il pouvait
même agir sur les facultés cérébrales, sur la mémoire,
sur l'imagination, sur toutes les manifestations de
l'intelligence. Et il terminait, en plaisantant, par ces
mots :

« Moi, je soigne par le massage et le curaçao. »

Il disait merveille du massage et parlait, comme
d'un dieu, du hollandais Hamstrang, qui accomplis-
sait des miracles. Puis, montrant ses mains fines et
blanches :

« Avec ça on peut ressusciter les morts. »

Et la duchesse ajoutait :

« Le fait est qu'il masse dans la perfection. »

Il préconisait aussi les alcools, en petites proportions pour exciter l'estomac à certains moments ; et il faisait des mélanges, savamment combinés, que la duchesse devait boire, à heures fixes, soit avant, soit après ses repas.

On le voyait chaque jour arriver au *Café du Casino*, vers neuf heures et demie, et demander ses bouteilles. On les lui apportait fermées par de petits cadenas d'argent dont il avait la clef. Il versait un peu de l'une, un peu de l'autre, lentement, dans un verre bleu fort joli que tenait avec respect un valet de pied très correct.

Puis le docteur ordonnait :

« Voilà ! Portez à la duchesse, dans son bain, pour boire avant de s'habiller, en sortant de l'eau. »

Et quand on lui demandait avec curiosité : « Qu'est-ce que vous avez là-dedans ? » Il répondait : « Rien que de l'anisette fine, du curaçao très pur et du bitter excellent. »

Ce beau médecin, en quelques jours, devint le point de mire de tous les malades. Et toutes les ruses étaient employées pour lui arracher quelques avis.

Quand il passait par les allées du parc, à l'heure de la promenade, on n'entendait que ce cri : « Docteur ! » sur toutes les chaises où étaient assises les belles dames, les jeunes dames, qui se reposaient un peu, entre deux verres de la source Christiane. Puis lorsqu'il s'était arrêté, un sourire sur la lèvre, on l'entraînait quelques instants dans le petit chemin qui longeait la rivière.

On lui parlait d'abord de choses et d'autres, puis

discrètement, adroitement, coquettement, on arrivait à la question de santé, mais d'une façon indifférente comme si on eût touché à un fait divers.

Car il n'était point, celui-là, à la dévotion du public. On ne le payait pas, on ne pouvait l'appeler chez soi, il appartenait à la duchesse, rien qu'à la duchesse. Cette situation même excitait les efforts, irritait les désirs. Et comme on affirmait tout bas que la duchesse était jalouse, très jalouse, ce fut entre toutes ces dames une lutte acharnée pour obtenir les conseils du joli docteur italien.

Il les donnait sans se faire trop prier.

Alors, entre les femmes qu'il avait favorisées de ses avis, commença le jeu des confidences intimes pour bien prouver sa sollicitude.

« Oh! ma chère, il m'a fait des questions, mais des questions...

— Très indiscrètes?

— Oh! indiscrètes! Dites effrayantes. Je ne savais absolument que répondre. Il voulait savoir des choses... mais des choses...

— C'est comme pour moi! Il m'a beaucoup interrogée sur mon mari!...

— Moi aussi... avec des détails... si... si personnels! C'est fort gênant, ces questions-là. Cependant on comprend bien que c'est nécessaire.

— Oh! tout à fait. La santé dépend de ces menus détails. Moi il m'a promis de me masser, à Paris, cet hiver. J'en ai grand besoin pour compléter le traitement d'ici.

— Dites, ma chère, que comptez-vous faire? On ne peut pas le payer?

— Mon Dieu! j'avais l'intention de lui donner une

épingle de cravate. Il doit les aimer, car il en a déjà
deux ou trois fort jolies...

— Oh! comme vous m'embarrassez. La même idée
m'était venue. Alors je lui donnerai une bague. »

Et on complotait des surprises pour lui plaire, des
cadeaux ingénieux pour le toucher, des gentillesses
pour le séduire.

Il était devenu le « bruit du jour », le grand sujet de
conversation, le seul objet de l'attention publique,
quand se répandit la nouvelle que le comte Gontran de
Ravenel faisait la cour à Charlotte Oriol, pour l'épouser. Et ce fut aussitôt dans Enval une assourdissante
rumeur.

Depuis le soir où il avait ouvert avec elle le bal
d'inauguration du Casino, Gontran s'était attaché à la
robe de la jeune fille. Il avait pour elle, en public, tous
les menus soins des hommes qui veulent plaire sans
cacher leurs vues; et leurs relations ordinaires prenaient en même temps un caractère de galanterie
enjouée et naturelle qui devait les conduire au sentiment.

Ils se voyaient presque chaque jour, car les fillettes
s'étaient prises pour Christiane d'une excessive amitié,
où entrait sans doute beaucoup de vanité flattée.
Gontran, tout à coup, ne quitta plus sa sœur; et il se
mit à organiser des parties pour le matin et des jeux
pour le soir, dont s'étonnèrent beaucoup Christiane et
Paul. Puis on s'aperçut qu'il s'occupait de Charlotte; il
la taquinait avec gaîté, la complimentait sans en avoir
l'air, lui montrait ces mille attentions légères qui
nouent entre deux êtres des liens de tendresse. La
jeune fille, accoutumée déjà aux manières libres et
familières de ce gamin du monde parisien, ne remar-

qua rien d'abord, et se laissant aller à sa nature confiante et droite, elle se mit à rire et à jouer avec lui, comme elle eût fait avec un frère.

Or, elle rentrait avec sa sœur aînée, après une soirée à l'hôtel, où Gontran, plusieurs fois, avait essayé de l'embrasser à la suite de gages donnés dans une partie de pigeon vole, quand Louise, qui semblait soucieuse et nerveuse depuis quelque temps, lui dit, d'un ton brusque :

« Tu ferais bien de veiller un peu à ta tenue. M. Gontran n'est pas convenable avec toi.

— Pas convenable ? Qu'est-ce qu'il a dit ?

— Tu le sais bien, ne fais pas la niaise. Il ne faudrait pas longtemps pour te laisser compromettre, de cette façon-là ! Et si tu ne sais pas veiller sur ta conduite, c'est à moi d'y faire attention. »

Charlotte, confuse, honteuse, balbutia :

« Mais je ne sais pas... je t'assure... je n'ai rien vu... »

Sa sœur reprit avec sévérité :

« Écoute, il ne faut pas que ça continue ainsi ! S'il veut t'épouser, c'est à papa de réfléchir et de répondre ; mais s'il veut seulement plaisanter, il faut qu'il cesse tout de suite. »

Alors, brusquement, Charlotte se fâcha, sans savoir pourquoi, sans savoir de quoi. Elle était révoltée maintenant que sa sœur se mêlât de la diriger et de la réprimander ; et elle lui déclara, la voix tremblante et les larmes aux yeux, qu'elle eût à ne jamais s'occuper de ce qui ne la regardait pas. Elle bégayait, exaspérée, prévenue par un instinct vague et sûr de la jalousie éveillée dans le cœur aigri de Louise.

Elles se quittèrent sans s'embrasser et Charlotte

pleura dans son lit en pensant à des choses qu'elle n'avait jamais prévues ni devinées.

Peu à peu ses larmes s'arrêtèrent et elle réfléchit.

C'était vrai pourtant que les manières de Gontran étaient changées. Elle l'avait senti jusqu'ici sans le comprendre. Elle le comprenait à présent. Il lui disait, à tout propos, des choses gentilles, délicates. Il lui avait baisé la main, une fois. Que voulait-il ? Elle lui plaisait, mais jusqu'à quel point ? Est-ce que, par hasard, il se pourrait qu'il l'épousât ? Et aussitôt il lui sembla entendre, dans l'air, quelque part, dans la nuit vide où commençaient à voltiger ses rêves, une voix qui criait : « Comtesse de Ravenel. »

L'émotion fut si forte qu'elle s'assit dans son lit ; puis elle chercha, avec ses pieds nus, ses pantoufles sous la chaise où elle avait jeté ses robes et elle alla ouvrir la fenêtre, sans savoir ce qu'elle faisait, pour donner de l'espace à ses espérances.

Elle entendit qu'on parlait dans la salle du bas, et la voix de Colosse s'éleva : « Laiche, laiche. Y chera temps de voir. Le païré arrangera cha. Y a pas de mal jusqu'ici. Ch'est le païré qui fera la chose. »

Elle voyait sur la maison d'en face le carré blanc de la fenêtre éclairée au-dessous d'elle. Elle se demandait : « Qui donc est là ? De quoi parlent-ils ? » Une ombre passa sur le mur lumineux. C'était sa sœur ! Elle n'était donc pas couchée. Pourquoi ? Mais la lumière s'éteignit, et Charlotte se remit à songer aux choses nouvelles qui remuaient dans son cœur.

Elle ne pouvait pas s'endormir maintenant. L'aimait-il ? Oh, non ! Pas encore ! Mais il pouvait l'aimer puisqu'elle lui plaisait ! Et s'il arrivait à l'aimer beaucoup, éperdument, comme on aime dans le monde, il l'épouserait sans aucun doute.

Née dans une maison de vignerons, elle avait gardé, bien qu'élevée dans le couvent des demoiselles de Clermont, une modestie et une humilité de paysanne. Elle pensait qu'elle aurait pour mari un notaire peut-être ou un avocat, ou un médecin ; mais l'envie de devenir une vraie dame du grand monde, avec un titre de noblesse devant son nom, ne l'avait jamais péné-trée. A peine en achevant un roman d'amour avait-elle rêvassé quelques minutes sous l'effleurement de ce joli désir, qui s'était aussitôt envolé de son âme, comme s'envolent les chimères. Or, voilà que cette chose imprévue, impossible, évoquée tout à coup par quel-ques paroles de sa sœur, lui semblait se rapprocher d'elle, à la façon d'une voile de navire que pousse le vent.

Elle murmurait entre ses lèvres, avec chaque souffle en respirant : « Comtesse de Ravenel. » Et le noir de ses paupières fermées dans la nuit s'éclairait de visions. Elle voyait de beaux salons illuminés, de belles dames qui lui souriaient, de belles voitures qui l'atten-daient devant le perron d'un château, et de grands domestiques en livrée inclinés sur son passage.

Elle avait chaud dans son lit ; son cœur battait ! Elle se releva une seconde fois pour boire un verre d'eau, et rester debout quelques instants, nu-pieds, sur le pavé froid de sa chambre.

Puis, un peu calmée, elle finit par s'endormir. Mais elle s'éveilla dès l'aurore, tant l'agitation de son esprit avait passé dans ses veines.

Elle eut honte de sa petite chambre aux murs blancs, peints à l'eau par le vitrier du pays, de ses pauvres rideaux d'indienne, et des deux chaises de paille qui ne quittaient jamais leur place aux deux coins de sa commode.

Elle se sentait paysanne, au milieu de ces meubles de rustres qui disaient son origine, elle se sentait humble, indigne de ce beau garçon moqueur dont la figure blonde et rieuse flottait devant ses yeux, s'effaçait puis revenait, s'emparait d'elle peu à peu, se logeait déjà dans son cœur.

Alors elle sauta du lit et courut chercher sa glace, sa petite glace de toilette, grande comme le fond d'une assiette ; puis elle revint se coucher, son miroir entre les mains ; et elle regarda son visage au milieu de ses cheveux défaits, sur le fond blanc de l'oreiller.

Parfois elle posait sur ses draps le léger morceau de verre qui lui montrait son image, et elle songeait combien ce mariage serait difficile, tant étaient grandes les distances entre eux. Alors un gros chagrin lui serrait la gorge. Mais aussitôt elle se regardait de nouveau en se souriant pour se plaire, et comme elle se jugeait gentille les difficultés disparaissaient.

Quand elle descendit pour déjeuner, sa sœur, qui avait l'air irrité, lui demanda :

« Qu'est-ce que tu comptes faire aujourd'hui ? »

Charlotte répondit sans hésiter :

« Est-ce que nous n'allons pas en voiture à Royat avec Mme Andermatt ? »

Louise reprit :

« Tu iras seule, alors, mais tu ferais mieux, après ce que je t'ai dit hier soir... »

La petite lui coupa la parole :

« Je ne te demande pas de conseils... mêle-toi de ce qui te regarde. »

Et elles ne se parlèrent plus.

Le père Oriol et Jacques arrivèrent et se mirent à table. Le vieux demanda presque aussitôt :

« Qué-che que vous faites aujourd'hui, petites ? »

Charlotte n'attendit point que sa sœur répondît :

« Moi, je vais à Royat avec Mme Andermatt. »

Les deux hommes la regardèrent d'un air satisfait, et le père murmura avec ce sourire engageant qu'il avait en traitant les affaires avantageuses :

« Ch'est bon, ch'est bon. »

Elle fut plus surprise de ce contentement secret, deviné dans toute leur allure, que de la colère visible de Louise ; et elle se demanda, un peu troublée : « Est-ce qu'ils auraient causé de ça tous ensemble ? »

Aussitôt le repas fini elle remonta dans sa chambre, mit son chapeau, prit son ombrelle, jeta sur son bras un manteau léger, et elle s'en alla vers l'hôtel, car on devait partir dès une heure et demie.

Christiane s'étonna que Louise ne vînt point.

Charlotte se sentit rougir en répondant :

« Elle est un peu fatiguée, je crois qu'elle a mal à la tête. »

Et on monta dans le landau, dans le grand landau à six places dont on se servait toujours. Le marquis et sa fille tenaient le fond, la petite Oriol se trouva donc assise entre les deux jeunes gens, à reculons.

On passa devant Tournoël, puis on suivit le pied de la montagne sur une belle route serpentant sous les noyers et les châtaigniers. Charlotte, plusieurs fois, remarqua que Gontran se serrait contre elle, mais avec trop de prudence pour qu'elle pût s'en offenser. Comme il était assis à sa droite, il lui parlait tout près de la joue ; et elle n'osait pas se retourner pour lui répondre, par crainte du souffle de sa bouche qu'elle sentait déjà sur ses lèvres, et par crainte aussi de ses yeux dont le regard l'aurait gênée.

Il lui disait des gamineries galantes, des niaiseries drôles, des compliments plaisants et gentils.

Christiane ne parlait guère, alourdie, malade de sa grossesse. Et Paul semblait triste, préoccupé. Seul, le marquis causait sans trouble et sans souci, avec sa bonne grâce enjouée de vieux gentilhomme égoïste.

On descendit au parc de Royat pour écouter la musique, et Gontran, prenant le bras de Charlotte, partit avec elle en avant. L'armée de baigneurs, sur les chaises, autour du kiosque où le chef d'orchestre battait la mesure aux cuivres et aux violons, regardait défiler les promeneurs. Les femmes montraient leurs robes, leurs pieds allongés jusqu'au barreau de la chaise voisine, leurs fraîches coiffures d'été qui les faisaient plus charmantes.

Charlotte et Gontran erraient entre les gens assis, cherchant des figures comiques pour exciter leurs plaisanteries.

Il entendit à tout instant qu'on disait derrière eux : « Tiens ! une jolie personne. » Il était flatté et se demandait si on la prenait pour sa sœur, pour sa femme ou pour sa maîtresse.

Christiane, assise entre son père et Paul, les vit passer plusieurs fois, et trouvant qu'ils avaient « l'air un peu jeune », elle les appelait pour les calmer. Mais ils ne l'écoutaient point et continuaient à vagabonder dans la foule en s'amusant de tout leur cœur.

Elle dit tout bas à Paul Brétigny :

« Il finirait par la compromettre. Il faudra que nous lui parlions ce soir, en rentrant. »

Paul répondit :

« J'y avais déjà songé. Vous avez tout à fait raison. »

On alla dîner dans un des restaurants de Clermont-Ferrand, ceux de Royat ne valant rien, au dire du marquis qui était gourmand, et on rentra, la nuit tombée.

Charlotte était devenue sérieuse, Gontran lui ayant fortement serré la main en lui donnant ses gants, pour quitter la table. Sa conscience de fillette s'inquiétait tout à coup. C'était un aveu, cela ! une démarche ! une inconvenance ! Qu'aurait-elle dû faire ? Lui parler ? mais quoi lui dire ? Se fâcher eût été ridicule ! Il fallait tant de tact dans ces circonstances-là ! Mais en ne faisant rien, en ne disant rien, elle avait l'air d'accepter son avance, de devenir sa complice, de répondre « oui » à cette pression de main.

Et elle pesait la situation, s'accusant d'avoir été trop gaie et trop familière à Royat, trouvant à présent que sa sœur avait raison, qu'elle s'était compromise, perdue ! La voiture roulait sur la route, Paul et Gontran fumaient en silence, le marquis dormait, Christiane regardait les étoiles, et Charlotte retenait à grand'peine ses larmes, car elle avait bu trois verres de champagne.

Lorsqu'on fut revenu, Christiane dit à son père :

« Comme il est nuit, tu vas reconduire la jeune fille. »

Le marquis offrit son bras et s'éloigna aussitôt avec elle.

Paul prit Gontran par les épaules et lui murmura dans l'oreille :

« Viens causer cinq minutes avec ta sœur et avec moi. »

Et ils montèrent dans le petit salon communiquant avec les chambres d'Andermatt et de sa femme.

Dès qu'ils furent assis :

« Écoute, dit Christiane, M. Paul et moi nous voulons te faire de la morale.

— De la morale !... Mais à propos de quoi ? Je suis sage comme une image, faute d'occasions.

— Ne plaisante pas. Tu fais une chose très imprudente et très dangereuse sans y penser. Tu compromets cette petite. »

Il parut fort étonné.

« Qui ça ?... Charlotte ?

— Oui, Charlotte !

— Je compromets Charlotte ?... Moi ?...

— Oui, tu la compromets. Tout le monde en parle ici, et tantôt encore, dans le parc de Royat, vous avez été bien... bien... légers. N'est-ce pas, Brétigny ? »

Paul répondit :

« Oui, Madame, je partage tout à fait votre sentiment. »

Gontran tourna sa chaise, l'enfourcha comme un cheval, prit un nouveau cigare, l'alluma, puis se mit à rire.

« Ah ! Donc, je compromets Charlotte Oriol ? »

Il attendit quelques secondes pour voir l'effet de sa réponse, puis déclara :

« Eh bien, qu'est-ce qui vous dit que je ne veux pas l'épouser ? »

Christiane fit un sursaut de stupéfaction.

« L'épouser ? Toi ?... Mais tu es fou !...

— Pourquoi ça ?

— Cette... cette petite... paysanne...

— Tra la... la... des préjugés... Est-ce ton mari qui te les apprend ?... »

Comme elle ne répondait rien à cet argument direct, il reprit, faisant lui-même les demandes et les réponses :

« Est-elle jolie ? — Oui ! — Est-elle bien élevée ? — Oui ! — Et plus naïve, et plus gentille, et plus simple, et plus franche que les filles du monde. Elle en sait autant qu'une autre, car elle parle anglais et auvergnat, ce qui fait deux langues étrangères. Elle sera riche autant qu'une héritière du ci-devant faubourg Saint-Germain qu'on devrait baptiser faubourg de Sainte-Dèche, et, enfin, si elle est fille d'un paysan, elle n'en sera que plus saine pour me donner de beaux enfants... Voilà... »

Comme il avait toujours l'air de rire et de plaisanter, Christiane demanda en hésitant :

« Voyons, parles-tu sérieusement ?

— Eh parbleu ! Elle est charmante, cette fillette. Elle a bon cœur et jolie figure, gai caractère et belle humeur, la joue rose, l'œil clair, la dent blanche, la lèvre rouge, le cheveu long, luisant, épais et souple ; et son vigneron de père sera riche comme un Crésus, grâce à ton mari, ma chère sœur. Que veux-tu de plus ? Fille d'un paysan ! Eh bien, la fille d'un paysan ne vaut-elle pas toutes les filles de la finance véreuse qui payent si cher des ducs douteux, et toutes les filles de la cocoterie titrée que nous a donnée l'Empire, et toutes les filles à double père qu'on rencontre dans la société ? Mais si je l'épousais, cette fille-là, je ferais le premier acte sage et raisonnable de ma vie... »

Christiane réfléchissait, puis soudain, convaincue, conquise, ravie, elle s'écria :

« Mais c'est vrai tout ce qu'il dit ! C'est tout à fait

vrai, tout à fait juste !... Alors tu l'épouses, mon petit
Gontran ?... »

Ce fut lui, alors, qui la calma.

« Pas si vite... pas si vite... laisse-moi réfléchir à mon
tour. Je constate seulement : Si je l'épousais je ferais le
premier acte sage et raisonnable de ma vie. Ça ne veut
pas dire encore que je l'épouserai ; mais j'y songe, je
l'étudie, je lui fais un peu la cour pour voir si elle me
plaira tout à fait. Enfin je ne te réponds ni oui ni non,
mais c'est plus près de oui que de non. »

Christiane se tourna vers Paul :

« Qu'est-ce que vous en pensez, monsieur Brétigny ? »

Elle l'appelait tantôt monsieur Brétigny, et tantôt
Brétigny tout court.

Lui, toujours séduit par les choses où il croyait voir
de la grandeur, par des mésalliances qui lui paraissaient généreuses, par tout l'apparat sentimental où se
cache le cœur humain, répondit :

« Moi, je trouve qu'il a raison maintenant. Si elle lui
plaît, qu'il l'épouse, il ne pourrait trouver mieux... »

Mais le marquis et Andermatt rentraient, qui les
firent parler d'autre chose ; et les deux jeunes gens
allèrent au Casino voir si la salle de jeu n'était pas
encore fermée.

A dater de ce jour, Christiane et Paul semblèrent
favoriser la cour ouverte que Gontran faisait à Charlotte.

On invitait plus souvent la jeune fille, on la gardait à
dîner, on la traitait enfin comme si elle eût fait déjà
partie de la famille.

Elle voyait bien tout cela, le comprenait, s'en
affolait ! Sa petite tête battait les champs et bâtissait en

Espagne de fantastiques palais. Gontran, cependant, ne lui avait rien dit ; mais son allure, toutes ses paroles, le ton qu'il prenait avec elle, son air de galanterie plus sérieuse, la caresse de son regard semblaient lui répéter chaque jour : « Je vous ai choisie ; vous serez ma femme. »

Et le ton d'amitié douce, d'abandon discret, de réserve chaste qu'elle avait maintenant avec lui, semblait répondre : « Je le sais, et je dirai « oui » quand vous demanderez ma main. »

Dans la famille de la jeune fille on chuchotait. Louise ne lui parlait plus guère que pour l'irriter par des allusions blessantes, par des paroles aigres et mordantes. Le père Oriol et Jacques semblaient contents.

Elle ne s'était point demandé cependant si elle aimait ce joli prétendant dont elle serait sans doute la femme. Il lui plaisait, elle songeait à lui sans cesse, elle le trouvait beau, spirituel, élégant, elle pensait surtout à ce qu'elle ferait quand il l'aurait épousée.

Dans Enval on avait oublié les rivalités haineuses des médecins et des propriétaires des sources, les suppositions sur l'affection de la duchesse de Ramas pour son protecteur, tous les potins qui coulent avec l'eau des stations thermales, pour ne s'occuper que de cette chose extraordinaire : le comte Gontran de Ravenel allait épouser la petite Oriol.

Alors Gontran jugea le moment venu et prenant Andermatt par le bras, un matin, au sortir de table, il lui dit :

« Mon cher, le fer est chaud, battez-le ! Voici la situation bien exacte. La petite attend ma demande sans que je me sois avancé en rien, mais elle ne la repoussera pas, soyez-en sûr. C'est le père qu'il faut tâter de telle sorte que nous fassions en même temps vos affaires et les miennes. »

Andermatt répondit :

« Soyez tranquille. Je m'en charge. Je vais le sonder aujourd'hui même, sans vous compromettre et sans vous avancer ; et quand la situation sera bien nette, je parlerai.

— Parfait. »

Puis, après quelques instants de silence, Gontran reprit :

« Tenez, c'est peut-être ma dernière journée de garçon. Je vais à Royat où j'ai aperçu l'autre jour quelques connaissances. Je rentrerai dans la nuit et j'irai frapper à votre porte, pour savoir. »

Il fit seller son cheval et s'en alla par la montagne, humant le vent pur et léger, et galopant par moments pour sentir la rapide caresse de l'air effleurer la peau fraîche de ses joues et chatouiller ses moustaches.

La soirée à Royat fut gaie. Il y rencontra des amis que des filles accompagnaient. On soupa longtemps ; il revint fort tard. Tout le monde reposait dans l'hôtel du Mont-Oriol quand Gontran se mit à frapper à la porte d'Andermatt.

Personne ne répondit d'abord ; puis, comme les coups devenaient violents, une voix enrouée, une voix de dormeur, grommela de l'intérieur :

« Qui est là ?

— C'est moi, Gontran.

— Attendez, j'ouvre. »

Andermatt apparut en chemise de nuit, la face bouffie, le poil du menton hérissé, la tête enveloppée d'un foulard. Puis, il se remit dans son lit, s'assit, et les mains étendues sur le drap :

« Eh bien, mon cher, ça ne va pas. Voici la situation. J'ai sondé ce vieux renard d'Oriol, sans parler de vous, en disant qu'un de mes amis — j'ai peut-être laissé comprendre qu'il s'agissait de Paul Brétigny — pourrait convenir à une de ses filles, et j'ai demandé quelle dot il leur donnait. Il m'a répondu en demandant à son tour quelle était la fortune du jeune homme ; et j'ai fixé trois cent mille francs, avec des espérances.

— Mais je n'ai rien, murmura Gontran.

— Je vous les prête, mon cher. Si nous faisons ensemble cette affaire-là, vos terrains me donneront assez pour me rembourser. »

Gontran ricana :

« Fort bien. J'aurai la femme et vous l'argent. »

Mais Andermatt se fâcha tout à fait :

« Si je m'occupe de vous pour que vous m'insultiez, c'est fini, brisons là... »

Gontran s'excusa :

« Ne vous fâchez pas, mon cher, et pardonnez-moi. Je sais que vous êtes un fort honnête homme, d'une irréprochable loyauté en affaires. Je ne vous demanderais pas un pourboire si j'étais votre cocher, mais je vous confierais ma fortune si j'étais millionnaire... »

William, calmé, reprit :

« Nous reviendrons là-dessus tout à l'heure. Terminons à présent la grosse question. Le vieux n'a pas été dupe de mes ruses et m'a répondu : « C'est selon de laquelle il s'agit. Si c'est de Louise, l'aînée, voilà sa dot. » Et il m'a énuméré toutes les terres qui entourent l'établissement, celles qui relient les bains à l'hôtel et l'hôtel au Casino, toutes celles enfin qui nous sont

indispensables, celles qui ont pour moi une inestima-
ble valeur. Il donne au contraire à la cadette l'autre
côté du mont, qui vaudra aussi beaucoup d'argent
plus tard, sans doute, mais qui ne vaut rien pour moi.
J'ai cherché, par tous les moyens possibles, à lui faire
modifier cette répartition et à intervertir les lots. Je
me suis heurté à un entêtement de mulet. Il ne
changera pas, c'est décidé. Réfléchissez, qu'en pensez-vous ? »

Gontran, fort troublé, fort perplexe, répondit :

« Qu'en pensez-vous vous-même ? Croyez-vous
qu'il ait songé à moi en faisant ainsi les parts ?

— Je n'en doute pas. Le rustre s'est dit : « Puisque
la petite lui plaît, gardons le sac. » Il a espéré vous
donner sa fille en conservant ses meilleures terres... Et
puis, peut-être a-t-il voulu avantager l'aînée... Il la
préfère... qui sait... elle lui ressemble davantage... elle
est plus rusée... plus adroite... plus pratique... Je la
crois forte, cette gamine-là... moi, à votre place... je
changerais mon bâton d'épaule... »

Mais Gontran, abasourdi, murmurait :

« Diable... diable... diable !... Et les terres de Charlotte... vous n'en voulez pas, vous ?... »

Andermatt s'écria :

« Moi... non... mille fois non !... Il me faut celles
qui relient mes bains, mon hôtel et mon Casino. C'est
bien simple. Je ne donnerais rien des autres, qui ne
pourront se vendre que plus tard, par petits lots, à
des particuliers... »

Gontran répétait toujours :

« Diable... diable... en voilà une affaire embê-
tante... Alors vous me conseillez ?

— Je ne vous conseille rien. Je pense que vous

ferez bien de réfléchir avant de vous décider entre les deux sœurs.

— Oui... oui... c'est juste... je réfléchirai... je vais dormir d'abord... ça porte conseil... »

Il se levait ; Andermatt le retint :

« Pardon, mon cher, deux mots sur une autre chose. J'ai l'air de ne pas comprendre, mais je comprends très bien les allusions dont vous me piquez sans cesse, et je n'en veux plus.

» Vous me reprochez d'être juif, c'est-à-dire de gagner de l'argent, d'être avare, d'être spéculateur à friser la filouterie. Or, mon cher, je passe ma vie à vous prêter cet argent que je gagne non sans peine, c'est-à-dire à vous le donner. Enfin laissons ! Mais il y a un point que je n'admets pas ! Non, je ne suis point un avare ; la preuve c'est que je fais à votre sœur des cadeaux de vingt mille francs, que j'ai donné à votre père un Théodore Rousseau de dix mille francs dont il avait envie, que je vous ai offert, en venant ici, le cheval sur lequel vous avez été à Royat, tantôt.

» En quoi donc suis-je avare ? En ceci que je ne me laisse pas voler. Et nous sommes tous comme ça dans ma race, et nous avons raison, Monsieur. Je veux vous le dire une fois pour toutes. On nous traite d'avares parce que nous savons la valeur exacte des choses. Pour vous, un piano c'est un piano, une chaise c'est une chaise, un pantalon c'est un pantalon. Pour nous aussi, mais cela représente en même temps une valeur, une valeur marchande appréciable et précise qu'un homme pratique doit évaluer d'un seul coup d'œil, non point par économie, mais pour ne pas favoriser la fraude.

» Que diriez-vous si une débitante de tabac vous

demandait quatre sous d'un timbre-poste ou d'une
boîte d'allumettes-bougies ? Vous iriez chercher un
sergent de ville, Monsieur, pour un sou, oui, pour un
sou ! tant vous seriez indigné ! Et cela parce que vous
connaissez, par hasard, la valeur de ces deux objets.
Eh bien, moi, je sais la valeur de tous les objets
trafiquables ; et cette indignation qui vous saisirait si
on réclamait quatre sous sur un timbre-poste, je
l'éprouve quand on me demande vingt francs pour un
parapluie qui en vaut quinze ! Comprenez-vous ? Je
proteste contre le vol établi, incessant, abominable des
marchands, des domestiques, des cochers. Je proteste
contre l'improbité commerciale de toute votre race qui
nous méprise. Je donne le pourboire que je dois donner
relatif au service rendu, et non le pourboire de fantaisie
que vous jetez, sans savoir pourquoi, et qui va de cinq
sous à cent sous, selon le caprice de votre humeur !
Comprenez-vous ? »

Gontran s'était levé, et, souriant avec cette ironie
fine qui allait bien sur sa lèvre :

« Oui, mon cher, je comprends, et vous avez tout à
fait raison, d'autant plus raison que mon grand-père,
le vieux marquis de Ravenel, n'a presque rien laissé à
mon pauvre père, par suite de la mauvaise habitude
qu'il avait de ne jamais ramasser la monnaie rendue
par les marchands quand il payait un objet quelconque. Il trouvait cela indigne d'un gentilhomme, et
donnait toujours la somme ronde et la pièce entière. »

Et Gontran sortit d'un air très content.

III

On allait se mettre à table pour dîner, le lendemain, dans la salle à manger particulière des familles Andermatt et de Ravenel, quand Gontran ouvrit la porte en annonçant : « Mesdemoiselles Oriol. »

Elles entrèrent, gênées, poussées par lui qui riait en s'expliquant :

« Voilà, je les ai enlevées toutes les deux, en pleine rue. Ça a fait scandale, d'ailleurs. Je vous les amène de force, parce que j'ai à m'expliquer avec mademoiselle Louise et que je ne pouvais le faire au milieu du pays. »

Il leur ôta leurs chapeaux, leurs ombrelles, qu'elles avaient encore, car elles revenaient d'une promenade, les fit asseoir, embrassa sa sœur, serra les mains de son père, de son beau-frère et de Paul, puis, revenant vers Louise Oriol :

« Ah çà, Mademoiselle, voulez-vous me dire, à présent, ce que vous avez contre nous depuis quelque temps ? »

Elle semblait effarée comme un oiseau pris au filet et que le chasseur emporte.

« Mais rien, Monsieur, rien de rien ! Qu'est-ce qui vous a fait croire ça ?

— Mais tout, Mademoiselle, tout de tout! Vous ne
venez plus ici, vous ne venez plus dans l'arche de Noé
(il avait ainsi baptisé le grand landau). Vous prenez
des airs revêches quand je vous rencontre et quand je
vous parle.

— Mais non, Monsieur, je vous assure.

— Mais oui, Mam'zelle, je vous l'affirme. En tout
cas je ne veux point que cela dure et je vais signer la
paix avec vous, aujourd'hui même. Oh! vous savez, je
suis entêté, moi. Vous aurez beau me faire grise mine,
je saurai bien venir à bout de ces manières-là et vous
forcer à devenir gracieuse avec nous comme votre
sœur, qui est un ange de gentillesse. »

On annonça le dîner servi et ils passèrent dans la
salle à manger. Gontran prit le bras de Louise.

Il fut plein d'attentions pour elle et pour sa sœur,
partageant ses compliments avec un tact admirable,
disant à la cadette :

« Vous, vous êtes notre camarade, je vais vous
négliger pendant quelques jours. On fait moins de frais
pour les amis que pour les autres, vous savez. »

Et il disait à l'aînée :

« Vous, je veux vous séduire, Mademoiselle, et je
vous préviens en ennemi loyal. Je vous ferai même la
cour. Ah! vous rougissez, c'est bon signe. Vous verrez
que je suis très gentil quand je m'en donne la peine.
N'est-ce pas, mademoiselle Charlotte ? »

Et elles rougissaient, en effet, toutes les deux ; et
Louise balbutiait de son air grave :

« Oh! Monsieur, comme vous êtes fou! »

Il répondait :

« Bah! vous en entendrez bien d'autres plus tard,
dans le monde, quand vous serez mariée, ce qui ne

tardera pas. C'est alors qu'on vous en fera, des compliments ! »

Christiane et Paul Brétigny l'approuvaient d'avoir ramené Louise Oriol ; le marquis souriait, amusé par ce marivaudage enfantin ; Andermatt pensait : « Pas bête, le gaillard. » Et Gontran, irrité du rôle qu'il lui fallait jouer, porté par ses sens vers Charlotte et par son intérêt vers Louise, murmurait entre ses dents, avec des sourires pour celle-ci : « Ah ! ton gredin de père a cru me jouer ; mais je vais te mener tambour battant, ma petite ; et tu verras si je m'y prends bien. »

Et il les comparait en les regardant l'une après l'autre. Certes, la plus jeune lui plaisait davantage ; elle était plus drôle, plus vivante, avec son nez un peu relevé, ses yeux vifs, son front étroit et ses belles dents un peu trop grandes, dans sa bouche un peu trop large.

Cependant, l'autre était aussi jolie, plus froide, moins gaie. Elle n'aurait jamais d'esprit, celle-là, ni de charme dans la vie intime, mais quand on annoncerait à l'entrée d'un bal : « Madame la comtesse de Ravenel », elle pourrait bien porter son nom, mieux que la cadette peut-être, avec un peu d'habitude et de frottement aux gens bien nés. N'importe, il rageait ; il leur en voulait à toutes les deux, au père et au frère aussi, et il se promettait de leur faire payer sa mésaventure plus tard, quand il serait le maître.

Lorsqu'on fut revenu dans le salon, il se fit dire les cartes par Louise, qui savait fort bien annoncer l'avenir. Le marquis, Andermatt et Charlotte écoutaient avec attention, attirés malgré eux par le mystère de l'inconnu, par le possible de l'invraisemblable, par cette crédulité invincible au merveilleux qui hante l'homme et trouble souvent les plus forts esprits devant les plus niaises inventions des charlatans.

Paul et Christiane causaient dans l'embrasure d'une fenêtre ouverte.

Elle était misérable depuis quelque temps, ne se sentant plus chérie de la même façon ; et leur malentendu d'amour s'accentuait chaque jour par leur faute mutuelle. Elle avait soupçonné ce malheur pour la première fois, le soir de la fête, en emmenant Paul sur la route. Mais comprenant qu'il n'avait plus la même tendresse dans le regard, la même caresse dans la voix, le même souci passionné qu'autrefois, elle n'avait pu deviner la cause de ce changement.

Il existait depuis longtemps, depuis le jour où elle lui avait crié, avec bonheur, en arrivant au rendez-vous quotidien : « Tu sais, je me crois enceinte vraiment. » Il avait éprouvé alors, à fleur de peau, un petit frisson désagréable.

Puis, à chacune de leurs rencontres, elle lui parla de cette grossesse qui faisait bondir son cœur de joie ; mais cette préoccupation d'une chose qu'il jugeait, lui, fâcheuse, vilaine, malpropre, froissait son exaltation dévote pour l'idole qu'il adorait.

Plus tard, quand il la vit changée, maigrie, les joues creuses, le teint jaune, il pensa qu'elle aurait dû lui épargner ce spectacle et disparaître quelques mois, pour reparaître ensuite plus fraîche et plus jolie que jamais, en sachant faire oublier cet accident, ou peut-être en sachant unir à son charme coquet de maîtresse, un autre charme, savant et discret, de jeune mère, qui ne laisse voir son enfant que de loin, enveloppé de ... ans roses.

Elle avait d'ailleurs une occasion rare de montrer ce tact qu'il attendait d'elle, en allant passer l'été à Mont-Oriol et en le laissant à Paris, lui, pour qu'il ne la vît pas défraîchie et déformée. Il espérait bien qu'elle le comprendrait !

Mais, à peine arrivée en Auvergne elle l'avait appelé en des lettres incessantes et désespérées, si nombreuses et si pressantes qu'il était venu par faiblesse, par pitié. Et maintenant, elle l'accablait de sa tendresse disgracieuse et gémissante ; et il éprouvait un désir immodéré de la quitter, de ne plus la voir, de ne plus l'entendre chanter sa chanson amoureuse, irritante et déplacée. Il aurait voulu lui crier tout ce qu'il avait sur le cœur, lui expliquer combien elle se montrait maladroite et sotte, mais il ne le pouvait faire, et il n'osait pas s'en aller, et il ne pouvait non plus s'abstenir de lui témoigner son impatience par des paroles amères et blessantes.

Elle en souffrait d'autant plus que, malade, alourdie chaque jour davantage, travaillée par toutes les misères des femmes grosses, elle avait plus besoin que jamais d'être consolée, dorlotée, enveloppée d'affection. Elle l'aimait avec cet abandon complet du corps, de l'âme, de son être entier, qui fait de l'amour, quelquefois, un sacrifice sans réserves et sans limites. Elle ne se croyait plus sa maîtresse, mais sa femme, sa compagne, sa dévouée, sa fidèle, son esclave prosternée, sa chose. Pour elle, il ne s'agissait plus entre eux de galanterie, de coquetterie, de désir de plaire toujours, de frais de grâce à faire encore, puisqu'elle lui appartenait complètement, puisqu'ils étaient liés par cette chaîne si douce et si puissante : l'enfant qui naîtrait bientôt. Dès qu'ils furent seuls dans la elle recommença sa tendre lamentation :

« Paul, mon cher Paul, dis, m'aimes-tu toujours autant ?

— Mais oui ! Voyons, tu me répètes cela tous les jours, ça finit par être monotone.

— Pardonne-moi ! C'est que je ne puis plus le croire, et j'ai besoin que tu me rassures, j'ai besoin de t'entendre me le dire sans cesse, ce mot si bon ; et comme tu ne me le répètes plus si souvent qu'autrefois, je suis obligée de le demander, de l'implorer, de le mendier.

— Eh bien oui, je t'aime ! Mais parlons d'autre chose, je t'en supplie !

— Oh ! que tu es dur !

— Mais non, je ne suis pas dur. Seulement... seulement, tu ne comprends pas... tu ne comprends pas que...

— Oh oui ! Je comprends bien que tu ne m'aimes plus. Si tu savais comme je souffre !

— Voyons, Christiane, je t'en conjure, ne me rends pas nerveux. Si tu savais, toi, comme c'est maladroit ce que tu fais là.

— Oh ! si tu m'aimais, tu ne parlerais pas ainsi.

— Mais, sacrebleu, si je ne t'aimais plus je ne serais point venu.

— Écoute. Tu m'appartiens, maintenant, tu es à moi, et je suis à toi. Il y a entre nous cette attache d'une vie naissante que rien ne brise ; mais promets-moi que si tu ne m'aimais plus, un jour, plus tard, tu me le dirais ?

— Oui, je te le promets.

— Tu me le jures ?

— Je te le jure.

— Mais alors, tout de même, nous resterions amis, n'est-ce pas ?

— Certainement, que nous resterions amis.

— Le jour où tu ne m'aimeras plus d'amour, tu viendras me trouver, et tu me diras : « Ma petite Christiane, je t'aime bien, mais ce n'est plus la même chose. Soyons amis, là, rien qu'amis. »

— C'est entendu, je te le promets.

— Tu me le jures ?

— Je te le jure.

— N'importe, j'aurai bien du chagrin ! Comme tu m'adorais l'an dernier ! »

Une voix criait derrière eux :

« Madame la duchesse de Ramas-Aldavarra ! »

Elle venait en voisine, car Christiane recevait, tous les soirs, les principaux baigneurs, comme reçoivent les princes en leurs royaumes.

Le docteur Mazelli suivait la belle Espagnole avec des airs souriants et soumis. Les deux femmes se serrèrent la main, s'assirent et se mirent à causer.

Andermatt appelait Paul :

« Mon cher ami, venez donc, Mlle Oriol fait les cartes admirablement, elle m'a dit des choses surprenantes. »

Il le prit par le bras et ajouta :

« Quel drôle d'être vous êtes, vous ! A Paris, nous ne vous voyons jamais, pas une fois par mois, malgré les instances de ma femme. Ici, il a fallu quinze lettres pour vous faire venir. Et depuis que vous êtes arrivé on dirait que vous perdez un million par jour, tant vous avez une tête désolée. Allons, cachez-vous une affaire qui vous chiffonne ? On pourrait peut-être vous aider ? Il faut nous le dire.

— Rien du tout, mon cher. Si je ne viens pas plus

souvent vous voir, à Paris... C'est qu'à Paris, vous comprenez ?...

— Parfaitement... je saisis. Mais ici, au moins, il faut être en train. Je vous prépare deux ou trois fêtes qui seront, je crois, très réussies. »

On annonçait : « Madame Barre et Monsieur le professeur Cloche. » Il entra avec sa fille, une jeune veuve, rousse et hardie. Puis, presque aussitôt le même valet cria : « Monsieur le professeur Mas-Roussel. »

Sa femme l'accompagnait, pâle, mûre, avec des bandeaux plats sur les tempes.

Le professeur Rémusot était parti la veille, après avoir acheté son chalet à des conditions exceptionnellement favorables, disait-on.

Les deux autres médecins auraient bien voulu connaître ces conditions, mais Andermatt répondait seulement : « Oh, nous avons pris de petits arrangements avantageux pour tout le monde. Si vous désiriez l'imiter, on verrait à s'entendre, on verrait... Quand vous serez décidé vous me préviendrez et alors nous causerons. »

Le docteur Latonne apparut à son tour, puis le docteur Honorat, sans son épouse qu'il ne sortait pas.

Un bruit de voix maintenant emplissait le salon, une rumeur de causerie. Gontran ne quittait plus Louise Oriol, lui parlait sur l'épaule, et de temps en temps disait en riant à quiconque passait près de lui :

« C'est une ennemie dont je fais la conquête. »

Mazelli s'était assis auprès de la fille du professeur Cloche. Depuis quelques jours il la suivait sans cesse ; et elle recevait ses avances avec une audace provocante.

La duchesse ne le perdait point de vue, semblait

avec vous demain matin, de cette petite affaire du chalet. »

William se joignit aux jeunes gens pour rentrer, et se haussant à l'oreille de son beau-frère :

« Tous mes compliments, mon cher, vous avez été admirable. »

Gontran, depuis deux ans, était harcelé par des besoins d'argent qui lui gâtaient l'existence. Tant qu'il avait mangé la fortune de sa mère, il s'était laissé vivre avec la nonchalance et l'indifférence héritées de son père, dans ce milieu de jeunes gens, riches, blasés et corrompus, qu'on cite dans les journaux chaque matin, qui sont du monde et y vont peu, et prennent à la fréquentation des femmes galantes des mœurs et des cœurs de filles.

Ils étaient une douzaine du même groupe qu'on retrouvait tous les soirs au même café, sur le boulevard, entre minuit et trois heures du matin. Fort élégants, toujours en habit et en gilet blanc, portant des boutons de chemise de vingt louis changés chaque mois et achetés chez les premiers bijoutiers, ils vivaient avec l'unique souci de s'amuser, de cueillir des femmes, de faire parler d'eux et de trouver de l'argent par tous les moyens possibles.

Comme ils ne savaient rien que les scandales de la veille, les échos des alcôves et des écuries, les duels et les histoires de jeux, tout l'horizon de leur pensée était fermé par ces murailles.

Ils avaient eu toutes les femmes cotées sur le marché galant, se les étaient passées, se les étaient cédées, se les étaient prêtées, et causaient entre eux de leurs mérites amoureux comme des qualités d'un cheval de courses. Ils fréquentaient aussi le monde bruyant et

titré dont on parle, et dont les femmes, presque toutes,
entretenaient des liaisons connues, sous l'œil indiffé-
rent, ou détourné, ou fermé, ou peu clairvoyant du
mari ; et ils les jugeaient, ces femmes, comme les
autres, les confondaient dans leur estime, tout en
établissant une légère différence due à la naissance et
au rang social.

A force d'employer des ruses pour trouver l'argent
nécessaire à leur vie, de tromper les usuriers,
d'emprunter de tous côtés, d'éconduire les fournisseurs, de rire au nez du tailleur apportant tous les six
mois une note grossie de trois mille francs, d'entendre
les filles conter leurs roueries de femelles avides, de
voir tricher dans les cercles, de se savoir, de se sentir
volés eux-mêmes par tout le monde, par les domestiques, les marchands, les grands restaurateurs et
autres, de connaître et de mettre la main dans certains
tripotages de bourse ou d'affaires louches pour en tirer
quelques louis, leur sens moral s'était émoussé, s'était
usé, et leur seul point d'honneur consistait à se battre
en duel dès qu'ils se sentaient soupçonnés de toutes les
choses dont ils étaient capables ou coupables.

Tous, ou presque tous devaient finir, au bout de
quelques ans de cette existence, par un mariage riche,
ou par un scandale, ou par un suicide, ou par une
disparition mystérieuse, aussi complète que la mort.

Mais ils comptaient sur le mariage riche. Les uns
espéraient en leur famille pour le leur procurer, les
autres cherchaient eux-mêmes sans qu'il y parût, et
avaient des listes d'héritières comme on a des listes de
maisons à vendre. Ils épiaient surtout les exotiques,
les Américaines du Nord et du Sud qu'ils ébloui-
raient par leur chic, par leur renom de viveurs, par le

bruit de leurs succès et l'élégance de leur personne.

Et leurs fournisseurs aussi comptaient sur le mariage riche.

Mais cette chasse à la fille bien dotée pouvait être longue. En tout cas, elle exigeait des recherches, du travail de séduction, des fatigues, des visites, toute une mise en œuvre d'énergie dont Gontran, insouciant par nature, demeurait tout à fait incapable.

Depuis longtemps, il se disait, sentant chaque jour davantage les souffrances du manque d'argent : « Il faut pourtant que j'avise. » Mais il n'avisait pas, et ne trouvait rien.

Il en était réduit à la poursuite ingénieuse de la petite somme, à tous les procédés douteux des gens à bout de ressources, et, pour finir, aux longs séjours dans la famille, quand Andermatt lui avait tout à coup suggéré l'idée d'épouser une des jeunes Oriol.

Il s'était tu d'abord, par prudence, bien que la jeune fille lui parût, à première vue, trop au-dessous de lui pour consentir à cette mésalliance. Mais quelques minutes de réflexion avaient bien vite modifié son avis, et il s'était aussitôt décidé à faire sa cour en plaisantant, une cour de ville d'eaux, qui ne le compromettrait pas et lui permettrait de reculer.

Connaissant admirablement son beau-frère, il savait que cette proposition avait dû être longuement réfléchie, pesée et préparée par lui, que dans sa bouche elle valait un gros prix difficile à trouver ailleurs.

Nulle peine à prendre en outre, se baisser et ramasser une jolie fille, car la cadette lui plaisait beaucoup, et il s'était dit souvent qu'elle pourrait être fort agréable à rencontrer plus tard.

Il avait donc choisi Charlotte Oriol, et, en peu de

temps, l'avait amenée au point nécessaire pour qu'une demande régulière pût être faite.

Or, le père donnant à son autre fille la dot convoitée par Andermatt, Gontran avait dû ou renoncer à ce mariage, ou se retourner vers l'aînée.

Son mécontentement avait été vif, et il avait songé, dans les premiers moments, à envoyer au diable son beau-frère et à rester garçon jusqu'à nouvelle occasion.

Mais il se trouvait justement alors tout à fait à sec, tellement à sec qu'il avait dû demander, pour sa partie du Casino, vingt-cinq louis à Paul, après beaucoup d'autres, jamais rendus. Et puis, il faudrait la chercher, cette femme, la trouver, la séduire. Il aurait peut-être à lutter contre une famille hostile, tandis que, sans changer de place, avec quelques jours de soins et de galanterie, il prendrait l'aînée des Oriol comme il avait su conquérir la cadette. Il s'assurait ainsi dans son beau-frère un banquier qu'il rendrait toujours responsable, à qui il pourrait faire d'éternels reproches, et dont la caisse lui resterait ouverte.

Quant à sa femme, il la conduirait à Paris, en la présentant comme la fille de l'associé d'Andermatt. Elle portait d'ailleurs le nom de la ville d'eaux, où il ne la ramènerait jamais ! jamais ! jamais ! en vertu de ce principe que les fleuves ne remontent pas à leur source. Elle était bien de figure et de tournure, assez distinguée pour le devenir tout à fait, assez intelligente pour comprendre le monde, pour s'y tenir, y faire figure, même lui faire honneur. On dirait : « Ce farceur-là a épousé une belle fille dont il a l'air de se moquer pas mal », et il s'en moquerait pas mal, en effet, car il comptait reprendre à côté d'elle sa vie de garçon, avec de l'argent dans ses poches.

Il s'était donc retourné vers Louise Oriol, et, profitant sans le savoir de la jalousie éveillée dans le cœur ombrageux de la jeune fille, avait excité en elle une coquetterie encore endormie, et un désir vague de prendre à sa sœur ce bel amoureux qu'on appelait : « Monsieur le Comte ».

Elle ne s'était point dit cela, elle n'avait ni réfléchi, ni combiné, surprise par sa rencontre et par leur enlèvement. Mais en le voyant empressé et galant, elle avait senti, à son allure, à ses regards, à toute son attitude, qu'il n'était point amoureux de Charlotte, et, sans chercher à voir plus loin, elle se sentait heureuse, joyeuse, presque victorieuse en se couchant.

On hésita longtemps, le jeudi suivant, avant de partir pour le puy de la Nugère. Le ciel sombre et lourd faisait craindre la pluie. Mais Gontran insista si fort qu'il entraîna les indécis.

Le déjeuner avait été triste. Christiane et Paul s'étaient querellés la veille sans cause apparente. Andermatt avait peur que le mariage de Gontran ne se fît pas, car le père Oriol avait parlé de lui en termes ambigus, le matin même. Gontran, prévenu, était furieux et résolu à réussir. Charlotte, qui pressentait le triomphe de sa sœur, sans rien comprendre à ce revirement, voulait absolument rester au village. On la décida, non sans peine, à venir.

L'arche de Noé emporta donc ses passagers ordinaires au grand complet, vers le haut plateau qui domine Volvic.

Louise Oriol, devenue brusquement loquace, faisait les honneurs de la route. Elle expliqua comment la pierre de Volvic, qui n'est autre chose que la lave des puys environnants, a servi à construire toutes les églises et toutes les maisons du pays, ce qui donne aux villes d'Auvergne l'air sombre et charbonneux qu'elles ont. Elle montra les chantiers où l'on taille cette pierre, indiqua la coulée exploitée comme une carrière d'où on extrait la lave brute, et fit admirer, debout sur un sommet et planant au-dessus de Volvic, l'immense Vierge noire qui protège la cité.

Puis on monta vers le plateau supérieur, bosselé de volcans anciens. Les chevaux allaient au pas sur la route longue et pénible. De beaux bois verts bordaient le chemin. Et personne ne parlait plus.

Christiane songeait à Tazenat. C'était la même voiture! c'étaient les mêmes êtres, mais ce n'étaient plus les mêmes cœurs! Tout semblait pareil... et pourtant?... pourtant?... Qu'était-il donc arrivé? Presque rien!... Un peu d'amour de plus chez elle!... un peu d'amour de moins chez lui!... presque rien!... la différence du désir qui naît au désir qui meurt!... presque rien!... l'invisible déchirure que la lassitude fait aux tendresses!... oh! presque rien, presque rien!... et le regard des yeux changé, parce que les mêmes yeux ne voient plus de même le même visage!... Qu'est-ce qu'un regard?... Presque rien!

Le cocher s'arrêta et dit : « C'est ici, à droite, par ce sentier, dans le bois. Vous n'avez qu'à le suivre pour arriver. »

Tous descendirent, excepté le marquis, qui trouvait le temps trop chaud. Louise et Gontran partirent en avant et Charlotte demeura derrière, avec Paul et Christiane, qui pouvait à peine marcher. Le chemin leur parut long, à travers le bois, puis ils arrivèrent sur une crête couverte de hautes herbes et qui conduisait, en montant toujours, aux bords de l'ancien cratère.

Louise et Gontran, arrêtés au faîte, grands et minces tous deux, avaient l'air debout dans les nuages.

Quand on les eut rejoints, l'âme exaltée de Paul Brétigny eut un élan de lyrisme.

Autour d'eux, derrière eux, à droite, à gauche, ils étaient entourés de cônes étranges, décapités, les uns élancés, les autres écrasés, mais tous gardant leur bizarre physionomie de volcans morts. Ces lourds tronçons de montagnes à cime plate s'élevaient du sud à l'ouest, sur un immense plateau d'aspect désolé qui, haut lui-même de mille mètres au-dessus de la Limagne, la dominait à perte de vue vers l'est et le nord, jusqu'à l'invisible horizon, toujours voilé, toujours bleuâtre.

Le puy de Dôme, à droite, dépassait tous ses frères, soixante-dix à quatre-vingts cratères endormis à présent. Plus loin, les puys de Gravenoire, de Crouel, de La Pedge, de Sault, de Noschamps, de la Vache. Plus près, le puy du Pariou, le puy de Côme, les puys de Jumes, de Tressoux, de Louchadière : un énorme cimetière de volcans.

Les jeunes gens regardaient cela stupéfaits. A leurs pieds se creusait le premier cratère de la Nugère, profonde cuve de gazon au fond de laquelle on voyait encore trois énormes blocs de lave brune, soulevés par le dernier souffle du monstre, puis retombés dans sa gueule expirante, et restés là, depuis des siècles et des siècles, pour toujours.

Gontran cria :

« Moi, je vais au fond. Je veux voir comment ça rend l'âme, ces bêtes-là. Allons, Mesdemoiselles, une petite course sur la pente. » Et, saisissant le bras de Louise, il l'entraîna. Charlotte les suivit, courant derrière eux ;

puis soudain elle s'arrêta, les regarda fuir, enlacés et bondissants, et, se retournant brusquement, elle remonta vers Christiane et Paul assis sur l'herbe au sommet de la descente. Quand elle les eut rejoints elle tomba sur les genoux et, cachant sa figure dans la robe de la jeune femme, elle se mit à sangloter.

Christiane, qui avait compris, et que tous les chagrins des autres transperçaient depuis quelque temps comme des blessures faites à elle-même, lui jeta ses bras sur le cou et, gagnée aussi par les larmes, elle murmura : « Pauvre petite, pauvre petite ! » L'enfant pleurait toujours, prosternée, la tête cachée et, de ses mains tombées à terre, elle arrachait l'herbe d'un geste inconscient.

Brétigny s'était levé pour ne pas paraître avoir vu, mais cette misère de fillette, cette détresse d'innocente l'emplirent brusquement d'indignation contre Gontran. Lui, que l'angoisse profonde de Christiane exaspérait, fut touché jusqu'au fond du cœur par cette première désillusion de gamine.

Il revint et, s'agenouillant à son tour pour lui parler :

« Voyons, calmez-vous, je vous en supplie. Ils vont remonter, calmez-vous. Il ne faut pas qu'on vous voie pleurer ».

Elle se redressa, effarée par cette idée que sa sœur pourrait la retrouver avec des larmes dans les yeux. Sa gorge restait pleine de sanglots qu'elle retenait, qu'elle dévorait, qui rentraient en son cœur pour le rendre plus gros de peine. Elle balbutiait :

« Oui... oui... c'est fini... ce n'est rien... c'est fini... Tenez... on ne voit plus... n'est-ce pas ?... on ne voit plus. »

Christiane lui essuyait les joues avec son mouchoir, puis le passait aussi sur les siennes. Elle dit à Paul :

« Allez donc voir ce qu'ils font. On ne les aperçoit plus. Ils ont disparu sous les blocs de lave. Moi, je vais garder cette petite et la consoler. »

Brétigny s'était levé et, la voix tremblante :

« J'y vais... et je les ramène, mais il aura affaire à moi... votre frère... aujourd'hui même... et il m'expliquera sa conduite inqualifiable après ce qu'il nous a dit l'autre jour. »

Il se mit à descendre en courant vers le centre du cratère.

Gontran, entraînant Louise, l'avait lancée de toute sa force sur le rapide versant du grand trou, afin de la retenir, de la soutenir, de lui faire perdre haleine, de l'étourdir et de l'effrayer. Elle, emportée par son élan, essayait de l'arrêter, balbutiait : « Oh ! pas si vite... je vais tomber... mais vous êtes fou... je vais tomber !... »

Ils vinrent heurter les blocs de lave et demeurèrent debout essoufflés tous deux. Puis ils en firent le tour, regardant de larges crevasses formant dessous une sorte de caverne à double issue.

Lorsque le volcan, à bout de vie, avait jeté cette dernière écume, ne pouvant la lancer au ciel comme autrefois, il l'avait crachée, épaissie, à moitié froide, et elle s'était figée sur ses lèvres moribondes.

« Faut entrer là-dessous », dit Gontran.

Et il poussa devant lui la jeune fille. Puis, dès qu'ils furent dans la grotte :

« Eh bien, Mademoiselle, voici le moment de vous faire une déclaration. »

Elle fut stupéfaite :

« Une déclaration... à moi ! »

— Mais oui, en quatre mots : je vous trouve charmante.

— C'est à ma sœur qu'il faut dire ça.

— Oh ! Vous savez bien que je ne fais pas de déclaration à votre sœur.

— Allons donc.

— Voyons, vous ne seriez pas femme si vous n'aviez point compris que je me suis montré galant auprès d'elle pour voir ce que vous en penseriez !... et quelle figure vous me feriez !... Vous m'avez fait une figure furieuse. Oh ! que j'ai été content ! Alors j'ai tâché de vous montrer, avec tous les égards possibles, ce que je pensais de vous !... »

On ne lui avait jamais parlé ainsi. Elle se sentait confuse et ravie, le cœur plein de joie et d'orgueil.

Il reprit :

« Je sais bien que j'ai été vilain pour votre petite sœur. Tant pis. Elle ne s'y est pas trompée, elle, allez. Vous voyez qu'elle est restée sur la côte, qu'elle n'a pas voulu nous suivre... Oh ! elle a compris, elle a compris !... »

Il avait saisi une des mains de Louise Oriol et il lui baisa le bout des doigts doucement, galamment, et en murmurant :

« Comme vous êtes gentille ! Comme vous êtes gentille ! »

Elle, appuyée contre la paroi de lave, écoutait son cœur battre d'émotion, sans rien dire. La pensée, la seule qui flottait en son esprit troublé, était une pensée de triomphe : elle avait vaincu sa sœur.

Mais une ombre apparut à l'entrée de la grotte. Paul Brétigny les regardait. Gontran laissa retom-

ber d'une façon naturelle la petite main qu'il tenait
sur ses lèvres, et il dit :

« Tiens, te voici... Tu es seul ?

— Oui. On s'est étonné de vous voir disparaître
là-dessous.

— Eh bien ! nous revenons, mon cher. Nous
regardions ça. Est-ce assez curieux ? »

Louise, rouge jusqu'aux tempes, sortit la première
et se mit à remonter la pente, suivie par les deux
jeunes gens qui parlaient bas derrière elle.

Christiane et Charlotte les regardaient venir et les
attendaient, la main dans la main.

On retourna vers la voiture où le marquis était
resté ; et l'arche de Noé repartit pour Enval.

Tout à coup, au milieu d'une petite forêt de pins,
le landau s'arrêta et le cocher se mit à jurer ; un
vieil âne mort barrait la route.

Tout le monde le voulut voir et descendit. Il était
étendu sur la poussière noirâtre, sombre lui-même,
et tellement maigre que sa peau, usée à la saillie
des os, semblait au moment d'être crevée par eux si
la bête n'avait point rendu le dernier soupir. Toute
la carcasse se dessinait sous le poil rongé de ses
côtes, et sa tête avait l'air énorme, une pauvre tête
aux yeux clos, tranquille sur son lit de pierre
broyée, si tranquille, si morte qu'elle paraissait heureuse et surprise de ce repos nouveau. Ses grandes
oreilles, molles à présent, gisaient comme des
loques. Deux plaies vives à ses genoux disaient qu'il
était tombé souvent, ce jour-là même, avant de
s'abattre pour la dernière fois ; et une autre plaie
sur le flanc indiquait la place où son maître, depuis
des années et des années, le piquait avec une pointe

de fer fixée au bout d'un bâton pour hâter sa marche alourdie.

Le cocher, l'ayant pris par les jambes de derrière, le traînait vers un fossé ; et le cou s'allongea comme pour braire encore, pour pousser une dernière plainte. Quand il fut sur l'herbe, l'homme, furieux, murmura : « Quelles brutes de laisser ça au milieu de la route. »

Personne autre n'avait parlé ; on remonta dans la voiture.

Christiane, navrée, bouleversée, voyait toute cette misérable vie d'animal finie ainsi au bord d'un chemin : le petit bourricot joyeux, à grosse tête où luisaient de gros yeux, comique et bon enfant, avec ses poils rudes et ses hautes oreilles, gambadant, libre encore, dans les jambes de sa mère, puis la première charrette, la première montée, les premiers coups ! et puis, et puis l'incessante et terrible marche par les interminables routes ! les coups ! les coups ! les charges trop lourdes, les soleils accablants, et pour nourriture un peu de paille, un peu de foin, quelques branchages, et la tentation des prairies vertes tout le long des durs chemins !

Et puis encore, l'âge venant, la pointe de fer pour remplacer la souple baguette, et le martyre affreux de la bête usée, essoufflée, meurtrie, traînant toujours des fardeaux exagérés, et souffrant dans tous ses membres, dans tout son vieux corps, râpé comme un habit de mendiant. Et puis la mort, la mort bienfaisante à trois pas de l'herbe du fossé, où la traîne, en jurant, un homme qui passe, pour dégager la route.

Christiane, pour la première fois, comprit la misère des créatures esclaves ; et la mort aussi lui apparut comme une chose bien bonne par moments.

Tout à coup ils passèrent devant une petite charrette qu'un homme presque nu, une femme en guenilles et un chien décharné traînaient, exténués de fatigue.

On les voyait suer et haleter. Le chien, la langue tirée, maigre et galeux, était attaché entre les roues. Dans cette charrette, du bois ramassé partout, volé sans doute, des racines, des souches, des branchages brisés qui semblaient cacher d'autres choses ; puis, sur ces branches, des loques et, sur ces loques, un enfant, rien qu'une tête sortant de haillons gris, une boule ronde avec deux yeux, un nez, une bouche !

C'était une famille, cela, une famille humaine ! L'âne avait succombé aux fatigues, et l'homme, sans pitié pour le serviteur mort, sans le pousser même jusqu'à l'ornière, l'avait laissé en plein chemin, devant les voitures qui viendraient. Puis, s'attelant à son tour, avec sa femme dans les brancards vides, ils s'étaient mis à tirer comme tirait la bête tout à l'heure. Ils allaient ! Où ? Quoi faire ? Avaient-ils même quelques sous ? Cette voiture... la traîneraient-ils toujours, ne pouvant acheter un autre animal ? De quoi vivraient-ils ? Où s'arrêteraient-ils ? Ils mourraient probablement comme était mort leur bourricot.

Étaient-ils mariés, ces gueux ; ou seulement accouplés ? Et leur enfant ferait comme eux, cette petite brute encore informe, cachée sous des linges sordides.

Elle songeait à tout cela, Christiane, et des choses nouvelles surgissaient au fond de son âme effarée. Elle entrevoyait la misère des pauvres.

Gontran dit soudain :

« Je ne sais pas pourquoi, mais je trouverais délicieux de dîner tous ensemble, ce soir, au café Anglais. Le boulevard me ferait plaisir à voir. »

Et le marquis murmura :

« Bah ! on est bien ici. Le nouvel hôtel vaut beaucoup mieux que l'ancien. »

On passait devant Tournoël. Un souvenir fit battre le cœur de Christiane, en reconnaissant un châtaignier. Elle regarda Paul qui avait fermé les yeux et ne vit point son humble appel.

Bientôt on aperçut deux hommes devant la voiture, deux vignerons revenant du travail, portant la binette sur l'épaule et marchant du long pas fatigué des ouvriers.

Les petites Oriol rougirent jusqu'aux tempes. C'étaient leur père et leur frère, qui retournaient aux vignes comme jadis, passaient des jours à suer sur la terre qui les avait enrichis, et courbés, la croupe au soleil, la retournaient du matin au soir pendant que les belles redingotes, pliées avec soin, se reposaient dans la commode, et les grands chapeaux dans une armoire.

Les deux paysans saluèrent avec un sourire d'amitié tandis que toutes les mains dans le landau répondaient à leur bonsoir.

Dès qu'on fut revenu, comme Gontran descendait de l'arche pour monter au Casino, Brétigny l'accompagna, et, l'arrêtant dès les premiers pas :

« Écoute, mon cher, ce que tu fais n'est pas bien et j'ai promis à ta sœur de t'en parler.

— Me parler de quoi ?

— De ta façon d'agir depuis quelques jours. »

Gontran avait pris son air impertinent.

« D'agir ? Envers qui ?

— Envers cette petite que tu lâches salement.

— Tu trouves ?

— Oui, je trouve... et j'ai raison de le trouver ainsi.

— Bah! te voici devenu bien scrupuleux au sujet des lâchages.

— Eh, mon cher, il ne s'agit pas d'une gueuse ici, mais d'une jeune fille.

— Je le sais bien, aussi n'ai-je pas couché avec elle. La différence est très marquée. »

Ils s'étaient remis à marcher, côte à côte. L'allure de Gontran exaspérait Paul qui reprit :

« Si je n'étais pas ton ami, je te dirais des choses très dures.

— Et moi je ne te les laisserais pas dire.

— Voyons, écoute, mon cher, cette enfant me fait pitié. Elle pleurait tantôt.

— Bah! elle pleurait? Tiens, ça me flatte!

— Voyons, ne plaisante pas. Que comptes-tu faire?

— Moi? Rien.

— Voyons, tu t'es avancé avec elle jusqu'à la compromettre. Tu nous disais l'autre jour, à ta sœur et à moi, que tu pensais à l'épouser... »

Gontran s'arrêta, et, avec un ton railleur où perçait une menace :

« Ma sœur et toi feriez mieux de ne pas vous occuper des amourettes des autres. Je vous ai dit que cette fille me plaisait assez et que s'il m'arrivait de l'épouser je ferais un acte sage et raisonnable. Voilà tout. Or, il se trouve qu'aujourd'hui l'aînée me plaît davantage! J'ai changé d'avis. Cela arrive à tout le monde. »

Puis, le regardant en pleine figure :

« Qu'est-ce que tu fais, toi, quand une femme cesse de te plaire? La ménages-tu? »

Surpris, Paul Brétigny cherchait à pénétrer le sens

profond, le sens caché de ces paroles. Un peu de
fièvre aussi lui montait à la tête ; il dit violemment :

« Encore une fois il ne s'agit ni d'une drôlesse, ni
d'une femme mariée, mais d'une jeune fille que tu
as trompée, sinon par des promesses, du moins par
tes allures. Cela n'est, entends-tu, ni d'un galant
homme !... ni d'un honnête homme !... »

Gontran, pâle, la voix cassante, l'interrompit :

« Tais-toi !... Tu en as déjà trop dit... et j'en ai
trop entendu... A mon tour, si je n'étais pas ton
ami je... je te ferais voir que j'ai l'humeur courte.
Un mot de plus et c'est fini entre nous, pour toujours. »

Puis, pesant ses paroles, lentement, et les lui
jetant au visage :

« Je n'ai pas d'explications à te donner... j'en
pourrais avoir plutôt à te demander... Ce qui n'est
ni d'un galant homme, ni d'un honnête homme,
c'est une sorte d'indélicatesse... qui peut avoir bien
des formes... dont l'amitié devrait garder certaines
gens... et que l'amour n'excuse pas... »

Soudain, changeant de ton et badinant presque :

« Quant à cette petite Charlotte, si elle t'attendrit
et si elle te plaît, prends-la, et épouse-la. Le
mariage est souvent une solution dans les cas difficiles. C'est une solution et une place forte dans
laquelle on se barricade contre les désespoirs
tenaces... Elle est jolie et riche !... Il faudra bien
que tu finisses par cet accident-là... Ce serait amusant de nous marier, ici, le même jour, car moi
j'épouserai l'aînée. Je te le dis en secret, ne le
répète pas encore... Maintenant, n'oublie point que
tu as le droit, moins que personne, toi, de parler

jamais de probité sentimentale et de scrupules d'affection. Et maintenant retourne à tes affaires. Je vais aux miennes. Bonsoir. »

Et changeant brusquement de chemin il descendit vers le village. Paul Brétigny, l'esprit hésitant et le cœur troublé, revint à pas lents vers l'hôtel du Mont-Oriol.

Il cherchait à bien comprendre, à se rappeler chaque mot, pour en déterminer le sens, et il s'étonnait des détours secrets, inavouables et honteux que peuvent cacher certaines âmes.

Quand Christiane l'interrogea :

« Que vous a répondu Gontran ? »

Il balbutia :

« Mon Dieu, il... il préfère l'aînée, à présent... Je crois même qu'il veut l'épouser... Et devant mes reproches un peu vifs il m'a fermé la bouche par des allusions... inquiétantes... pour nous deux. »

Christiane s'abattit sur une chaise en murmurant :

« Oh ! mon Dieu !... Mon Dieu !... »

Mais comme Gontran justement entrait, car le dîner venait de sonner, il la baisa gaîment au front en demandant :

« Eh bien, petite sœur, comment vas-tu ? N'es-tu point trop fatiguée ? »

Puis il serra la main de Paul, et se tournant vers Andermatt venu derrière lui :

« Dites donc, perle des beaux-frères, des maris et des amis, pouvez-vous me dire au juste ce que ça vaut un vieil âne mort, sur une route ? »

IV

Andermatt et le docteur Latonne se promenaient devant le Casino, sur la terrasse ornée de vases en simili-marbre.

« Il ne me salue même plus, disait le médecin, parlant de son confrère Bonnefille, il est là-bas, dans son trou comme un sanglier. Je crois qu'il empoisonnerait nos sources, s'il pouvait. »

Andermatt, les mains derrière le dos, le chapeau, un petit chapeau melon en feutre gris rejeté sur la nuque et laissant deviner la calvitie du front, songeait profondément. Il dit enfin :

« Oh ! dans trois mois la Société aura couché les pouces. Nous en sommes à dix mille francs près. C'est ce misérable Bonnefille qui les excite contre moi et qui leur fait croire que je céderai. Mais il se trompe. »

Le nouvel inspecteur reprit :

« Vous savez qu'ils ont fermé leur Casino depuis hier. Ils n'avaient plus personne.

— Oui, je le sais, mais nous n'avons pas assez de monde ici, nous. On reste trop dans les hôtels ; et dans les hôtels on s'ennuie, mon cher. Il faut amuser les baigneurs, les distraire, leur faire trouver trop courte la saison. Ceux de notre hôtel Mont-Oriol viennent tous les soirs, parce qu'ils sont tout près, mais les autres hésitent et restent chez eux. C'est une question de routes, pas autre chose. Le succès tient toujours à des causes imperceptibles qu'on doit savoir découvrir. Il faut que les chemins conduisant à un lieu de plaisir soient eux-mêmes un plaisir, le commencement de l'agrément qu'on aura tout à l'heure.

» Les voies menant ici sont mauvaises, pierreuses, dures, elles fatiguent. Quand une route allant quelque part où on désire vaguement se rendre est douce, large, ombragée pendant le jour, facile et peu montante pour le soir, on la choisit fatalement, de préférence aux autres. Si vous saviez comme le corps garde le souvenir de mille choses que l'esprit n'a pas pris la peine de retenir ! Je crois que la mémoire des animaux est faite ainsi ! Avez-vous eu trop chaud en vous rendant à tel endroit, vous êtes-vous lassé les pieds sur les cailloux mal écrasés, avez-vous trouvé une montée trop rude, pendant même que vous pensiez à autre chose, vous éprouverez pour retourner à ce lieu-là une répugnance physique invincible. Vous causiez avec un ami, vous n'avez rien remarqué des légers ennuis de la marche, vous n'avez rien regardé, rien noté ; mais vos jambes, vos muscles, vos poumons, votre corps tout entier n'ont pas oublié, eux, et ils disent à l'esprit, quand l'esprit veut les reconduire par la même route : « Non, je n'irai pas, j'y ai trop souffert. » Et l'esprit obéit à ce refus sans le discuter, subissant ce langage muet des compagnons qui le portent.

» Donc, il nous faut de beaux chemins, cela revient à dire qu'il me faut les terres de cette bourrique de père Oriol. Mais patience... Ah ! à ce propos, Mas-Roussel est devenu propriétaire de son chalet aux mêmes conditions que Rémusot. C'est un petit sacrifice dont il nous dédommagera largement. Tâchez donc de savoir au juste les intentions de Cloche.

— Il fera comme les autres, dit le médecin. Mais il y a encore une chose à laquelle j'ai pensé depuis quelques jours et que nous avons complètement oubliée ; c'est le bulletin météorologique.

— Quel bulletin météorologique ?

— Dans les grands journaux de Paris ! C'est indispensable, cela ! Il faut que la température d'une station thermale soit meilleure, moins variable, plus régulièrement tempérée que celle des stations voisines et rivales. Vous prendrez un abonnement au Bulletin météorologique dans les principaux organes de l'opinion, et j'enverrai tous les soirs, par télégraphe, la situation atmosphérique. Je la ferai telle que la moyenne constatée en fin d'année soit supérieure aux meilleures moyennes des environs. La première chose qui nous saute aux yeux, en ouvrant les grands journaux, c'est la température de Vichy, de Royat, du Mont-Dore, de Châtel-Guyon, etc., etc., pendant la saison d'été, et, pendant la saison d'hiver, la température de Cannes, Menton, Nice, Saint-Raphaël. Il doit faire toujours chaud et toujours beau, dans ces pays-là, mon cher Directeur, afin que le Parisien se dise : « Cristi, ont-ils de la chance, ceux qui vont là-bas ! »

Andermatt s'écria :

« Sacrebleu ! vous avez raison. Comment, je n'ai pas pensé à cela ? Je vais m'en occuper aujourd'hui même. En fait de choses utiles, avez-vous écrit aux professeurs de Larenard et Pascalis ? En voilà deux que je voudrais bien avoir ici.

— Inabordables, mon cher Président... à moins... à moins qu'ils ne s'assurent par eux-mêmes, après beaucoup d'expériences, que nos eaux sont excellentes... Mais auprès d'eux vous ne ferez rien par persuasion... anticipée. »

Ils passaient devant Paul et Gontran, venus pour prendre le café après leur déjeuner. D'autres baigneurs arrivaient, des hommes surtout, car les femmes, en sortant de table, montent toujours une heure ou deux dans leurs chambres. Petrus Martel surveillait ses garçons, criait : « Un kummel, une fine, une anisette », de la même voix roulante et profonde qu'il prendrait une heure plus tard, pour diriger la répétition et donner le ton à la jeune première.

Andermatt s'arrêta quelques instants à causer avec les deux jeunes gens, puis il reprit sa promenade aux côtés de l'inspecteur.

Gontran, les jambes croisées, les bras croisés, renversé sur sa chaise, la nuque appuyée au dossier, les yeux et le cigare au ciel, fumait, plongé dans un bonheur parfait.

Tout à coup, il demanda :

« Veux-tu faire un tour, tout à l'heure, au vallon de Sans-Souci ? Les petites y seront. »

Paul hésita, puis, après quelque réflexion :

« Oui, je le veux bien. »

Puis il ajouta :

« Ça va, ton affaire ?

— Parbleu ! Oh ! je la tiens : elle n'échappera pas, à présent. »

Gontran avait pris maintenant son ami pour confident, et lui contait, jour par jour, ses progrès et ses avantages. Il le faisait même assister, en complice, à ses rendez-vous, car il avait obtenu, d'une façon fort ingénieuse, des rendez-vous de Louise Oriol.

Après la promenade au Puy de la Nugère, Christiane, mettant fin aux excursions, ne sortait plus guère et rendait difficiles les rencontres.

Le frère, troublé d'abord par cette attitude de sa sœur, avait cherché les moyens de se tirer de cet embarras.

Habitué aux mœurs de Paris, où les femmes sont considérées, par les hommes de son espèce, comme un gibier dont la chasse est souvent difficile, il avait usé, jadis, de bien des ruses pour approcher de celles qu'il convoitait. Il avait su, mieux que personne, employer les intermédiaires, découvrir les complaisances intéressées et juger, d'un coup d'œil, ceux ou celles qui favoriseraient ses intentions.

Le secours inconscient de Christiane venant soudain à lui manquer, il avait cherché autour de lui le trait d'union nécessaire, la « nature souple », suivant son mot, qui remplacerait sa sœur; et son choix s'était arrêté bien vite sur la femme du docteur Honorat. Beaucoup de raisons la désignaient. Son mari d'abord, très lié avec les Oriol, soignait cette famille depuis vingt ans. Il avait vu naître les enfants, dînait chez eux tous les dimanches, et les recevait à sa table tous les mardis. La femme, une grosse et vieille demi-dame, prétentieuse, facile à conquérir par la vanité, devait prêter ses deux mains à tout désir du comte de Ravenel, dont le beau-frère possédait l'établissement du Mont-Oriol.

Gontran, d'ailleurs, qui s'y connaissait en proxénètes, avait jugé celle-là très bien douée par la nature, rien qu'à la voir passer dans la rue. Elle en a le physique, pensait-il, et quand on a le physique d'un emploi, on en a l'âme.

Donc il était entré chez elle, un jour, en reconduisant le mari jusqu'à sa porte. Il s'était assis, avait causé, complimenté la dame, et comme l'heure du dîner sonnait, il avait dit en se levant :

« Ça sent fort bon, chez vous. Vous faites de meilleure cuisine qu'à l'hôtel. »

Mme Honorat, gonflée d'orgueil, balbutia :

« Mon Dieu... si j'osais... si j'osais, monsieur le Comte...

— Si vous osiez quoi, chère Madame ?

— Vous prier de partager notre modeste repas.

— Ma foi... ma foi... je dirais oui. »

Le docteur, inquiet, murmura :

« Mais nous n'avons rien, rien : le pot-au-feu, le bœuf, une poule, voilà tout. »

Gontran riait :

« Ça me suffit, j'accepte. »

Et il avait dîné chez le ménage Honorat. La grosse femme se levait, allait saisir les plats entre les mains de la bonne, pour que celle-ci ne répandît point de sauce sur la nappe, et malgré les impatiences de son mari, faisait tout le service elle-même.

Le comte l'avait félicitée sur sa cuisine, sur sa maison, sur sa bonne grâce, et il l'avait laissée enflammée d'enthousiasme.

Il était revenu faire sa visite de digestion, s'était laissé inviter de nouveau, et il entrait maintenant sans cesse chez Mme Honorat, où les petites Oriol venaient aussi à tout moment, depuis beaucoup d'années, en voisines et en amies.

Il passait donc là des heures entre les trois femmes,

aimable pour les deux sœurs, mais accentuant bien, de jour en jour, sa préférence marquée pour Louise.

La jalousie née entre elles, dès qu'il s'était montré galant auprès de Charlotte, prenait des allures de guerre haineuse du côté de l'aînée, et de dédain du côté de la cadette. Louise, avec son air réservé, mettait dans ses réticences et ses manières contenues vis-à-vis de Gontran, plus de coquetteries et d'avances que n'avait fait l'autre auparavant, avec tout son abandon libre et joyeux. Charlotte, blessée au cœur, cachait sa peine par orgueil, semblait ne rien voir, ne rien comprendre, et continuait à venir avec une belle indifférence apparente à toutes ces rencontres chez Mme Honorat. Elle ne voulait point rester chez elle, de crainte qu'on pensât qu'elle souffrait, qu'elle pleurait, qu'elle cédait la place à sa sœur.

Gontran, trop fier de sa malice pour la cacher, n'avait pu s'empêcher de la conter à Paul. Et Paul, la trouvant drôle, s'était mis à rire. Il s'était promis d'ailleurs, depuis les phrases ambiguës de son camarade, de ne plus se mêler de ses affaires, et souvent il se demandait avec inquiétude : « Sait-il quelque chose de Christiane et de moi ? »

Il connaissait trop Gontran pour ne pas le croire capable de fermer les yeux sur une liaison de sa sœur. Mais alors, comment n'avait-il pas laissé comprendre plus tôt qu'il la devinait ou qu'il la savait ? Gontran était en effet de ceux pour qui toute femme du monde doit avoir un amant ou des amants, de ceux pour qui la famille n'est qu'une société de secours mutuels, pour qui la morale est une attitude indispensable pour voiler les goûts divers que la nature a mis en nous, et pour qui l'honorabilité mondaine est la façade don

doit cacher les aimables vices. S'il avait poussé d'ailleurs sa petite sœur à épouser Andermatt, n'était-ce
pas avec la pensée confuse, sinon bien arrêtée, que ce
juif serait exploité, de toutes les façons, par toute la
maison, et il aurait peut-être autant méprisé Christiane d'être fidèle à ce mari de convenance et d'utilité,
qu'il se serait méprisé lui-même de ne pas puiser dans
la bourse de son beau-frère.

Paul songeait à tout cela, et tout cela troublait son
âme de Don Quichotte moderne, disposé d'ailleurs aux
capitulations. Il était alors devenu très réservé vis-à-
vis de cet énigmatique ami.

Donc, quand Gontran lui avait dit l'usage qu'il
faisait de Mme Honorat, Brétigny s'était mis à rire, et
même depuis quelque temps, il se laissait conduire
chez cette personne, et prenait grand plaisir à causer
avec Charlotte.

La femme du médecin se prêtait, de la meilleure
grâce du monde, au rôle qu'on lui faisait jouer, offrait
du thé, vers cinq heures, comme les dames de Paris,
avec de petits gâteaux confectionnés de sa propre
main.

La première fois que Paul pénétra dans cette
maison, elle le reçut comme un vieil ami, le fit asseoir,
le débarrassa malgré lui de son chapeau, qu'elle porta
sur la cheminée, à côté de la pendule. Puis, empressée,
remuante, allant de l'un à l'autre, énorme et le ventre
en avant, elle demandait :

« Êtes-vous disposés pour la dînette ? »

Gontran disait des drôleries, plaisantait, riait avec
une aisance complète. Il entraîna quelques instants
Louise dans l'embrasure d'une fenêtre, sous l'œil agité
de Charlotte.

Mme Honorat, qui causait avec Paul, lui dit, d'un ton maternel :

« Ces chers enfants, ils viennent ici s'entretenir quelques minutes. C'est bien innocent, n'est-ce pas, monsieur Brétigny ?

— Oh ! très innocent, Madame. »

Quand il revint, elle l'appela familièrement « monsieur Paul », le traitant un peu comme un compère.

Et depuis lors, Gontran racontait avec sa verve gouailleuse toutes les complaisances de la dame, à qui il avait dit, la veille :

« Pourquoi n'allez-vous jamais vous promener avec ces demoiselles, sur la route de Sans-Souci ?

— Mais nous irons, monsieur le Comte, nous irons.

— Demain, vers trois heures, par exemple.

— Demain, vers trois heures, monsieur le Comte.

— Vous êtes tout à fait aimable, madame Honorat.

— A votre service, monsieur le Comte. »

Et Gontran expliquait à Paul :

« Tu comprends que dans ce salon je ne puis rien dire d'un peu pressant à l'aînée devant la cadette. Mais dans le bois je pars en avant ou je reste en arrière avec Louise ! Alors tu viens ?

— Oui, je veux bien.

— Allons. »

Ils se levèrent et partirent tout doucement, par la grand'route ; puis, ayant traversé La Roche-Pradière, ils tournèrent à gauche et descendirent dans le vallon boisé à travers les buissons emmêlés. Quand ils eurent passé la petite rivière, ils s'assirent au bord du sentier, pour attendre.

Les trois femmes arrivèrent bientôt, à la file, Louise

en avant et Mme Honorat derrière. On eut l'air surpris, de part et d'autre, de se rencontrer.

Gontran s'écriait :

« Tiens, quelle bonne idée vous avez eue de venir par ici ! »

La femme du médecin répondit :

« Voilà, c'est moi qui l'ai eue, cette idée-là ! »

Et on continua la promenade.

Louise et Gontran hâtaient le pas peu à peu, prenaient de l'avance, s'écartaient tellement qu'on les perdait de vue aux détours de l'étroit chemin.

La grosse dame qui soufflait murmura en leur jetant un coup d'œil indulgent :

« Bah ! c'est jeune, ça a des jambes. Moi, je ne peux pas les suivre. »

Charlotte s'écria :

« Attendez, je vais les rappeler. »

Elle s'élançait. La femme du médecin la retint :

« Ne les gêne pas, ma petite, s'ils veulent causer ! Ça n'est pas aimable de les déranger, ils reviendront bien tout seuls. »

Et elle s'assit sur l'herbe, à l'ombre d'un pin, en s'éventant avec son mouchoir. Charlotte jeta sur Paul un regard de détresse, un regard implorant et désolé.

Il comprit et dit :

« Eh bien, Mademoiselle, nous allons laisser Madame se reposer, et nous rejoindrons votre sœur, nous. »

Elle répondit avec élan :

« Oh ! oui, Monsieur. »

Mme Honorat ne fit aucune objection :

« Allez, mes enfants, allez. Moi, je vous attends ici. Ne soyez pas trop longtemps. »

Et ils s'éloignèrent à leur tour. Ils marchèrent vite,

d'abord, ne voyant plus les deux autres, et espérant les rejoindre ; puis, après quelques minutes, ils pensèrent que Louise et Gontran avaient dû tourner soit à gauche, soit à droite, à travers bois, et Charlotte appela, d'une voix tremblante et contenue. Personne ne lui répondit. Elle murmura : « Oh ! mon Dieu, où sont-ils ? »

Paul se sentit envahi de nouveau par cette pitié profonde, par cet attendrissement douloureux qui l'avait saisi déjà au bord du cratère de la Nugère.

Il ne savait que dire à cette enfant désolée. Il avait envie, une envie paternelle et violente, de la prendre dans ses bras, de l'embrasser, de trouver pour elle des choses douces et consolantes. Lesquelles ? Elle se tournait de tous les côtés, fouillant les branches de ses yeux affolés, écoutant les moindres bruits, balbutiant :

« Je crois qu'ils sont par ici... Non, par là... N'entendez-vous rien ?...

— Non, Mademoiselle, je n'entends rien. Le mieux est de les attendre ici.

— Oh ! mon Dieu... Non... Il faut les trouver... »

Il hésita quelques secondes, puis il lui dit, très bas : « Cela vous fait donc beaucoup de peine ? »

Elle leva sur lui un regard éperdu où les larmes commençaient à poindre, couvrant l'œil d'un léger nuage d'eau transparente encore retenu par les paupières bordées de longs cils bruns. Elle voulait parler, ne pouvait pas, n'osait pas ; et pourtant son cœur gonflé, fermé, si plein de chagrins, avait tant besoin de s'épandre.

Il reprit :

« Vous l'aimiez donc bien fort... Il ne mérite pas votre amour, allez. »

Elle ne se put contenir plus longtemps, et, jetant ses mains sur ses yeux pour cacher ses pleurs :

« Non... non... je ne l'aime pas... lui... c'est trop vilain de s'être conduit comme ça... ! Il s'est joué de moi... c'est trop vilain... c'est trop lâche... mais ça m'a fait de la peine tout de même... beaucoup... parce que c'est dur... bien dur... oh oui... Mais ce qui me fait le plus mal, c'est ma sœur... ma sœur... qui ne m'aime pas non plus... elle... et qui a été plus méchante que lui... Je sens qu'elle ne m'aime plus... plus du tout... qu'elle me déteste... je n'avais qu'elle... je n'ai plus personne... et je n'ai rien fait, moi !... »

Il ne voyait que son oreille et son cou de chair jeune qui s'enfonçait dans le col de la robe, sous l'étoffe légère, vers des formes plus rondes. Et il se sentait bouleversé de compassion, de tendresse, soulevé par ce désir impétueux de dévouement qui s'emparait de lui chaque fois qu'une femme touchait son âme. Et son âme prompte aux fusées d'enthousiasme s'exaltait auprès de cette douleur innocente, troublante, naïve, et cruellement charmante.

Il étendit la main vers elle, par un geste inconsidéré, ainsi qu'on fait pour flatter, pour calmer les enfants, et la posa sur la taille, près de l'épaule, par-derrière. Alors il sentit battre le cœur à coups pressés, comme on sent le petit cœur d'un oiseau qu'on a pris.

Et ce battement continu, précipité, montait le long de son bras, vers son cœur à lui dont le mouvement s'accélérait. Il le sentait ce toc-toc rapide, venant d'elle et l'envahissant par sa chair, ses muscles et ses nerfs, ne leur faisant plus qu'un cœur souffrant de la même souffrance, agité de la même palpitation, vivant de la même vie, comme ces horloges qu'un fil unit de loin et fait marcher ensemble seconde par seconde.

Mais elle découvrit brusquement son visage rougi, joli toujours, l'essuya vivement et dit :

« Allons, je n'aurais pas dû vous parler de ça. Je suis folle. Retournons bien vite auprès de Mme Honorat, et oubliez... Vous me le promettez ?

— Je vous le promets. »

Elle lui tendit la main.

« J'ai confiance. Je vous crois très honnête, vous ! »

Ils revinrent. Il la souleva pour traverser le ruisseau, comme il soulevait Christiane, l'année d'avant. Christiane ! Que de fois il était venu avec elle par ce chemin aux jours où il l'adorait. Il pensa, s'étonnant de son changement : « Comme ça a peu duré cette passion-là ! »

Charlotte, posant un doigt sur son bras, murmurait :

« Mme Honorat s'est endormie, asseyons-nous sans faire de bruit. »

Mme Honorat dormait en effet, adossée au pin, son mouchoir sur la figure et les mains croisées sur son ventre. Ils s'assirent à quelques pas d'elle, et ne parlèrent point afin de ne pas l'éveiller.

Alors le silence du bois fut si profond qu'il devenait pour eux pénible comme une souffrance. On n'entendait rien que l'eau courant dans les pierres, un peu plus bas, puis, ces imperceptibles frissons de bêtes menues qui passent, ces rumeurs insaisissables de mouches qui volent ou de gros insectes noirs faisant basculer des feuilles mortes.

Où étaient donc Louise et Gontran ? Que faisaient-ils ? Tout à coup on les entendit, très loin ; ils revenaient. Mme Honorat se réveilla et fut surprise :

« Tiens, vous êtes ici ! Je ne vous ai pas sentis approcher !... Et les autres, vous les avez trouvés ? »

Paul répondit :

« Les voici. Ils arrivent. »

On reconnaissait les rires de Gontran. Ce rire soulagea Charlotte d'un poids accablant qui pesait sur son esprit. Elle n'eût pas su dire pourquoi.

On les aperçut bientôt. Gontran courait presque, entraînant par le bras la jeune fille toute rouge. Et, avant même d'être arrivé, tant il avait hâte de conter son histoire :

« Vous ne savez pas qui nous avons surpris ?... Je vous le donne en mille... Le beau docteur Mazelli avec la fille de l'illustre professeur Cloche, comme dirait Will, la jolie veuve aux cheveux roux... Oh ! mais là... surpris... vous entendez... surpris... Il l'embrassait, le gredin... Oh ! mais !... Oh ! mais !... »

Mme Honorat, devant cette gaîté immodérée, eut un mouvement de dignité :

« Oh ! monsieur le Comte... pensez à ces demoi-selles !... »

Gontran s'inclina profondément.

« Vous avez tout à fait raison, chère Madame, de me rappeler aux convenances. Toutes vos inspirations sont excellentes. »

Puis, afin de ne pas rentrer ensemble, les deux jeunes gens saluèrent les dames et revinrent à travers bois.

« Eh bien ? demanda Paul.

— Eh bien, je lui ai déclaré que je l'adorais et que je serais enchanté de l'épouser.

— Et elle a dit ?

— Elle a dit avec une prudence très gentille :

« Cela regarde mon père. C'est à lui que je répondrai. »

— Alors tu vas ?

— Charger tout de suite mon ambassadeur Andermatt de la demande officielle. Et si le vieux rustre fait quelque mine, je compromets la fille par un éclat. »

Et comme Andermatt causait encore avec le docteur Latonne sur la terrasse du Casino, Gontran les sépara et mit aussitôt son beau-frère au fait de la situation.

Paul s'en alla sur la route de Riom. Il avait besoin d'être seul, tant il se sentait envahi par cette agitation de toute la pensée et de tout le corps que jette en nous chaque rencontre d'une femme qu'on est sur le point d'aimer.

Depuis quelque temps déjà il subissait, sans s'en rendre compte, le charme pénétrant et frais de cette fillette abandonnée. Il la devinait si gentille, si bonne, si simple, si droite, si naïve, qu'il avait été d'abord ému de compassion, de cette compassion attendrie que nous inspire toujours le chagrin des femmes. Puis, la voyant souvent, il avait laissé germer dans son cœur cette graine, cette petite graine de tendresse qu'elles sèment en nous si vite, et qui pousse si grande. Et maintenant, depuis une heure surtout, il commençait à se sentir possédé, à sentir en lui cette présence constante de l'absente qui est le premier signe de l'amour.

Il allait sur la route, hanté par le souvenir de son regard, par le son de sa voix, par le pli de son sourire ou celui de ses larmes, par l'allure de sa démarche, même par la couleur et le frisson de sa robe.

Et il se disait : « Je crois que je suis pincé. Je me connais. C'est embêtant, cela ! Je ferais peut-être

mieux de retourner à Paris. Sacrebleu, c'est une jeune
fille. Je ne peux pourtant pas en faire ma maîtresse. »

Puis, il se mettait à songer à elle, ainsi qu'il songeait
à Christiane l'année d'avant. Comme elle était aussi,
celle-là, différente de toutes les femmes qu'il avait
connues, nées et grandies à la ville, différente même
des jeunes filles instruites dès l'enfance par la coquetterie maternelle ou par la coquetterie qui passe dans la
rue. Elle n'avait rien du factice de la femme préparée
pour la séduction, rien d'appris dans les paroles, rien
de convenu dans le geste, rien de faux dans le regard.

Non seulement c'était un être neuf et pur, mais il
sortait d'une race primitive, c'était une vraie fille de la
terre au moment où elle allait devenir une femme des
cités.

Et il s'exaltait, plaidant pour elle contre cette vague
résistance qu'il sentait encore en lui. Des figures de
romans poétiques lui passaient devant les yeux, des
créations de Walter Scott, de Dickens ou de George
Sand qui excitaient davantage son imagination toujours fouettée par les femmes.

Gontran le jugeait ainsi : « Paul ! c'est un cheval
emballé avec un amour sur le dos. Quand il en jette un
par terre, un autre lui saute dessus. »

Mais Brétigny s'aperçut que le soir venait. Il avait
marché longtemps. Il rentra.

En passant devant les nouveaux bains, il vit Andermatt et les deux Oriol, arpentant les vignes et les
mesurant ; et il comprit à leurs gestes qu'ils discutaient
avec agitation.

Une heure plus tard, Will, entrant dans le salon où
la famille entière était réunie, dit au marquis :

« Mon cher beau-père, je vous annonce que votre

fils Gontran va épouser, dans six semaines ou deux mois, mademoiselle Louise Oriol. »

M. de Ravenel fut effaré :

« Gontran ? Vous dites ?

— Je dis qu'il épousera, dans six semaines ou deux mois, avec votre consentement, mademoiselle Louise Oriol, qui sera fort riche. »

Alors le marquis dit simplement :

« Mon Dieu, si cela lui plaît, je veux bien, moi. »

Et le banquier raconta sa démarche auprès du vieux paysan.

Aussitôt prévenu par le comte que la jeune fille consentirait, il voulut enlever, séance tenante, l'assentiment du vigneron sans lui laisser le temps de préparer ses ruses.

Il courut donc chez lui, et le trouva faisant, à grand'peine, ses comptes sur un bout de papier graisseux, avec l'aide de Colosse qui additionnait sur ses doigts.

S'étant assis :

« Je boirais bien un verre de votre bon vin », dit-il.

Dès que le grand Jacques fut revenu apportant les verres et le broc tout plein, il demanda si Mlle Louise était rentrée ; puis il pria qu'on l'appelât. Quand elle fut en face de lui, il se leva et, la saluant profondément :

« Mademoiselle, voulez-vous me considérer en ce moment comme un ami à qui on peut tout dire ? Oui, n'est-ce pas ? Eh bien, je suis chargé d'une mission très délicate auprès de vous. Mon beau-frère, le comte Raoul-Olivier-Gontran de Ravenel, s'est épris de vous, ce dont je le loue, et il m'a chargé de vous demander, devant votre famille, si vous consentiriez à devenir sa femme. »

Surprise ainsi, elle tourna vers son père des yeux troublés. Et le père Oriol, effaré, regarda son fils, son conseil ordinaire ; et Colosse regarda Andermatt qui reprit avec une certaine morgue :

« Vous comprenez, Mademoiselle, que je ne me suis chargé de cette mission qu'en promettant une réponse immédiate à mon beau-frère. Il sent très bien qu'il peut ne pas vous plaire et, dans ce cas, il quittera demain ce pays pour n'y plus jamais revenir. Je sais en outre que vous le connaissez suffisamment pour me dire, à moi, simple intermédiaire : « Je veux bien », ou : « Je ne veux pas. »

Elle baissa la tête, et, rouge, mais résolue, elle balbutia :

« Je veux bien, Monsieur. »

Puis elle s'enfuit si vite qu'elle heurta la porte en passant.

Alors Andermatt se rassit et, se versant un verre de vin à la façon des paysans :

« Maintenant, nous allons causer d'affaires », dit-il.

Et, sans admettre la possibilité même d'une hésitation, il attaqua la question de la dot, en s'appuyant sur les déclarations que le vigneron lui avait faites, trois semaines auparavant. Il évalua à trois cent mille francs, plus des espérances, la fortune actuelle de Gontran et il laissa entendre que si un homme comme le comte de Ravenel consentait à demander la main de la petite Oriol, une très charmante personne d'ailleurs, il était indubitable que la famille de la jeune fille saurait reconnaître cet honneur par un sacrifice d'argent.

Alors le paysan, très déconcerté, mais flatté, presque désarmé, tenta de défendre son bien. La discussion fut longue. Une déclaration d'Andermatt l'avait cependant rendue facile dès le début.

« Nous ne demandons pas d'argent comptant, ni de valeurs, rien que des terres, celles que vous m'avez désignées déjà comme formant la dot de Mlle Louise, plus quelques autres que je vais vous indiquer. »

La perspective de ne point débourser de monnaie, cette monnaie amassée lentement, entrée dans la maison franc par franc, sou par sou, cette bonne monnaie, blanche ou jaune, usée par les mains, les bourses, les poches, les tables des cafés, les tiroirs profonds des vieilles armoires, cette monnaie, histoire sonnante de tant de peines, de soucis, de fatigues, de travaux, si douce au cœur, aux yeux, aux doigts du paysan, plus chère que la vache, que la vigne, que le champ, que la maison, cette monnaie plus difficile à sacrifier parfois que la vie même, la perspective de ne point la voir partir avec l'enfant apporta tout de suite un grand calme, un désir de conciliation, une joie secrète, mais contenue, dans l'âme du père et du fils.

Ils discutèrent cependant pour garder en plus quelques lopins de sol. On avait étalé sur la table le plan détaillé du mont Oriol ; et on marquait, une à une avec une croix, les parties données à Louise. Il fallut une heure à Andermatt pour enlever les deux derniers carrés. Puis, afin qu'il n'y eût aucune surprise de l'un ou de l'autre côté, on se rendit sur les lieux, avec le plan. Alors on reconnut soigneusement tous les morceaux désignés par les croix et on les pointa de nouveau.

Mais Andermatt était inquiet, soupçonnant les deux Oriol capables de nier, à leur première entrevue, une partie des cessions consenties, de vouloir reprendre des bouts de vigne, des coins utiles à ses projets ; et il cherchait un moyen pratique et sûr de rendre définitives leurs conventions.

Une idée lui traversa l'esprit, le fit sourire d'abord, puis lui parut excellente, bien que bizarre.

« Si vous voulez, dit-il, nous allons écrire tout ça pour ne rien oublier plus tard ? »

Et comme ils rentraient au village il s'arrêta devant le débit de tabac pour acheter deux papiers timbrés. Il savait que la liste des terres dressées sur ces feuilles légales prendrait aux yeux des paysans un caractère presque inviolable, car ces feuilles représentaient la loi, toujours invisible et menaçante, défendue par les gendarmes, les amendes et la prison.

Donc il écrivit sur l'une et recopia sur l'autre : « Par suite de la promesse de mariage échangée entre le comte Gontran de Ravenel et Mlle Louise Oriol, M. Oriol père abandonne comme dot à sa fille les biens désignés ci-dessous... » Et il les énuméra minutieusement, avec les numéros du registre cadastral de la commune.

Puis, ayant daté et signé, il fit signer le père Oriol, qui avait exigé à son tour la mention de la dot du fiancé, et il s'en alla vers l'hôtel portant le papier dans sa poche.

Tout le monde riait de son histoire, et Gontran plus fort que les autres.

Alors le marquis dit à son fils avec une grande dignité :

« Nous irons ce soir, tous les deux, faire une visite à cette famille, et je renouvellerai moi-même la demande présentée d'abord par mon gendre, afin que ce soit plus régulier. »

V

Gontran fut un fiancé parfait, aimable autant qu'assidu. Il fit des cadeaux à tout le monde avec la bourse d'Andermatt et il allait à tout instant voir la jeune fille, soit chez elle, soit chez Mme Honorat. Paul, maintenant, l'accompagnait presque toujours, afin de rencontrer Charlotte qu'il se décidait, après chaque visite, à ne plus voir.

Elle s'était résignée bravement au mariage de sa sœur, et elle en parlait même avec aisance, sans paraître en garder à l'âme la moindre peine. Son caractère seul semblait un peu changé, plus posé, moins ouvert. Brétigny, pendant que Gontran contait des galanteries à Louise, à mi-voix, dans un coin, causait gravement avec elle, et se laissait lentement conquérir, laissait noyer son cœur par cet amour nouveau comme par une marée montante. Il le savait et s'abandonnait, songeant : « Bah ! quand le moment sera venu, je me sauverai, voilà tout. » En la quittant il montait chez Christiane, étendue à présent du matin au soir sur une chaise longue. Dès la porte il se sentait nerveux, irrité, armé pour toutes les menues querelles que la lassitude fait naître. Tout ce qu'elle disait, tout ce qu'elle pensait le fâchait d'avance; son air de souffrance, son attitude résignée, ses regards de reproche et de supplication lui faisaient venir aux lèvres des paroles de colère qu'il réprimait par savoir-vivre; et il gardait près d'elle le constant souvenir, l'image fixée en lui de la jeune fille qu'il venait de quitter.

Comme Christiane, tourmentée de le voir si peu, l'accablait de questions sur l'emploi de ses jours, il inventait des histoires qu'elle écoutait avec attention en cherchant à surprendre s'il ne pensait point à quelque autre femme. L'impuissance où elle se sentait de retenir cet homme, impuissance de verser en lui un peu de cet amour dont elle était torturée, impuissance physique de lui plaire encore, de se donner, de le reconquérir par des caresses, puisqu'elle ne pouvait pas le reprendre par la tendresse, lui faisait tout redouter sans qu'elle sût où fixer ses craintes.

Elle sentait vaguement un danger planant sur elle, un grand danger inconnu. Et elle était jalouse dans le vide, jalouse de tout, des femmes qu'elle voyait passer de sa fenêtre et qu'elle trouvait charmantes, sans même savoir si Brétigny leur avait jamais parlé.

Elle lui demandait :

« Avez-vous remarqué une très jolie personne, une brune, assez grande, que j'ai aperçue tantôt et qui a dû arriver ces jours-ci ? »

Quand il répondait : « Non. Je ne la connais pas », elle soupçonnait aussitôt un mensonge, pâlissait et reprenait :

« Mais ce n'est pas possible que vous ne l'ayez point vue, elle m'a paru fort belle. »

Lui, s'étonnait de son insistance.

« Je vous assure que je ne l'ai point vue. Je tâcherai de la rencontrer. »

Elle pensait : « C'est celle-là assurément. » Elle était persuadée aussi, en certains jours, qu'il cachait une liaison dans le pays, qu'il avait fait venir une maîtresse, son actrice, peut-être. Et elle interrogeait tout le monde, son père, son frère et son mari, sur toutes les femmes jeunes et désirables qu'on connaissait dans Enval.

Si au moins elle avait pu marcher, chercher elle-même, le suivre, elle se serait un peu rassurée, mais l'immobilité presque absolue qu'il lui fallait garder maintenant lui faisait endurer un intolérable martyre. Et quand elle parlait à Paul, le ton seul de sa voix révélait sa douleur et avivait chez lui les impatiences nerveuses de cet amour fini.

Il ne pouvait plus causer tranquillement avec elle que d'une chose, du prochain mariage de Gontran, ce qui lui permettait de prononcer le nom de Charlotte et de penser tout haut à la jeune fille. Et c'était même pour lui un plaisir mystérieux, confus, inexplicable, d'entendre Christiane articuler ce mot, vanter la grâce et toutes les qualités de cette petite, la plaindre, regretter que son frère l'eût sacrifiée, et désirer qu'un homme, un brave cœur, la comprît, l'aimât et l'épousât.

Il disait :

« Oh ! oui, Gontran a fait là une sottise. Elle est tout à fait charmante, cette enfant. »

Christiane, sans défiance, répétait :

« Tout à fait charmante. C'est une perle ! une perfection ! »

Jamais elle n'eût songé qu'un homme comme Paul

pouvait aimer une fillette et pourrait se marier un jour. Elle ne redoutait que ses maîtresses.

Et, par un bizarre phénomène du cœur, l'éloge de Charlotte, dans la bouche de Christiane, prenait pour lui une valeur extrême, excitait son amour, fouettait son désir, enveloppait la jeune fille d'un irrésistible attrait.

Or, un jour, comme il entrait avec Gontran chez Mme Honorat pour y rencontrer les petites Oriol, ils trouvèrent le docteur Mazelli, installé là, comme chez lui.

Il tendit ses deux mains aux deux hommes, avec son sourire italien qui semblait donner tout son cœur avec chaque parole et chaque geste.

Gontran et lui s'étaient liés d'une amitié familière et futile, faite d'affinités secrètes, de similitudes cachées, d'une sorte de complicité d'instincts, bien plus que d'affection vraie et de confiance.

Le comte demanda :

« Et votre jolie blonde du bois Sans-Souci ? »

L'Italien sourit :

« Bah ! nous sommes en froid. C'est une de ces femmes qui offrent tout et ne donnent rien. »

Et on se mit à causer. Le beau médecin faisait des frais pour les jeunes filles, pour Charlotte surtout. Il montrait, en parlant aux femmes, une adoration perpétuelle dans la voix, le geste et le regard. Toute sa personne, des pieds à la tête, leur disait : « Je vous aime ! » avec une éloquence d'attitude qui les lui gagnait infailliblement.

Il avait des grâces d'actrice, des pirouettes légères de danseuse, des mouvements souples

d'escamoteur, toute une science de séduction naturelle et voulue dont il usait d'une façon continue.

Paul, revenant à l'hôtel avec Gontran, s'écria,
d'un ton d'humeur maussade :

« Qu'est-ce que ce charlatan venait faire dans
cette maison ? »

Le comte répondit doucement :

« Sait-on jamais, avec ces aventuriers ? Ce sont
des gens qui se glissent partout. Celui-là doit être las
de sa vie vagabonde, d'obéir aux caprices de son
Espagnole dont il est plutôt le valet que le médecin
et peut-être plus encore. Il cherche. La fille du
professeur Cloche était bonne à prendre ; il l'a ratée,
dit-il. La seconde fille des Oriol ne serait pas moins
précieuse pour lui. Il essaye, il tâte, il flaire, il sonde.
Il deviendrait copropriétaire des eaux, tâcherait de
culbuter cet imbécile de Latonne, se ferait en tout
cas ici, chaque été, une excellente clientèle pour
l'hiver... Parbleu ! c'est son plan, va... n'en doutons
pas. »

Une colère sourde, une inimitié jalouse s'éveillait
dans le cœur de Paul.

Une voix criait : « Hé ! hé ! » C'était Mazelli qui
les rejoignait.

Brétigny lui dit, avec une ironie agressive :

« Où courez-vous si vite, Docteur, on dirait que
vous poursuivez la fortune ? »

L'Italien sourit, et sans s'arrêter, mais sautillant à
reculons, il enfonça, d'un geste gracieux de mime,
ses deux mains dans ses deux poches, les retourna
vivement et les montra, vides l'une et l'autre, en les
écartant entre deux doigts par l'extrémité des cou-
tures. Puis il dit : « Je ne la tiens pas encore. »

Et pivotant sur ses pointes avec élégance il se sauva comme un homme très pressé.

Les jours suivants ils le trouvèrent plusieurs fois chez le docteur Honorat, où il se rendait utile aux trois femmes par mille services menus et gentils, par les mêmes qualités d'adresse dont il s'était servi, sans doute, auprès de la duchesse. Il savait tout faire en perfection, depuis les compliments jusqu'au macaroni. Il était d'ailleurs excellent cuisinier et, préservé des taches par un tablier bleu de servante, coiffé d'un bonnet de chef en papier, chantant en italien des chansons napolitaines, il marmitonnait avec esprit sans être ridicule en rien, amusant et séduisant tout le monde, jusqu'à la bonne imbécile qui disait de lui : « C'est un Jésus ! »

Ses projets bientôt furent apparents et Paul ne douta plus qu'il ne cherchât à se faire aimer de Charlotte.

Il semblait y réussir. Il était si flatteur, si empressé, si rusé pour plaire, que le visage de la jeune fille avait, en l'apercevant, cet air de contentement qui dit le plaisir de l'âme.

Paul, à son tour, sans se rendre même bien compte de son allure, prit l'attitude d'un amoureux et se posa en concurrent. Dès qu'il voyait le docteur près de Charlotte, il arrivait, et, avec sa manière plus directe, s'efforçait de gagner l'affection de la jeune fille. Il se montrait tendre avec brusquerie, fraternel, dévoué, lui répétant, avec une sincérité familière, d'un ton si franc qu'on n'y pouvait guère trouver un aveu d'amour : « Je vous aime bien, allez ! »

Mazelli, surpris de cette rivalité inattendue, déployait tous ses moyens, et quand Brétigny mordu par la jalousie, par cette jalousie naïve qui étreint l'homme auprès de toute femme, même sans qu'il l'aime encore, si seulement elle lui plaît, quand Brétigny, plein de violence naturelle, devenait agressif et hautain, l'autre, plus souple, maître de lui toujours, répondait par des finesses, par des pointes, par des compliments adroits et moqueurs.

Ce fut une lutte de tous les jours où l'un et l'autre s'acharnèrent, sans que l'un ou l'autre, peut-être, eût de projet bien arrêté. Ils ne voulaient point céder, comme deux chiens qui tiennent la même proie.

Charlotte avait repris sa bonne humeur, mais avec une malice plus pénétrante, avec quelque chose d'inexpliqué, de moins sincère dans le sourire et dans le regard. On eût dit que la désertion de Gontran l'avait instruite, préparée aux déceptions possibles, assouplie et armée. Elle manœuvrait entre ses deux amoureux d'une façon déliée et adroite, disant à chacun ce qu'il fallait lui dire, sans heurter jamais l'un à l'autre, sans laisser jamais supposer à l'un qu'elle le préférait à l'autre, se moquant un peu de celui-ci devant celui-là, et de celui-là devant celui-ci, leur laissant la partie égale sans paraître même les prendre au sérieux l'un et l'autre. Mais tout cela était fait simplement, en pensionnaire et non point en coquette, avec cet air gamin des jeunes filles, qui les rend parfois irrésistibles.

Mazelli cependant eut l'air tout à coup de prendre de l'avantage. Il semblait devenu plus intime avec elle, comme si un accord secret se fût établi entre eux. En lui parlant, il jouait légèrement avec son ombrelle et avec un ruban de sa robe, ce qui semblait à Paul une sorte d'acte de possession morale, et l'exaspérait à lui donner envie de souffleter l'Italien.

Mais un jour, dans la maison du père Oriol, alors
que Brétigny causait avec Louise et Gontran, tout en
surveillant du regard Mazelli contant, à voix basse, à
Charlotte des choses qui la faisaient sourire, il la vit
soudain rougir avec un air si troublé qu'il ne put
douter une seconde que l'autre n'eût parlé d'amour.
Elle avait baissé les yeux, ne souriait plus, mais
écoutait toujours ; et Paul, se sentant prêt à faire un
éclat, dit à Gontran :

« Tu serais bien gentil de sortir cinq minutes avec
moi. »

Le comte s'excusa près de sa fiancée et suivit son
ami.

Dès qu'ils furent dans la rue, Paul s'écria :

« Mon cher, il faut à tout prix empêcher ce misérable Italien de séduire cette enfant qui est sans défense
contre lui.

— Que veux-tu que j'y fasse, moi ?

— Que tu la préviennes de ce qu'est cet aventurier.

— Hé, mon cher, ces choses-là ne me regardent pas.

— Enfin, elle sera ta belle-sœur.

— Oui, mais rien ne me prouve absolument que
Mazelli ait sur elles des vues coupables. Il est galant de
la même façon avec toutes les femmes, et il n'a jamais
rien fait ou rien dit d'inconvenant.

— Eh bien si tu ne veux pas t'en charger, c'est moi
qui l'exécuterai, bien que cela me regarde moins que
toi assurément.

— Tu es donc amoureux de Charlotte ?

— Moi ?... non... mais je vois clair dans le jeu de ce
gredin.

— Mon cher, tu te mêles de choses délicates... et... à
moins que tu n'aimes Charlotte... ?

— Non... je ne l'aime pas... mais je fais la chasse aux rastaquouères, voilà...

— Puis-je te demander ce que tu comptes faire ?

— Gifler ce gueux.

— Bon, le meilleur moyen de le faire aimer d'elle. Vous vous battrez, et soit qu'il te blesse, soit que tu le blesses, il deviendra pour elle un héros.

— Alors que ferais-tu ?

— A ta place ?

— A ma place.

— Je parlerais à la petite, en ami. Elle a grande confiance en toi. Eh bien, je lui dirais simplement, en quelques mots, ce que sont ces écumeurs de société. Tu sais très bien dire ces choses-là. Tu as de la flamme. Et je lui ferais comprendre : 1º pourquoi il s'est attaché à l'Espagnole ; 2º pourquoi il a essayé le siège de la fille du professeur Cloche ; 3º pourquoi, n'ayant pas réussi dans cette tentative, il s'efforce, en dernier lieu, de conquérir M\ue Charlotte Oriol.

— Pourquoi ne fais-tu pas cela, toi, qui seras son beau-frère ?

— Parce que... parce que... à cause de ce qui s'est passé entre nous... voyons... je ne peux pas.

— C'est juste. Je vais lui parler.

— Veux-tu que je te ménage un tête-à-tête tout de suite ?

— Mais oui, parbleu.

— Bon, promène-toi dix minutes, je vais enlever Louise et le Mazelli, et tu trouveras l'autre toute seule en revenant. »

Paul Brétigny s'éloigna du côté des gorges d'Enval, cherchant comment il allait commencer cette conversation difficile.

Il retrouva Charlotte Oriol seule, en effet, dans le froid salon, peint à la chaux, de la demeure paternelle ; et il lui dit, en s'asseyant près d'elle :

« C'est moi, Mademoiselle, qui ai prié Gontran de me procurer cette entrevue avec vous. »

Elle le regarda de ses yeux clairs :

« Pourquoi donc ?

— Oh ! ce n'est pas pour vous conter des fadeurs à l'italienne, c'est pour vous parler en ami, en ami très dévoué qui vous doit un conseil.

— Dites. »

Il prit la chose de loin, s'appuya sur son expérience à lui et sur son inexpérience à elle, pour amener tout doucement des phrases discrètes mais nettes sur les aventuriers qui cherchent partout fortune, exploitant, avec leur habileté professionnelle, tous les êtres naïfs et bons, hommes ou femmes, dont ils exploraient les bourses et les cœurs.

Elle était devenue un peu pâle et l'écoutait, sérieuse, de toutes ses oreilles.

Elle demanda :

« Je comprends et je ne comprends pas. Vous parlez de quelqu'un, de qui ?

— Je parle du docteur Mazelli. »

Alors elle baissa les yeux et demeura quelques instants sans répondre, puis d'une voix qui hésitait :

« Vous êtes si franc, que je ferai comme vous. Depuis... depuis le... depuis le mariage de ma sœur, je suis devenue un peu moins... un peu moins bête ! Eh bien, je me doutais déjà de ce que vous me dites... et je m'amusais toute seule à le voir venir. »

Elle avait relevé son visage, et, dans son sourire, dans son regard fin, dans son petit nez retroussé, dans l'éclat humide et luisant de ses dents apparues entre ses lèvres, tant de grâce sincère, de malice gaie, d'espièglerie charmante apparaissaient, que Brétigny se sentit emporté vers elle par un de ces élans tumultueux qui le jetaient éperdu de passion aux pieds de la dernière aimée. Et son cœur exultait de joie, puisque Mazelli n'était point préféré. Il avait donc triomphé, lui !

Il demanda :

« Alors, vous ne l'aimez pas ?

— Qui ? Mazelli ?

— Oui. »

Elle le regarda avec des yeux si chagrins qu'il se sentit bouleversé, il balbutia d'une voix suppliante :

« Eh... vous n'aimez... personne ? »

Elle répondit, le regard baissé :

« Je ne sais pas... J'aime les gens qui m'aiment. »

Il saisit soudain les deux mains de la jeune fille et, les baisant avec frénésie, dans une de ces secondes d'entraînement où la tête s'affole, où les mots qui sortent des lèvres viennent de la chair soulevée plus que de l'esprit égaré, il balbutia :

« Moi ! je vous aime, ma petite Charlotte, moi, je vous aime ! »

Elle dégagea bien vite une de ses mains et la lui posa sur la bouche en murmurant :

« Taisez-vous... Je vous en prie, taisez-vous !... Cela me ferait trop de mal si c'était encore un mensonge. »

Elle s'était dressée ; il se leva, la saisit dans ses bras, et l'embrassa avec emportement.

Un bruit subit les sépara ; le père Oriol venait d'entrer et il les regardait effaré. Puis il cria :

« Ah bougrrre ! ah bougrrre !... ah bougrrre !... de chauvage... ! »

Charlotte s'était sauvée ; et les deux hommes restèrent face à face.

Paul, après quelques instants de détresse, essaya de s'expliquer.

« Mon Dieu... Monsieur... je me suis conduit... il est vrai... comme un... »

Mais le vieux n'écoutait pas ; la colère, une colère furieuse, le gagnait et il avançait sur Brétigny, les poings fermés, en répétant :

« Ah ! bougrrre de chauvage... »

Puis, quand ils furent nez à nez, il le saisit au collet de ses deux mains noueuses de paysan. Mais l'autre, aussi grand, et fort de cette force supérieure que donne la pratique des sports, se débarrassa par une seule poussée de l'étreinte de l'Auvergnat, et le collant au mur :

« Écoutez, père Oriol, il ne s'agit pas de nous battre, mais de nous entendre. J'ai embrassé votre fille, c'est vrai... Je vous jure que c'est la première fois... et je vous jure aussi que je veux l'épouser. »

Le vieux, dont la fureur physique était tombée sous le choc de son adversaire, mais dont la colère ne se calmait point, bredouillait :

« Ah ! ch'est cha ! On vient voler cha fille, on veut chon argent... Bougrrre de trompeur... »

Alors, tout ce qu'il avait sur le cœur s'échappa en paroles nombreuses et désolées. Il ne se consolait pas de la dot promise à l'aînée, de ses vignes allant aux mains de ces Parisiens. Il soupçonnait à présent la misère de Gontran, l'astuce d'Andermatt, et, oubliant la fortune inespérée que le banquier lui apportait, il répandait sa bile et toute sa rancune secrète contre ces malfaisants qui ne le laissaient plus dormir en paix.

On eût dit qu'Andermatt, sa famille et ses amis, venaient chaque nuit le dévaliser, lui voler quelque chose, ses terres, ses sources et ses filles.

Et il jetait ses reproches dans la figure de Paul, l'accusant aussi d'en vouloir à son bien, d'être un fripon, de prendre Charlotte pour avoir ses champs.

L'autre, impatienté bientôt, lui cria sous le nez :

« Mais je suis plus riche que vous, nom d'un chien de vieille bourrique. Je vous en donnerais, de l'argent... »

Le vieux se tut, incrédule mais attentif, et d'une voix apaisée, il recommença ses récriminations.

Paul, à présent, répondait, s'expliquait ; et, se croyant lié par cette surprise dont il était seul coupable, proposait d'épouser, sans réclamer la moindre dot.

Le père Oriol secouait sa tête et ses oreilles, faisait répéter, ne comprenait pas. Pour lui, Paul était encore un sans-le-sou, un cache-misère.

Et, comme Brétigny exaspéré lui hurlait dans le nez :

« Mais j'ai plus de cent vingt mille francs de rentes, vieux crétin. Entendez-vous ?... trois millions ! »

L'autre demanda tout à coup :

« L'écririez-vous, cha, chur un papier ?

— Mais oui, je l'écrirais !

— Et vous le chigneriez ?

— Mais oui, je le signerais !

— Chur un papier de notaire ?

— Mais oui, sur un papier de notaire ! »

Alors, se levant, il ouvrit son armoire, en tira deux feuilles marquées du timbre de l'État et, cherchant

l'engagement qu'Andermatt, quelques jours auparavant, avait exigé de lui, il rédigea une bizarre promesse
de mariage où il était question de trois millions
garantis par le fiancé, et au bas de laquelle Brétigny
dut apposer sa signature.

Quand Paul se retrouva dehors, il lui sembla que la
terre ne tournait plus dans le même sens. Donc, il était
fiancé malgré lui, malgré elle, par un de ces hasards,
par une de ces supercheries des événements qui vous
ferment toute issue. Il murmurait : « Quelle folie ! »
Puis il pensa : « Bah ! je n'aurais pu trouver mieux,
peut-être, par le monde entier. » Et il se sentait joyeux,
au fond du cœur, de ce piège de la destinée.

VI

La journée du lendemain s'annonça mal pour
Andermatt. En arrivant à l'établissement des bains, il
apprit que M. Aubry-Pasteur était mort, dans la nuit,
d'une attaque d'apoplexie, au Splendid Hotel. Outre
que l'ingénieur lui était très utile par ses connaissances, son zèle désintéressé et l'amour dont il s'était
pris pour la station du Mont-Oriol qu'il considérait un
peu comme sa fille, il était fort regrettable qu'un
malade, venu pour combattre une tendance conges-
tive, mourût justement de cette manière, en plein
traitement, en pleine saison, au début du succès de la
ville naissante.

Le banquier, fort agité, allait et venait dans le
cabinet de l'inspecteur absent, cherchait les moyens
d'attribuer une autre origine à ce malheur, imaginait
un accident, une chute, une imprudence, la rupture
d'un anévrisme ; et il attendait avec impatience l'arrivée du docteur Latonne, afin que le décès fût adroitement constaté sans qu'aucun soupçon pût s'éveiller sur
la cause initiale de l'accident.

Le médecin-inspecteur entra tout à coup, la face
pâle et bouleversée, et dès la porte il demanda :

« Vous savez la déplorable nouvelle ?

— Oui, la mort de M. Aubry-Pasteur.

— Non, non, la fuite du docteur Mazelli avec la fille du professeur Cloche. »

Andermatt sentit un frisson lui courir sur la peau.

« Comment ?... vous dites...

— Oh, mon cher Directeur, c'est une affreuse catastrophe, un écrasement... »

Il s'assit et s'essuya le front, puis il raconta les faits tels qu'il les tenait de Petrus Martel qui venait de les apprendre directement par le valet de chambre de M. le professeur.

Le Mazelli avait fait une cour très vive à la jolie rousse, une rude coquette, une gaillarde, dont le premier mari avait succombé à une phtisie, résultat de leur union trop tendre, disait-on. Mais M. Cloche avait éventé les projets du médecin italien, et ne voulant pas pour second gendre cet aventurier, le mit dehors énergiquement, l'ayant surpris aux genoux de sa fille.

Mazelli, sorti par la porte, rentra bientôt par la fenêtre avec l'échelle de soie des amoureux. Deux versions couraient. D'après la première, il avait rendu la fille du professeur folle d'amour et de jalousie ; d'après la seconde, il avait continué à la voir secrètement, tout en paraissant s'occuper d'une autre femme ; et, sachant enfin, par sa maîtresse, que le professeur demeurait inflexible, il l'avait enlevée la nuit même, rendant par ce scandale un mariage inévitable.

Le docteur Latonne se releva et, s'adossant à la cheminée tandis qu'Andermatt atterré continuait à marcher, il s'écria :

« Un médecin, Monsieur, un médecin, faire une

chose pareille !... un docteur en médecine !... quelle absence de caractère !... »

Andermatt, désolé, appréciait les conséquences, les classait et les pesait comme on fait une addition. C'étaient :

1° Le bruit fâcheux se répandant dans les villes d'eaux voisines et jusqu'à Paris. En s'y prenant bien, cependant, peut-être pourrait-on faire servir cet enlèvement comme réclame. Une quinzaine d'échos bien rédigés dans les feuilles à grand tirage attireraient fortement l'attention sur Mont-Oriol ;

2° Le départ du professeur Cloche, perte irréparable ;

3° Le départ de la duchesse et du duc de Ramas-Aldavarra, seconde perte inévitable sans compensation possible.

En somme, le docteur Latonne avait raison. C'était une affreuse catastrophe.

Alors le banquier, se tournant vers le médecin :

« Vous devriez aller tout de suite au Splendid Hotel et rédiger l'acte de décès d'Aubry-Pasteur de façon à ce qu'on ne soupçonne pas une congestion. »

Le docteur Latonne reprit son chapeau, puis, au moment de partir :

« Ah ! encore une nouvelle qui court. Est-ce vrai que votre ami Paul Brétigny va épouser Charlotte Oriol ? »

Andermatt tressaillit de surprise :

« Brétigny ? Allons donc !... Qui vous a conté cela ?...

— Mais, toujours Petrus Martel qui le tenait du père Oriol lui-même.

— Du père Oriol ?

— Oui, du père Oriol, lequel affirmait que son futur gendre possédait trois millions de fortune. »

William ne savait plus que penser. Il murmura :

« Au fait, c'est possible, il la chauffait pas mal depuis quelque temps !... Mais alors, toute la butte est à nous... toute la butte !... Oh, il faut que je m'assure de cela immédiatement. »

Et il sortit derrière le docteur pour rencontrer Paul avant le déjeuner.

Comme il entrait à l'hôtel, on le prévint que sa femme l'avait demandé plusieurs fois. Il la trouva encore au lit, causant avec son père et avec son frère qui parcourait les journaux d'un œil rapide et distrait.

Elle se sentait souffrante, très souffrante, inquiète. Elle avait peur, sans savoir de quoi. Et puis une idée lui était venue et grandissait depuis quelques jours dans son cerveau de femme enceinte. Elle voulait consulter le docteur Black. A force d'entendre autour d'elle des plaisanteries sur le docteur Latonne elle avait perdu toute confiance en lui et elle désirait un autre avis, celui du docteur Black, dont le succès grandissait toujours. Des craintes, toutes les craintes, toutes les hantises dont sont assiégées les femmes vers la fin des grossesses, la tenaillaient maintenant du matin au soir. Depuis la veille, à la suite d'un rêve, elle se figurait l'enfant mal tourné, placé de telle sorte que l'accouchement serait impossible et qu'il faudrait avoir recours à l'opération césarienne. Et elle assistait en pensée à cette opération faite sur elle-même. Elle se voyait sur le dos, le ventre ouvert, dans un lit plein de sang, tandis qu'on emportait quelque chose de rouge, qui ne remuait pas, qui ne criait pas, qui était mort. Et toutes les dix minutes elle fermait les yeux pour revoir cela, pour assister de nouveau à son horrible et douloureux supplice. Alors elle s'était imaginé que le docteur Black, seul, pourrait lui dire la vérité, et elle le réclamait immédiatement, elle exigeait qu'il l'examinât tout de suite, tout de suite, tout de suite !

Andermatt fort troublé ne savait plus que répondre :

« Mais, ma chère enfant, c'est bien difficile, étant données mes relations avec Latonne... c'est... même impossible. Écoute, j'ai une idée, je vais chercher le professeur Mas-Roussel qui est cent fois plus fort que Black. Il ne me refusera pas de venir. »

Mais elle s'obstina. Elle voulait voir Black, rien que lui ! Elle avait besoin de le voir, de voir sa grosse tête de dogue à côté d'elle. C'était une envie, un désir fou et superstitieux ; il le lui fallait.

Alors William essaya de changer le cours de ses idées :

« Tu ne sais pas que cet intrigant de Mazelli a enlevé, cette nuit, la fille du professeur Cloche. Ils sont partis ; ils ont filé on ne sait où. En voilà une histoire ! »

Elle s'était soulevée sur son oreiller, les yeux agrandis par le chagrin ; et elle balbutiait :

« Oh ! la pauvre duchesse... la pauvre femme, comme je la plains. »

Son cœur, depuis longtemps, avait compris ce cœur meurtri et passionné ! Elle souffrait du même mal et pleurait les mêmes larmes.

Mais elle reprit :

« Écoute, Will, va me chercher M. Black. Je sens que je vais mourir s'il ne vient pas ! »

Andermatt lui saisit la main, la baisa tendrement :

« Voyons, ma petite Christiane, sois raisonnable... comprends... »

Il vit des larmes dans ses yeux, et, se tournant vers le marquis :

« C'est vous qui devriez faire ça, mon cher beau-père. Moi je ne peux pas. Black vient ici tous les jours vers une heure pour voir la princesse de Maldebourg. Arrêtez-le au passage et faites-le entrer chez votre fille. Tu peux bien attendre une heure, n'est-ce pas, Christiane ? »

Elle consentit à attendre une heure, mais refusa de se lever pour déjeuner avec les hommes qui passèrent seuls dans la salle à manger.

Paul y était déjà. Andermatt, en l'apercevant, s'écria :

« Ah ! dites donc, qu'est-ce qu'on m'a raconté tout à l'heure ? Vous épousez Charlotte Oriol ? Ça n'est pas vrai, n'est-ce pas ? »

Le jeune homme répondit à mi-voix, en jetant un regard inquiet sur la porte fermée :

« Mon Dieu oui ! »

Personne ne le sachant encore, tous les trois demeuraient ébahis devant lui.

William demanda :

« Qu'est-ce qui vous a pris ? Avec votre fortune, vous marier ? vous embarrasser d'une femme quand vous les avez toutes ? Et puis enfin la famille laisse à désirer comme élégance. C'est bon pour Gontran qui n'a pas le sou ! »

Brétigny se mit à rire :

« Mon père a fait fortune dans les farines, il était donc meunier... en gros. Si vous l'aviez connu, vous auriez pu dire aussi qu'il manquait d'élégance. Quant à la jeune fille... »

Andermatt l'interrompit :

« Oh ! parfaite... délicieuse... parfaite... et... vous savez... elle sera aussi riche que vous... sinon plus... j'en réponds, moi, j'en réponds !... »

Gontran murmurait :

« Oui, le mariage ça n'empêche rien et ça couvre les retraites. Seulement il a eu tort de ne pas nous prévenir. Comment diable s'est faite cette affaire-là, mon cher ? »

Alors Paul conta la chose en la modifiant un peu. Il dit ses hésitations qu'il exagéra, et sa décision subite quand un mot de la jeune fille lui avait permis de se croire aimé. Il raconta l'entrée inattendue du père Oriol, leur querelle, en l'amplifiant, les doutes du paysan sur sa fortune et le papier timbré tiré de l'armoire.

Andermatt, riant aux larmes, tapait du poing sur la table :

« Ah ! il l'a refait, le coup du papier timbré ! Elle est de mon invention, celle-là ! »

Mais Paul balbutia en rougissant un peu :

« Je vous prie de ne pas annoncer encore cette nouvelle à votre femme. Dans les termes où nous sommes, il est plus convenable que je la lui porte moi-même... »

Gontran regardait son ami avec un sourire bizarre et gai qui semblait dire : « C'est très bien, tout cela, très bien ! Voilà comment les choses doivent finir, sans bruit, sans histoires, sans drames. »

Il proposa :

« Si tu veux, mon vieux Paul, nous irons ensemble après le déjeuner, quand elle sera levée, et tu lui feras part de ta détermination. »

Leurs yeux se rencontrèrent, fixes, pleins de pensées inconnaissables, puis se détournèrent.

Et Paul répondit avec indifférence :

« Oui, volontiers, nous reparlerons de cela tout à l'heure. »

Un domestique de l'hôtel entra pour prévenir que le docteur Black venait d'arriver chez la princesse ; et le marquis sortit aussitôt afin de le saisir au passage.

Il exposa au médecin la situation, l'embarras de son gendre et le désir de sa fille, et il l'emmena sans résistance.

Dès que le petit homme à grosse tête fut entré dans la chambre de Christiane :

« Papa, laisse-nous », dit-elle.

Et le marquis se retira. Alors, elle énuméra ses inquiétudes, ses terreurs, ses cauchemars, d'une voix basse et douce, comme si elle se fût confessée. Et le médecin l'écoutait comme un prêtre, la couvrant parfois de ses gros yeux ronds, prouvait son attention par un petit signe de tête, murmurant un : « C'est cela » qui semblait dire : « Je connais votre cas sur le bout du doigt et je vous guérirai quand je voudrai. »

Lorsqu'elle eut fini de parler, il se mit à son tour à l'interroger avec une extrême minutie de détails sur sa vie, sur ses habitudes, sur son régime, sur son traitement. Tantôt il paraissait approuver d'un geste, tantôt il blâmait d'un : « Oh ! » plein de réserves. Quand elle en vint à sa grosse peur que l'enfant fût mal placé, il se leva, et, avec une pudeur ecclésiastique, l'effleura de ses mains à travers les couvertures, puis il déclara : « Non, très bien. »

Elle eut envie de l'embrasser. Quel brave homme que ce médecin !

Il prit une feuille de papier sur la table et écrivit l'ordonnance. Elle fut longue, très longue. Puis il revint près du lit et, avec un ton différent, pour bien

prouver qu'il avait achevé sa besogne professionnelle
et sacrée, il se mit à causer.

Il avait la voix profonde et grasse, une voix puissante de nain trapu ; et des questions se cachaient
dans ses phrases les plus banales. Il parla de tout. Le
mariage de Gontran semblait l'intéresser beaucoup.
Puis, avec son vilain sourire d'être mal fait :

« Je ne vous dis rien encore du mariage de M. Brétigny, bien que ce ne soit plus un secret, car le père
Oriol le raconte à tout le monde. »

Ce fut en elle une sorte de défaillance qui commença par le bout des doigts, puis envahit tout le
corps, les bras, la poitrine, le ventre, les jambes. Elle
ne comprenait point cependant ; mais une peur horrible de ne pas savoir la rendit subitement prudente, et
elle balbutia :

« Ah ! Le père Oriol le raconte à tout le monde ?

— Oui, oui. Il m'en a parlé à moi-même il n'y a
pas dix minutes. Il paraît que M. Brétigny est très
riche, et qu'il aime la petite Charlotte depuis longtemps. C'est Mme Honorat, d'ailleurs, qui a fait ces
deux unions-là. Elle prêtait les mains et sa maison
aux rencontres des jeunes gens... »

Christiane avait fermé les yeux. Elle était sans
connaissance.

A l'appel du docteur, une femme de chambre
accourut ; puis apparurent le marquis, Andermatt et
Gontran qui allèrent chercher du vinaigre, de l'éther,
de la glace, vingt choses diverses et inutiles.

Soudain la jeune femme fit un mouvement, rouvrit
les yeux, leva les bras et poussa un cri déchirant en se
tordant dans son lit. Elle essayait de parler, balbutiait : « Oh ! que je souffre... mon Dieu... que je

souffre... dans les reins... on me déchire... oh! mon
Dieu... » Et elle recommençait à crier.

On dut reconnaître bientôt les symptômes d'un
accouchement. *Childbirth*

Alors, Andermatt s'élança pour chercher le docteur Latonne et le trouva achevant son repas :

« Venez vite... ma femme a un accident... vite... »

Puis il eut une ruse et raconta comment le docteur Black s'était trouvé dans l'hôtel au moment
des premières douleurs.

Le docteur Black lui-même confirma ce mensonge
à son confrère :

« Je venais d'entrer chez la princesse quand on
m'a prévenu que Mme Andermatt se trouvait mal.
Je suis accouru. Il était temps ! »

Mais William, très ému, le cœur battant, l'âme
troublée, fut pris de doutes tout à coup sur la
valeur des deux hommes, et il sortit de nouveau,
nu-tête, pour courir chez le professeur Mas-Roussel
et le supplier de venir. Le professeur y consentit
aussitôt, boutonna sa redingote d'un geste machinal
de médecin qui part pour ses visites, et se mit en
marche à grands pas pressés, à grands pas sérieux
d'homme éminent dont la présence peut sauver une
vie.

Dès qu'il entra, les deux autres, pleins de déférence, le consultèrent avec humilité, répétant
ensemble ou presque en même temps :

« Voici ce qui s'est passé, cher Maître... Ne
croyez-vous pas, cher Maître ?... N'y aurait-il pas
lieu, cher Maître ?... »

Andermatt à son tour, affolé d'angoisse par les
gémissements de sa femme, harcelait de questions

M. Mas-Roussel, et l'appelait aussi « cher Maître », à pleine bouche.

Christiane, presque nue devant ces hommes, ne
voyait plus rien, ne savait plus rien, ne comprenait plus rien; elle souffrait si horriblement que
toute idée avait fui de sa tête. Il lui semblait
qu'on lui promenait dans le flanc et dans le dos
à la hauteur des hanches une longue scie à dents
émoussées qui lui déchiquetait les os et les muscles, lentement, d'une façon irrégulière, avec des
secousses, des arrêts et des reprises de plus en
plus affreuses.

Quand cette torture s'affaiblissait quelques instants, quand les déchirures de son corps laissaient
renaître sa raison, une pensée alors se plantait
dans son âme, plus cruelle, plus aiguë, plus épouvantable que la douleur physique : il aimait une
autre femme et il allait l'épouser.

Et pour que cette morsure qui lui rongeait la
tête s'apaisât de nouveau, elle s'efforçait de réveil-
ler le supplice atroce de sa chair; elle agitait son
flanc, elle remuait ses reins; et quand la crise
recommençait, au moins elle ne songeait plus.

Pendant quinze heures elle fut ainsi martyrisée,
tellement broyée par la souffrance et le désespoir
qu'elle désirait expirer, qu'elle s'efforçait de mourir dans ces spasmes qui la tordaient. Mais, après
une convulsion plus longue et plus violente que
les autres, il lui sembla que tout le dedans de
son corps s'échappait d'elle tout à coup! Ce fut
fini; ses douleurs se calmèrent comme des vagues
qui s'apaisent; et le soulagement qu'elle éprouva
fut si grand que son chagrin lui-même demeura

quelque temps engourdi. On lui parlait, elle répondait d'une voix très lasse, très basse.

Soudain le visage d'Andermatt se pencha vers le sien et il dit :

« Elle vivra... elle est presque à terme... C'est une fille... »

Christiane ne put que murmurer :

« Ah ! mon Dieu ! »

Donc elle avait un enfant, un enfant vivant, qui grandirait... un enfant de Paul ! Elle eut envie de se remettre à crier, tant ce nouveau malheur lui meurtrissait le cœur. Elle avait une fille ! Elle n'en voulait pas !... Elle ne la verrait point !... elle ne la toucherait jamais !

On l'avait recouchée, soignée, embrassée ! Qui ? Son père et son mari sans doute ? Elle ne savait pas. Mais lui, où était-il ? Que faisait-il ? Comme elle se serait sentie heureuse, à cette heure-là, s'il l'eût aimée !

Le temps passait, les heures se suivaient sans qu'elle distinguât même le jour de la nuit, car elle sentait seulement la brûlure de cette pensée : il aimait une autre femme.

Tout à coup elle se dit : « Si ce n'était pas vrai ?... Comment n'aurais-je pas su plus tôt son mariage, moi, avant ce médecin ? »

Puis elle réfléchit qu'on le lui avait caché. Paul avait pris soin qu'elle ne l'apprît pas.

Elle regarda dans sa chambre pour voir qui était là. Une femme inconnue veillait près d'elle, une femme du peuple. Elle n'osa pas l'interroger. A qui pourrait-elle donc demander cette chose ?

Soudain la porte fut poussée. Son mari entrait sur

la pointe des pieds. Lui voyant les yeux ouverts, il s'approcha.

« Tu vas mieux ?

— Oui, merci.

— Tu nous as fait bien peur depuis hier. Mais voilà le danger passé ! A ce propos je suis tout à fait dans l'embarras à ton sujet. J'ai télégraphié à notre amie, Mme Icardon, qui devait venir pour tes couches, en la prévenant de l'accident et en la suppliant d'arriver. Elle est auprès de son neveu, atteint de la fièvre scarlatine... Tu ne peux pourtant pas rester sans personne auprès de toi, sans une femme un peu... un peu... convenable... Alors une dame d'ici s'est offerte pour te soigner et te tenir compagnie tous les jours, et, ma foi, j'ai accepté. C'est Mme Honorat. »

Christiane se souvint soudain des paroles du docteur Black ! Un soubresaut de peur la secoua ; et elle gémit :

« Oh non... non... pas elle... pas elle !... »

William ne comprit pas et reprit :

« Écoute, je sais bien qu'elle est fort commune, mais ton frère l'apprécie beaucoup ; elle lui a été très utile ; et puis on prétend que c'est une ancienne sage-femme qu'Honorat a connue près d'une malade. Si elle te déplaît par trop je la congédierai le lendemain. Essayons toujours. Laisse-la venir une fois ou deux. »

Elle se taisait, songeant. Un besoin de savoir, de savoir tout, entrait en elle si violent que l'espérance de faire bavarder cette femme elle-même, de lui arracher une à une les paroles qui déchireraient son cœur, lui donnait envie à présent de répondre : « Va... va la chercher tout de suite... tout de suite... Va donc ! »

Et à ce désir irrésistible de savoir, s'ajoutait aussi un étrange besoin de souffrir plus fort, de se rouler sur son malheur comme on se roulerait sur des ronces, un besoin mystérieux, maladif, exalté de martyre appelant la douleur.

Alors elle balbutia :

« Oui, je veux bien, amène-moi Mme Honorat. »

Puis tout à coup elle sentit qu'elle ne pourrait pas attendre plus longtemps sans être sûre, bien sûre de cette trahison ; et elle demanda à William d'une voix faible comme un souffle :

« Est-ce vrai que M. Brétigny se marie ? »

Il répondit tranquillement :

« Oui, c'est vrai. On te l'aurait annoncé plus tôt si on avait pu te parler. »

Elle dit encore :

« Avec Charlotte ?

— Avec Charlotte. »

Or William avait, lui aussi, une idée fixe qui déjà ne le quittait plus : sa fille, à peine vivante encore, et qu'il venait regarder à tout instant. Il s'indigna que la première parole de Christiane n'eût pas réclamé l'enfant ; et, d'un ton de doux reproche :

« Eh bien, voyons, tu n'as pas encore demandé la petite ? Tu sais qu'elle se porte très bien ? »

Elle tressaillit comme s'il eût touché une plaie vive ; mais il lui fallait bien passer par toutes les stations de ce calvaire.

« Apporte-la », dit-elle.

Il disparut au pied du lit, derrière le rideau, puis il revint, la figure illuminée d'orgueil et de bonheur, et tenant en ses mains, d'une façon maladroite, un paquet de linge blanc.

Il le posa sur l'oreiller brodé, près de la tête de Christiane qui suffoquait d'émotion, et il dit :

« Tiens, regarde si elle est belle ! »

Elle regarda.

Il maintenait écartées, avec deux doigts, les dentelles légères dont était voilée une petite figure rouge, si petite, si rouge, aux yeux fermés, et dont la bouche remuait.

Et elle songeait, penchée sur ce commencement d'être : « C'est ma fille... la fille de Paul... Voilà donc ce qui m'a fait tant souffrir... Cela... cela... cela... c'est ma fille !... »

Sa répulsion pour l'enfant dont la naissance avait si férocement déchiré son pauvre cœur et son tendre corps de femme venait soudain de disparaître ; elle le contemplait maintenant avec une curiosité ardente et douloureuse, avec un étonnement profond, un étonnement de bête qui voit sortir d'elle son premier-né.

Andermatt s'attendait à ce qu'elle le caressât avec passion. Il fut encore surpris et choqué, et demanda :

« Tu ne l'embrasses pas ? »

Elle se pencha tout doucement vers le petit front rouge ; et à mesure qu'elle approchait ses lèvres, elle les sentait attirées, appelées par lui. Et quand elle les eut posées dessus, quand elle le toucha, un peu moite, un peu chaud, chaud de sa propre vie, il lui sembla qu'elle ne les pourrait plus retirer, ses lèvres, de cette chair d'enfant, qu'elle les y laisserait toujours.

Quelque chose frôla sa joue ; c'était la barbe de son mari, qui se penchait pour l'embrasser. Et quand il l'eut serrée longtemps contre lui, avec une tendresse reconnaissante, il voulut, à son tour, bai ser sa fille, et il lui donna avec sa bouche tendue de petits coups bien doux sur le nez.

Christiane, le cœur crispé par cette caresse, les regardait, à côté d'elle, sa fille et lui... et lui !

Il prétendit bientôt remporter l'enfant dans son berceau.

« Non, dit-elle, laisse-le encore quelques minutes, que je le sente près de ma tête. Ne parle plus, ne bouge pas, laisse-nous, attends. »

Elle passa un de ses bras par-dessus le corps caché dans les langes, posa son front tout près de la petite figure grimaçante, ferma les yeux, et ne remua plus, sans penser à rien.

Mais William, au bout de quelques minutes, lui toucha doucement l'épaule :

« Allons, ma chérie, il faut être raisonnable ! pas d'émotions, tu le sais, pas d'émotions ! »

Alors il emporta leur fille que la mère suivit des yeux jusqu'à ce qu'elle eût disparu derrière le rideau du lit.

Puis il revint :

« C'est entendu, je t'enverrai demain matin Mme Honorat pour te tenir compagnie. »

Elle répondit d'une voix affermie :

« Oui, mon ami, tu peux me l'envoyer... demain matin. »

Et elle s'allongea dans son lit, fatiguée, brisée, un peu moins malheureuse, peut-être ?

Son père et son frère vinrent la voir dans la soirée et lui contèrent les histoires du pays, le départ précipité du professeur Cloche à la recherche de sa fille, et les suppositions sur le compte de la duchesse de Ramas, qu'on ne voyait plus, qu'on pensait partie aussi, à la recherche de Mazelli. Gontran riait de ces aventures, tirait une morale comique des événements :

« C'est incroyable, ces villes d'eaux. Ce sont les seuls pays de féerie qui subsistent sur la terre ! En deux mois il s'y passe plus de choses que dans le reste de l'univers durant le reste de l'année. On dirait vraiment que les sources ne sont pas minéralisées, mais ensorcelées. Et c'est partout la même chose, à Aix, Royat, Vichy, Luchon, et dans les bains de mer aussi, à Dieppe, Étretat, Trouville, Biarritz, Cannes, Nice. On y rencontre des échantillons de tous les peuples, de tous les mondes, des rastaquouères admirables, un mélange de races et de gens introuvable ailleurs, et des aventures prodigieuses. Les femmes y font des farces avec une facilité et une promptitude exquises. A Paris on résiste, aux eaux on tombe, vlan ! Les hommes y trouvent la fortune, comme Andermatt, d'autres y trouvent la mort comme Aubry-Pasteur, d'autres y trouvent pis que ça... et s'y marient... comme moi... et comme Paul. Est-ce bête et drôle, cette chose-là ? Tu savais le mariage de Paul, n'est-ce pas ? »

Elle murmura :

« Oui, William me l'a dit tantôt. »

Gontran reprit :

« Il a raison, très raison. C'est une fille de paysans... Eh bien quoi, elle vaut mieux qu'une fille d'aventuriers ou qu'une fille tout court. Je connais Paul. Il aurait fini par épouser une gueuse pourvu qu'elle lui eût résisté six semaines. Et pour lui résister il fallait une rosse ou une innocente. Il est tombé sur l'innocente. Tant mieux pour lui. »

Christiane écoutait, et chaque mot entrant dans son oreille lui allait jusqu'au cœur, et lui faisait mal, un mal horrible.

Elle dit, en fermant les yeux :

« Je suis bien fatiguée. Je voudrais me reposer un peu. »

Ils l'embrassèrent et partirent.

Elle ne put dormir, tant sa pensée s'était réveillée active et torturante. Cette idée qu'il ne l'aimait plus, plus du tout, lui devenait tellement intolérable, que si elle n'eût pas vu cette femme, cette garde assoupie dans un fauteuil, elle se serait levée, aurait ouvert sa fenêtre, et se serait jetée sur les marches du perron. Un très mince rayon de lune entrait par une fente de ses rideaux et posait sur le parquet une petite tache ronde et claire. Elle l'aperçut ; tous ses souvenirs l'assaillirent ensemble : le lac, le bois, ce premier « Je vous aime », à peine entendu, si troublant, et Tournoël, et toutes leurs caresses, le soir, par les chemins sombres, et la route de La Roche-Pradière. Tout à coup, elle vit cette route blanche, par une nuit pleine d'étoiles, et lui, Paul, tenant par la taille une femme et lui baisant la bouche à chaque pas. Elle la reconnut. C'était Charlotte ! Il la serrait contre lui, souriait comme il savait sourire, lui murmurait dans l'oreille les mots si doux qu'il savait dire, puis se jetait à ses genoux et embrassait la terre devant elle comme il l'avait embrassée devant Christiane ! Ce fut si dur, si dur pour elle que, se tournant et se cachant la figure dans l'oreiller, elle se mit à sangloter. Elle poussait presque des cris, tant son désespoir lui martelait l'âme.

Chaque battement de son cœur qui sautait dans sa gorge, qui sifflait à ses tempes, lui jetait ce mot :

— Paul, — Paul, — Paul, interminablement répété.
Elle bouchait ses oreilles de ses mains pour ne plus
l'entendre, enfonçait sa tête sous les draps ; mais il
sonnait alors au fond de sa poitrine, ce nom, avec
chacun des coups de son cœur inapaisable.

La garde, réveillée, lui demanda :

« Êtes-vous plus malade, Madame ? »

Christiane se retourna, la face pleine de larmes, et
murmura :

« Non, je dormais, je rêvais... J'ai eu peur. »

Puis elle pria qu'on allumât deux bougies pour ne
plus voir le rayon de lune.

Vers le matin pourtant, elle s'assoupit.

Elle avait sommeillé quelques heures quand Andermatt entra, amenant Mme Honorat. La grosse dame,
familière tout de suite, s'assit près du lit, prit les mains
de l'accouchée, l'interrogea comme un médecin, puis,
satisfaite des réponses, déclara : « Allons, allons, ça va
bien. » Alors elle ôta son chapeau, ses gants, son châle,
et se tournant vers la garde :

« Vous pouvez vous en aller, ma fille. Vous viendrez
si on vous sonne. »

Christiane, soulevée déjà de répugnance, dit à son
mari :

« Donne-moi un peu ma fille. »

Comme la veille, William apporta l'enfant en
l'embrassant avec tendresse, et le posa sur l'oreiller.
Et, comme la veille aussi, en sentant contre sa joue, à
travers les étoffes, la chaleur de ce corps inconnu,
emprisonné dans les linges, elle fut pénétrée soudain
par un calme bienfaisant.

Tout à coup la petite se mit à crier, elle pleurait
d'une voix grêle et perçante : « Elle veut le sein », dit

Andermatt. Il sonna, et la nourrice parut, une énorme femme rouge, avec une bouche d'ogresse, pleine de dents larges et luisantes qui firent presque peur à Christiane. Et de son corsage ouvert elle tira une pesante mamelle, molle et lourde de lait comme celles qui pendent sous le ventre des vaches. Et quand Christiane vit sa fille boire à cette gourde charnue elle eut envie de la saisir, de la reprendre, un peu jalouse et dégoûtée.

Mme Honorat maintenant donnait des conseils à la nourrice, qui s'en alla, emportant l'enfant.

Andermatt à son tour sortit. Les deux femmes restèrent seules.

Christiane ne savait comment parler de ce qui torturait son âme, tremblait d'être trop émue, de perdre la tête, de pleurer, de se trahir. Mais Mme Honorat se mit à bavarder toute seule, sans qu'on lui demandât rien. Lorsqu'elle eut conté tous les potins qui couraient par le pays, elle en vint à la famille Oriol :

« C'est de braves gens, disait-elle, de bien braves gens. Si vous aviez connu la mère, quelle femme honnête, vaillante ! Elle en valait dix, Madame. Les petites tiennent d'elle, d'ailleurs. »

Puis, comme elle abordait un autre sujet, Christiane dit :

« Laquelle préférez-vous des deux, Louise ou Charlotte ?

— Oh ! moi, Madame, j'aime mieux Louise, celle de votre frère, elle est plus sage, plus rangée. C'est une femme d'ordre ! Mais mon mari préfère l'autre. Les hommes, vous savez, ils ont leurs goûts, pas comme les nôtres. »

Elle se tut. Christiane, dont le courage faiblissait, balbutia :

« Mon frère l'a rencontrée souvent chez vous, sa fiancée.

— Oh ! oui, Madame, je crois bien, tous les jours. Tout s'est fait chez moi, tout ! Moi je les laissais causer, ces enfants, je comprenais bien la chose ! Mais ce qui m'a fait plaisir vraiment, c'est quand j'ai vu que M. Paul en tenait pour la cadette. »

Alors Christiane, d'une voix presque inintelligible : « Il l'aime beaucoup ?...

— Ah ! Madame, s'il l'aime ! Il en perdait l'esprit dans ces derniers temps. Et puis comme l'Italien, celui qui a pris la fille au docteur Cloche, tournait un peu autour de la petite, histoire de voir, de tâter, j'ai cru qu'ils s'allaient battre !... Ah ! si vous aviez vu les yeux de M. Paul ! Et il la regardait comme une bonne Vierge, elle !... Ça fait plaisir quand on aime tant que ça ! »

Alors Christiane l'interrogea sur tout ce qui s'était passé devant elle, sur ce qu'ils avaient dit, sur ce qu'ils avaient fait, sur leurs promenades dans ce vallon de Sans-Souci, où tant de fois il lui avait parlé de son amour. Elle avait des questions inattendues qui surprenaient la grosse dame, sur des choses auxquelles personne n'eût songé, car elle comparait sans cesse, elle se rappelait mille détails de l'an passé, toutes les galanteries délicates de Paul, ses prévenances, ses inventions ingénieuses pour lui plaire, tout ce déploiement d'attentions charmantes et de soins tendres qui prouvent chez un homme l'impérieux désir de séduire ; et elle voulait savoir s'il avait fait tout cela pour l'autre, s'il avait recommencé ce siège d'une âme avec la même ardeur, avec le même entraînement, avec la même passion irrésistible.

Et chaque fois qu'elle reconnaissait un petit fait, un petit trait, un de ces riens délicieux, une de ces troublantes surprises qui font venir un battement de cœur, et dont Paul était prodigue quand il aimait, Christiane, étendue en son lit, poussait un petit « Ah ! » de souffrance.

Étonnée de ce cri bizarre, Mme Honorat affirmait plus fort :

« Mais oui. C'est comme je vous dis, tout comme je vous dis. Je n'ai jamais vu un homme aussi amoureux que lui.

— Est-ce qu'il lui disait des vers ?

— Je crois bien, Madame, et de jolis encore. »

Et quand elles se taisaient toutes les deux, on n'entendait plus que le chant monotone et doux de la nourrice, endormant l'enfant dans la pièce voisine.

Des pas s'approchaient dans le corridor. MM. Mas-Roussel et Latonne venaient visiter leur malade. Ils la trouvèrent agitée, un peu moins bien que la veille.

Lorsqu'ils furent partis, Andermatt rouvrit la porte, et, sans entrer :

« C'est le docteur Black qui désire te voir. Tu veux bien ? »

Elle cria, en se soulevant dans son lit :

« Non... non... je ne veux pas... non !... »

William s'avança stupéfait :

« Mais pourtant, écoute... il faudrait... on lui doit... tu devrais... »

Elle semblait folle tant ses yeux étaient grands et sa bouche frémissante. Elle répéta, d'une voix aiguë, si forte qu'elle devait percer tous les murs :

« Non... non... jamais !... qu'il ne vienne jamais... tu entends... jamais !... »

Et puis, ne sachant plus ce qu'elle disait et désignant, de son bras tendu, Mme Honorat debout au milieu de la chambre :

« Elle non plus... chasse-la... je ne veux pas la voir... chasse-la !... »

Alors il s'élança vers sa femme, la prit dans ses bras, lui baisa le front :

« Ma petite Christiane, calme-toi... Qu'est-ce que tu as ?... mais calme-toi donc ! »

Elle ne pouvait plus parler. Les larmes lui jaillissaient des yeux :

« Fais-les partir tous, dit-elle, et reste seul avec moi. »

Il courut, éperdu, vers la femme du médecin, et la poussant doucement vers la porte :

« Laissez-nous quelques instants, je vous prie, c'est la fièvre, la fièvre de lait. Je vais la calmer. Je vous retrouverai tout à l'heure. »

Quand il retourna vers le lit, Christiane s'était recouchée et pleurait d'une façon continue, sans secousses, anéantie. Et pour la première fois de sa vie, il se mit à pleurer aussi.

En effet, la fièvre de lait se déclara dans la nuit, et le délire survint.

Après quelques heures d'agitation extrême, l'accouchée se mit tout à coup à parler.

Le marquis et Andermatt, qui avaient voulu rester près d'elle, et jouaient aux cartes, en comptant les points à voix basse, se crurent appelés, se levèrent et vinrent au lit.

Elle ne les vit pas, ou ne les reconnut point. Toute

pâle sur son oreiller blanc, avec ses cheveux blonds
répandus sur ses épaules, elle regardait, de ses clairs
yeux bleus, le monde inconnu, mystérieux et fantastique où vivent les fous.

Ses mains, allongées sur les draps, remuaient parfois, agitées de mouvements rapides et involontaires,
de tressaillements et de sursauts.

Elle ne semblait point causer d'abord avec quelqu'un, mais voir et raconter. Et les choses qu'elle disait
paraissaient sans suite, incompréhensibles. Elle trouva
une roche trop haute pour sauter. Elle avait peur d'une
entorse, et puis elle ne connaissait pas assez l'homme
qui lui tendait les bras. Puis elle parla des parfums.
Elle avait l'air de chercher des phrases oubliées :
« Quoi de plus doux ?... Cela grise comme le vin... Le
vin grise la pensée, mais le parfum grise le rêve... Avec
le parfum on goûte l'essence même, l'essence pure des
choses et du monde... on goûte les fleurs... les arbres...
l'herbe des champs... on distingue jusqu'à l'âme des
demeures anciennes endormie dans les vieux meubles,
les vieux tapis et les vieux rideaux... »

Puis son visage se contracta, comme si elle eût subi
une longue fatigue. Elle montait une côte lentement,
lourdement, et disait à quelqu'un : « Oh ! porte-moi
encore, je t'en prie, je vais mourir ici ! Je ne peux plus
marcher. Porte-moi comme tu faisais au-dessus des
gorges ? Te rappelles-tu !... comme tu m'aimais ! »

Puis elle poussa un cri d'angoisse ; une horreur
passa dans ses yeux. Elle voyait une bête morte devant
elle et suppliait qu'on l'ôtât de là sans lui faire de mal.

Le marquis dit tout bas à son gendre :

« Elle pense à un âne que nous avons rencontré en
revenant de la Nugère. »

Maintenant elle parlait à cette bête morte, la consolait, lui racontait qu'elle était aussi très malheureuse, elle, bien plus malheureuse, parce qu'on l'avait abandonnée.

Puis tout à coup elle refusa quelque chose exigée d'elle. Elle criait : « Oh ! non, pas cela ! Oh ! c'est toi... toi... qui veux me faire traîner cette voiture !... »

Alors elle haleta, comme si elle eût traîné une voiture, en effet. Elle pleurait, gémissait, poussait des cris, et toujours, pendant plus d'une demi-heure, elle monta cette côte, en tirant derrière elle, avec des efforts horribles, la charrette de l'âne, sans doute.

Et quelqu'un la frappait durement, car elle disait : « Oh ! que tu me fais mal ! Au moins ne me bats plus, je marcherai... mais ne me bats plus, je t'en supplie... Je ferai ce que tu voudras, mais ne me bats plus !... »

Puis son angoisse se calma peu à peu et elle ne fit plus que divaguer doucement jusqu'au jour. Elle s'assoupit alors et finit par dormir. Quand elle se réveilla, vers deux heures de l'après-midi, la fièvre la brûlait encore, mais sa raison lui était revenue.

Jusqu'au lendemain, cependant, sa pensée demeura engourdie, un peu indécise, fuyante. Elle ne trouvait pas tout de suite les mots dont elle avait besoin et se fatiguait affreusement à les chercher.

Mais, après une nuit de repos, elle reprit complètement la possession d'elle-même.

Cependant elle se sentait changée, comme si cette crise eût modifié son âme. Elle souffrait moins et songeait davantage. Les événements terribles, si proches, lui paraissaient reculés dans un passé déjà lointain, et elle les regardait avec une clarté d'idées dont son esprit n'avait encore jamais été éclairé. Cette

lumière, qui l'avait envahie soudain, et qui illumine
certains êtres en certaines heures de souffrance, lui
montrait la vie, les hommes, les choses, la terre
entière avec tout ce qu'elle porte comme elle ne les
avait jamais vus.

Alors, plus même que le soir où elle s'était sentie
tellement seule au monde dans sa chambre en revenant du lac de Tazenat, elle se jugea totalement
abandonnée dans l'existence. Elle comprit que tous
les hommes marchent côte à côte, à travers les
événements, sans que jamais rien unisse vraiment
deux êtres ensemble. Elle sentit, par la trahison de
celui en qui elle avait mis toute sa confiance, que les
autres, tous les autres ne seraient jamais plus pour
elle que des voisins indifférents dans ce voyage court
ou long, triste ou gai, suivant les lendemains, impossibles à deviner. Elle comprit que, même entre les
bras de cet homme, quand elle s'était crue mêlée à
lui, entrée en lui, quand elle avait cru que leurs
chairs et leurs âmes ne faisaient plus qu'une chair et
qu'une âme, ils s'étaient seulement un peu rap-
prochés jusqu'à faire toucher les impénétrables enve-
loppes où la mystérieuse nature a isolé et enfermé les
humains. Elle vit bien que nul jamais n'a pu ou ne
pourra briser cette invisible barrière qui met les êtres
dans la vie aussi loin l'un de l'autre que les étoiles
du ciel.

Elle devina l'effort impuissant, incessant depuis les
premiers jours du monde, l'effort infatigable des
hommes pour déchirer la gaine où se débat leur âme
à tout jamais emprisonnée, à tout jamais solitaire,
effort des bras, des lèvres, des yeux, des bouches, de
la chair frémissante et nue, effort de l'amour qui

s'épuise en baisers, pour arriver seulement à donner
la vie à quelque autre abandonné !

Alors un désir irrésistible la saisit de revoir sa
fille. Elle la demanda, et quand on l'eut apportée,
elle pria qu'on la dévêtît, car elle ne connaissait
encore que son visage.

La nourrice déroula donc les langes et découvrit
un pauvre corps de nouveau-né, agité de ces vagues
mouvements que la vie met en ces ébauches de
créatures. Christiane le toucha d'une main timide,
tremblante, puis voulut baiser le ventre, les reins,
les jambes, les pieds, puis elle le regarda, pleine de
pensées bizarres.

Deux êtres s'étaient vus, s'étaient aimés avec une
exaltation délicieuse ; et de leur étreinte, cela était
né ! Cela c'était lui et elle, mêlés pour jusqu'à la
mort de ce petit enfant, c'était lui et elle, revivant
ensemble, c'était un peu de lui et un peu d'elle
avec quelque chose d'inconnu qui le ferait différent
d'eux. Il les reproduirait l'un et l'autre, dans la
forme de son corps et dans celle de son esprit, dans
ses traits, ses gestes, ses yeux, ses mouvements, ses
goûts, ses passions, jusque dans le son de sa voix et
l'allure de sa démarche, et il serait un être nouveau
pourtant !

Ils étaient séparés maintenant, eux, pour toujours ! Jamais plus leurs regards ne se confondraient
dans un de ces élans de tendresse qui font indes-
tructible la race humaine.

Et serrant l'enfant contre son cœur, elle murmura : « Adieu — adieu ! » C'était à lui qu'elle
disait « adieu » dans l'oreille de sa fille, l'adieu cou-
rageux et désolé d'une âme fière, l'adieu

femme qui souffrira longtemps encore, toujours peut-être, mais qui saura du moins cacher à tous ses larmes.

« Ah ! ah ! criait William par la porte entr'ouverte. Je t'y prends ! Veux-tu bien me rendre ma fille ? »

Courant au lit, il saisit la petite en ses mains exercées déjà à la manier, et l'élevant au-dessus de sa tête, il répétait :

« Bonjour, mademoiselle Andermatt... bonjour, mademoiselle Andermatt... »

Christiane songeait : « Voici donc mon mari. » Et elle le contemplait avec des yeux surpris comme s'ils l'eussent regardé pour la première fois. C'était lui, l'homme à qui la loi l'avait unie, l'avait donnée ! l'homme qui devait être, d'après les idées humaines, religieuses et sociales, une moitié d'elle ! plus que cela, son maître, le maître de ses jours et de ses nuits, de son cœur et de son corps ! Elle eut presque envie de sourire, tant cela, à cette heure, lui parut étrange, car, entre elle et lui, aucun lien jamais n'existerait, aucun de ces liens si vite brisés, hélas ! mais qui semblent éternels, ineffablement doux, presque divins.

Aucun remords même ne lui venait de l'avoir trompé, de l'avoir trahi ! Elle s'en étonna, cherchant pourquoi. Pourquoi ?... Ils étaient trop différents sans doute, trop loin l'un de l'autre, de races trop dissemblables. Il ne comprenait rien d'elle ; elle ne comprenait rien de lui. Pourtant il était bon, dévoué, complaisant.

Mais seuls, peut-être, les êtres de même taille, de même nature, de même essence morale peuvent se sentir attachés l'un à l'autre par la chaîne sacrée du devoir volontaire.

On rhabillait l'enfant. William s'était assis :

« Écoute, ma chérie, disait-il, je n'ose plus t'annoncer de visite depuis que tu m'as si bien accueilli avec le docteur Black. Il en est une pourtant que tu me ferais grand plaisir de recevoir : celle du docteur Bonnefille ! »

Alors elle rit, pour la première fois, d'un rire pâle, resté sur sa lèvre, sans aller jusqu'à l'âme ; et elle demanda :

« Le docteur Bonnefille ? Quel miracle ! Vous êtes donc réconciliés ?

— Mais oui. Écoute : je vais t'annoncer, en grand secret, une grande nouvelle. Je viens d'acheter l'ancien établissement. J'ai tout le pays, maintenant. Hein ! quel triomphe ? Ce pauvre docteur Bonnefille l'a su avant tout le monde, bien entendu. Alors il a été malin ; il est venu prendre de tes nouvelles, tous les jours, en laissant sa carte avec un mot sympathique. Moi, j'ai répondu à ses avances par une visite ; et nous sommes au mieux à présent.

— Qu'il vienne, dit Christiane, quand il voudra. Je serai contente de le recevoir.

— Bon, je te remercie. Je te l'amènerai demain matin. Je n'ai pas besoin de te dire que Paul me charge, sans cesse, de mille compliments pour toi, et s'informe beaucoup de la petite. Il a grande envie de la voir. »

Malgré ses résolutions, elle se sentait oppressée. Elle put dire cependant :

« Tu le remercieras pour moi. »

Andermatt reprit :

« Il était très inquiet de savoir si on t'avait annoncé son mariage. Je lui ai répondu oui ; alors il m'a demandé plusieurs fois ce que tu en pensais ? »

Elle fit un grand effort d'énergie et murmura :

« Tu lui diras que je l'approuve tout à fait. »

William, avec une ténacité cruelle, reprit :

« Il voulait aussi absolument savoir comment tu appellerais ta fille. J'ai dit que nous hésitions entre Marguerite et Geneviève.

— J'ai changé d'avis, dit-elle. Je veux la nommer Arlette. »

Autrefois, aux premiers jours de sa grossesse, elle avait discuté avec Paul le nom qu'ils devaient choisir soit pour un fils, soit pour une fille ; et pour une fille Geneviève et Marguerite les avaient laissés indécis. Elle ne voulait plus de ces deux noms-là.

William répétait :

« Arlette... Arlette... C'est très gentil... tu as raison. Moi, j'aurais voulu l'appeler Christiane, comme toi. J'adore ça... Christiane ! »

Elle poussa un profond soupir :

« Oh ! cela promet trop de souffrances de porter le nom du Crucifié. »

Il rougit, n'ayant point songé à ce rapprochement, et se levant :

« D'ailleurs, Arlette est très gentil. A tout à l'heure, ma chérie. »

Dès qu'il fut parti elle appela la nourrice et ordonna que le berceau fût placé désormais contre son lit.

Quand la couche légère en forme de nacelle, toujours balancée, et portant son rideau blanc, comme une voile, sur son mât de cuivre tordu, eut été roulée près de la grande couche, Christiane étendit sa main jusqu'à l'enfant endormie, et elle dit tout bas : « Fais dodo, ma petite. Tu ne trouveras jamais personne qui t'aimera autant que moi. »

Elle passa les jours suivants dans une mélancolie tranquille, songeant beaucoup, se faisant une âme résistante, un cœur énergique, pour reprendre la vie dans quelques semaines. Sa principale occupation maintenant consistait à contempler les yeux de sa fille, cherchant à y surprendre un premier regard, mais n'y voyant rien que deux trous bleuâtres invariablement tournés vers la grande clarté de la fenêtre.

Et elle ressentait de profondes tristesses en songeant que ces yeux-là, encore endormis, regarderaient le monde comme elle l'avait regardé elle-même, à travers l'illusion du rêve intérieur qui fait heureuse, confiante et gaie l'âme des jeunes femmes. Ils aimeraient tout ce qu'elle avait aimé, les beaux jours clairs, les fleurs, les bois et les êtres aussi, hélas ! Ils aimeraient un homme sans doute ! Ils aimeraient un homme ! Ils porteraient en eux son image connue, chérie, la reverraient quand il serait loin, s'enflammeraient en l'apercevant... Et puis... et puis... ils apprendraient à pleurer ! Les larmes, les horribles larmes couleraient sur ces petites joues ! Et l'affreuse souffrance des amours trahis les rendrait méconnaissables, éperdus d'angoisse et de désespoir, ces pauvres yeux vagues, qui seraient bleus.

Et elle embrassait follement l'enfant en lui disant : « N'aime que moi, ma fille ! »

Un jour enfin, le professeur Mas-Roussel, qui venait la voir chaque matin, déclara :

« Vous pourrez vous lever un peu tantôt, Madame. »

Andermatt, quand le médecin fut parti, dit à sa femme :

« Il est bien malheureux que tu ne sois pas tout à fait rétablie, car nous avons aujourd'hui une expérien bien intéressante à l'Établissement. Le docteur Latonne a fait un vrai miracle avec le père Clovis, en le soumettant à son traitement de gymnastique automotrice. Figure-toi que ce vieux vagabond marche presque comme tout le monde à présent. Les progrès de la guérison, d'ailleurs, sont apparents après chaque séance. »

Elle demanda, pour lui plaire :

« Et vous allez faire une séance publique ?

— Oui et non, nous faisons une séance devant les médecins et quelques amis.

— A quelle heure ?

— A trois heures.

— M. Brétigny y sera ?

— Oui, oui. Il m'a promis d'y venir. Tout le conseil y sera. Au point de vue médical, c'est fort curieux.

— Eh bien, dit-elle, comme je serai, moi, justement levée à ce moment-là, tu prieras M. Brétigny de me venir voir. Il me tiendra compagnie pendant que vous regarderez l'expérience.

— Oui, ma chérie.

— Tu n'oublieras pas ?

— Non, non, sois tranquille. »

Et il s'en alla à la recherche de spectateurs.

Après avoir été joué par les Oriol, lors du premier traitement du paralytique, il avait à son tour joué de la crédulité des malades, si facile à conquérir quand il s'agit de guérison, et maintenant il se jouait à lui-même la comédie de cette cure, en parlait si souvent, avec tant d'ardeur et de conviction, qu'il lui eût été bien difficile de discerner s'il y croyait ou s'il n'y croyait pas.

Vers trois heures, toutes les personnes qu'il avait

racolées se trouvaient réunies devant la porte de l'Établissement, attendant la venue du père Clovis. Il arriva, appuyé sur deux cannes, traînant toujours les jambes et saluant avec politesse tout le monde sur son passage.

Les deux Oriol le suivaient avec les deux jeunes filles. Paul et Gontran accompagnaient leurs fiancées.

Dans la grande salle où étaient installés les instruments articulés, le docteur Latonne attendait, en causant avec Andermatt et avec le docteur Honorat.

Quand il aperçut le père Clovis, un sourire de joie passa sur ses lèvres rasées. Il demanda :

« Eh bien ! comment allons-nous aujourd'hui ?

— Oh ! cha va, cha va ! »

Petrus Martel et Saint-Landri parurent. Ils voulaient savoir. Le premier croyait, le second doutait. Derrière eux on vit, avec stupeur, entrer le docteur Bonnefille, qui vint saluer son rival et tendit la main à Andermatt. Le docteur Black fut le dernier venu.

« Eh bien, Messieurs et Mesdemoiselles, dit le docteur Latonne en s'inclinant vers Louise et Charlotte Oriol, vous allez assister à une chose fort curieuse. Constatez d'abord qu'avant la séance ce brave homme marche un peu, mais très peu. Pouvez-vous aller sans vos bâtons, père Clovis ?

— Oh non ! Môchieu.

— Bon, nous commençons. »

On hissa le vieux sur le fauteuil, on lui sangla les jambes aux pieds mobiles du siège, puis, quand M. l'inspecteur commanda : « Allez doucement », le grand garçon de service, aux bras nus, tourna la manivelle.

On vit alors le genou droit du vagabond s'élever,

s'étendre, se plier, s'allonger de nouveau, puis le genou gauche en fit autant, et le père Clovis, pris d'une joie subite, se mit à rire en répétant avec sa tête et sa longue barbe blanche tous les mouvements auxquels on forçait ses jambes.

Les quatre médecins et Andermatt, penchés sur lui, l'examinaient avec une gravité d'augures, tandis que Colosse échangeait des coups d'œil malins avec le vieux.

Comme on avait laissé les portes ouvertes, d'autres personnes entraient sans cesse, se pressaient pour voir, des baigneurs convaincus et anxieux. « Plus vite », commanda le docteur Latonne. L'homme de peine tourna plus fort. Les jambes du vieux se mirent à courir, et lui, saisi d'une gaîté irrésistible, comme un enfant qu'on chatouille, riait de toute sa force, en agitant sa tête éperdument. Et il répétait, au milieu de ses crises de rire : « Ché rigolo, ché rigolo ! » ayant cueilli ce mot sans doute dans la bouche de quelque étranger.

Colosse à son tour éclata et, tapant du pied par terre, se frappant les cuisses de ses mains, il criait :

« Ah ! bougrrre de Cloviche... bougrrre de Cloviche...

— Assez ! » ordonna l'inspecteur.

On détacha le vagabond, et les médecins s'écartèrent pour constater le résultat.

Alors on vit le père Clovis descendre tout seul de son fauteuil ; et il marcha. Il allait à petits pas, il est vrai, tout courbé et grimaçant de fatigue à chaque effort ! mais il marchait !

Le docteur Bonnefille déclara le premier :

« C'est un cas tout à fait remarquable. »

Le docteur Black aussitôt renchérit sur son confrère. Seul, le docteur Honorat ne dit rien.

Gontran murmurait à l'oreille de Paul :

« Je ne comprends pas. Regarde leurs têtes. Sont-ils dupes ou complaisants ? »

Mais Andermatt parlait. Il racontait cette cure depuis le premier jour, la rechute et la guérison enfin qui s'annonçait définitive, absolue. Il ajouta gaîment :

« Et si notre malade est un peu repris chaque hiver, nous le reguérirons chaque été. »

Puis il fit l'éloge pompeux des eaux du Mont-Oriol, célébra leurs propriétés, toutes leurs propriétés :

« Moi-même, disait-il, j'ai pu expérimenter leur puissance dans une personne qui m'est bien chère, et si ma famille ne s'éteint pas, c'est à Mont-Oriol que je le devrai. »

Mais tout à coup un souvenir l'assaillit : il avait promis à sa femme la visite de Paul Brétigny. Son remords fut vif, car il était plein de soins pour elle. Il regarda donc autour de lui, aperçut Paul et, le rejoignant :

« Mon cher ami, j'ai complètement oublié de vous dire que Christiane vous attend en ce moment. »

Brétigny balbutia :

« Moi... en ce moment... ?

— Oui, elle s'est levée aujourd'hui et elle désire vous voir avant tout le monde. Courez-y donc bien vite, et excusez-moi. »

Paul s'en alla vers l'hôtel, le cœur palpitant d'émotion.

En route il rencontra le marquis de Ravenel qui lui dit :

« Ma fille est debout et s'étonne de ne vous avoir pas encore vu. »

Il s'arrêta cependant sur les premières marches de l'escalier pour réfléchir à ce qu'il lui dirait. Comment allait-elle le recevoir ? Serait-elle seule ? Si elle parlait de son mariage, que répondrait-il ?

Depuis qu'il la savait accouchée il ne pouvait songer à elle sans frémir d'inquiétude ; et la pensée de leur première rencontre, chaque fois qu'elle effleurait son esprit, le faisait brusquement rougir ou pâlir d'angoisse. Il songeait aussi, avec un trouble profond, à cet enfant inconnu dont il était le père, et il demeurait harcelé par le désir et la peur de le voir. Il se sentait enfoncé dans une de ces saletés morales qui tachent, jusqu'à sa mort, la conscience d'un homme. Mais il redoutait surtout le regard de cette femme qu'il avait aimée si fort et si peu longtemps.

Aurait-elle pour lui des reproches, des larmes ou du dédain ? Ne le recevait-elle que pour le chasser ?

Et quelle devait être son attitude à lui ? Humble, désolée, suppliante ou froide ? S'expliquerait-il ou écouterait-il sans répondre ? Devait-il s'asseoir ou rester debout ?

Et quand on lui montrerait l'enfant, que ferait-il ? Que dirait-il ? De quel sentiment apparent devrait-il être agité ?

Devant la porte il s'arrêta de nouveau, et, au moment de toucher le timbre, il s'aperçut que sa main tremblait.

Il appuya son doigt cependant sur le petit bouton

d'ivoire et il entendit dans l'intérieur de l'appartement tinter la sonnerie électrique.

Une domestique vint ouvrir, le fit entrer. Et, dès la porte du salon, il aperçut, au fond de la seconde chambre, Christiane qui le regardait, étendue sur sa chaise longue.

Ces deux pièces à traverser lui parurent interminables. Il se sentait chanceler, il avait peur de heurter des sièges et il n'osait pas regarder à ses pieds pour ne point baisser les yeux. Elle ne fit pas un geste, elle ne dit pas un mot, elle attendait qu'il fût près d'elle. Sa main droite restait allongée sur sa robe et sa main gauche appuyée sur le bord du berceau tout enveloppé de ses rideaux.

Quand il fut à trois pas il s'arrêta, ne sachant ce qu'il devait faire. La femme de chambre avait refermé la porte derrière lui. Ils étaient seuls.

Alors il eut envie de tomber à genoux et de demander pardon. Mais elle souleva avec lenteur sa main posée sur sa robe et, la lui tendant un peu : « Bonjour », dit-elle d'une voix grave.

Il n'osait toucher ses doigts, qu'il effleura cependant de ses lèvres, en s'inclinant. Elle reprit :

« Asseyez-vous. »

Et il s'assit sur une chaise basse, près de ses pieds.

Il sentait qu'il devait parler, mais il ne trouvait pas un mot, pas une idée, et il n'osait plus même la regarder. Il finit pourtant par balbutier :

« Votre mari avait oublié de me dire que vous m'attendiez, sans quoi je serais venu plus tôt. »

Elle répondit :

« Oh! peu importe! Du moment que nous devions

nous revoir... un peu plus tôt... un peu plus tard?... »

Comme elle n'ajoutait plus rien, il s'empressa de demander :

« J'espère que vous allez bien, maintenant ?

— Merci. Aussi bien qu'on peut aller, après des secousses pareilles. »

Elle était fort pâle, maigrie, mais plus jolie qu'avant son accouchement. Ses yeux surtout avaient pris une profondeur d'expression qu'il ne leur connaissait pas. Ils semblaient assombris, d'un bleu moins clair, moins transparent, plus intense. Ses mains étaient si blanches qu'on eût dit de la chair de morte.

Elle reprit :

« Ce sont des heures très dures à passer. Mais, quand on a souffert ainsi, on se sent fort pour jusqu'à la fin de ses jours. »

Il murmura, très ému :

« Oui, ce sont des épreuves terribles. »

Elle répéta comme un écho :

« Terribles. »

Depuis quelques secondes, de légers mouvements, ces bruits imperceptibles du réveil d'un enfant endormi, avaient lieu dans le bercau. Brétigny ne le quittait plus du regard, en proie à un malaise douloureux et grandissant, torturé par l'envie de voir ce qui vivait là-dedans.

Alors il s'aperçut que les rideaux du petit lit étaient clos du haut en bas avec des épingles d'or que Christiane portait ordinairement à son corsage. Il s'amusait souvent, autrefois, à les ôter et à les repiquer sur les épaules de sa bien-aimée, ces fines épingles dont la tête était formée d'un croissant de lune. Il comprit ce qu'elle avait voulu ; et une émotion poignante le saisit, le crispa devant cette barrière de points d'or qui le séparait, pour toujours, de cet enfant.

Un cri léger, une plainte frêle s'éleva dans cette prison blanche. Christiane aussitôt balança la nacelle et, d'une voix un peu brusque :

« Je vous demande pardon de vous donner si peu de temps ; mais il faut que je m'occupe de ma fille. »

Il se leva, baisa de nouveau la main qu'elle lui tendait, et, comme il allait sortir :

« Je fais des vœux pour votre bonheur », dit-elle.

Antibes, Villa Muterse, 1886.

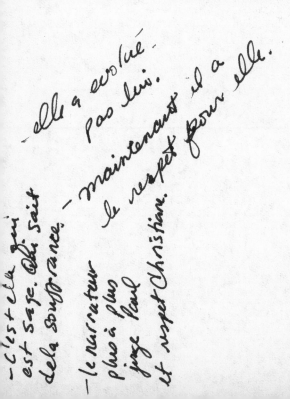

— C'est elle qui est sage. Elle sait de la souffrance.

— le narrateur plus à plus juge Paul et respet Christiane.

elle a évolué. pas lui. — maintenant il a le respet pour elle.

DOSSIER

CHRONOLOGIE

1850. Naissance de Guy de Maupassant, soit à Fécamp, soit au château de Miromesnil (5 août).

1856. Naissance d'Hervé de Maupassant, frère de Guy, mort fou.

1863. Séparation des parents de Guy. Gustave de Maupassant est coureur et fait des dettes. Laure de Maupassant, née Le Poittevin, sœur de l'ami intime de Flaubert, est névrosée.
Guy et Hervé grandissent à Étretat en compagnie de paysans et de pêcheurs. Guy, après un passage dans une pension religieuse d'où il est renvoyé, fait ses études au Collège impérial de Rouen. Durant les vacances, il fait la connaissance du peintre Courbet et du poète anglais « décadent » Swinburne.

1868. En rhétorique, Guy a pour correspondant Louis Bouilhet le poète, intime de Flaubert, et assiste souvent aux réunions des deux écrivains à Croisset, dans la propriété de Flaubert. Il se met à l'école des deux écrivains.

1869. Mort de Bouilhet. Flaubert, *L'Éducation sentimentale*. Maupassant est étudiant en droit à Paris.

1870-1871. Maupassant est dans l'Intendance, à Rouen. Il participe à la débâcle.

1872. Il entre au ministère de la Marine comme commis, et se distrait de cette occupation ennuyeuse en courant les femmes, en pratiquant avec ferveur le canotage et en s'essayant à écrire, sévèrement censuré par Flaubert qui s'oppose à la publication d'une œuvre qui ne lui paraîtrait pas digne d'être connue. Il publie en 1875 un conte, *La Main d'écorché*, dans l'*Almanach lorrain de Pont-à-Mousson*. Il fait la connaissance chez Flaubert, à

Paris, de Goncourt, Zola, Daudet, Tourgueniev. Il participe en 1876 au groupe des « Soirées de Médan ».

1877. Cure aux eaux de Loèche, dans le Valais. Maupassant souffre des conséquences d'une syphilis contractée vers 1870-1872 et de troubles névrotiques héréditaires. E. de Goncourt, *La Fille Élisa*. Flaubert, *Trois Contes*. Zola, *L'Assommoir*.

1878. Entrée au ministère de l'Instruction publique, grâce à l'appui de Flaubert.

1879. Zola, *Nana*.

1880. *Les Soirées de Médan*. Maupassant y contribue avec *Boule de suif*, dont Flaubert a revu les épreuves. 8 mai : mort de Flaubert. En juin, Maupassant quitte le ministère.

1881. Maupassant devient un journaliste coté. Il collabore particulièrement au *Gil Blas,* au *Gaulois* et au *Figaro.* Il publie *La Maison Tellier,* recueil de contes, chez Havard. Troubles oculaires qu'on soigne à la belladone, pendant que ses troubles nerveux sont soignés au bromure ; la digitale est employée en même temps, pour compenser la faiblesse et la neurasthénie.

1882. *Mademoiselle Fifi*. Henri Becque, *Les Corbeaux*. Manet, *Le Bar des Folies-Bergère*.

1883. *Contes de la Bécasse, Une vie,* roman. Villiers de l'Isle-Adam, *Contes cruels.*
Février : naissance de Lucien Litzelmann, fils de Maupassant et d'une donneuse d'eau de Châtelguyon.

1884. *Au soleil, Clair de lune, Miss Harriet, Les Sœurs Rondoli,* recueils de contes. Surmenage cérébral et sexuel. Troubles nerveux en aggravation. Cure à Châtelguyon. Naissance d'une fille, deuxième enfant de Maupassant. J. K. Huysmans, *A Rebours*. Massenet, *Manon*.

1885. *Yvette, Contes du jour et de la nuit, Toine,* recueils de contes. *Bel-Ami,* roman, en mai dans le *Gil Blas.* Voyage en Italie et Sicile, puis cure à Châtelguyon. Bourget, *Cruelle énigme.* Zola, *Germinal.* Mort de Victor Hugo.

1886. *Monsieur Parent, La Petite Roque,* recueils de contes. Le 23 décembre, le *Gil Blas* commence la publication de *Mont-Oriol.* Drumont, *La France juive.* Moréas, *Manifeste symboliste.* Nietzsche, *Par-delà le bien et le mal.* Loti, *Pêcheur d'Islande.*

1887. Publication de *Mont-Oriol* chez Havard. *Le Horla,* recueil.

1ᵉʳ déc. : début de la publication de *Pierre et Jean* dans la *Nouvelle Revue*.

Naissance d'une fille, troisième et dernier enfant de l'écrivain et de la donneuse d'eau.

« Manifeste des Cinq » contre Zola, après la publication de *La Terre* par celui-ci. Fondation du Théâtre libre.

1888. *Sur l'Eau*, récit de voyage ; *Le Rosier de Madame Husson*, recueil. Barrès, *Sous l'œil des Barbares*.

1889. *La Main gauche*, recueil. *Fort comme la mort*, roman. Aggravation de l'état de santé de Maupassant. A. France, *Thaïs*. Zola, *La Bête humaine*. Tchekhov, *Nouvelles*. Bourget, *Le Disciple*. Claudel, *Tête d'Or*. Bergson, *Essai sur les données immédiates de la conscience*.

1890. *La Vie errante, L'Inutile Beauté*, recueils. *Notre Cœur*, publié dans *La Revue des Deux Mondes*, en mai-juin, puis en librairie. Cures à Aix, Plombières, Gérardmer. Renan, *L'Avenir de la science*.

1891. Cures à Divonne et Champel. Maupassant, très malade, commence deux romans qui resteront inachevés : *L'Angélus* et *L'Ame étrangère*. Zola, *L'Argent*. Barrès, *Le Jardin de Bérénice*.

1892. Après une tentative de suicide, Maupassant est interné dans la clinique du docteur Blanche à Passy. Folie cyclothymique, perte totale de contrôle et de conscience.

1893. 6 juillet : mort de Maupassant, de paralysie générale.

NOTICE

« Le Tic » (*Le Gaulois,* 14 juillet 1884) se déroule à Châtelguyon ; le paysage des pics et des dômes est rapidement tracé. Mais la nouvelle que conte Maupassant est une nouvelle à la manière d'Edgar Poe, qui n'est point passée dans *Mont-Oriol.*

« Malades et médecins » (*Le Gaulois,* 11 mai 1884) dépeint la ville d'eaux comme une « Californie de comique » créée par les médecins et conte l'histoire du vieillard qui s'y établit, bien décidé à devenir centenaire. Le début de la chronique analyse l'odeur du paysage, comme le fera Paul Brétigny, reprenant les mêmes termes.

« Mes vingt-cinq jours » (*Gil Blas,* 25 août 1885) est le récit par Maupassant de sa cure et d'une aventure avec deux dames peu farouches. De nombreux paysages de *Mont-Oriol* apparaissent en premier crayon dans cette chronique : l'ermitage de Sans-Souci, la vue sur les volcans, le vallon d'Enval, Royat et Tazenat.

UN PROJET DE MAUPASSANT

Maupassant avait commencé en 1891 un roman rapidement abandonné, *L'Ame étrangère,* qui mettait en scène un « Mariolle » apparemment identique au héros de *Notre Cœur.* Il se déroulait à Aix-les-Bains ; ce qui nous en reste a été publié dans la *Revue de Paris* du 15 novembre 1894, puis dans les *Œuvres posthumes.* Il semble que Maupassant ait voulu y insister sur l'internationalisme de la ville d'eaux et son caractère mondain.

NOTE SUR LA PRÉSENTE ÉDITION

Elle reproduit l'édition Havard, elle-même établie d'après les placards du *Gil Blas*. Maupassant n'a pas donné d'édition révisée par lui de *Mont-Oriol*. Signalons que, d'une édition à l'autre, la ponctuation peut changer légèrement, sans que l'on puisse trancher en faveur de telle ou telle lecture ; nos usages ne sont déjà plus, en effet, ceux de la fin du XIXᵉ siècle.

Le nom de « Mont-Oriol » est peut-être emprunté à un roman de Léon Cladel qui eut son heure de succès, *Ompdrailles* (1879). L'une des héroïnes se nomme Aglaé de Montauriol. Rien cependant, dans *Ompdrailles*, n'évoque *Mont-Oriol*, dont le titre a pu être formé d'après le nom du Mont-Dore et le mot « oriol » (loriot), répandu dans tous les dialectes occitans.

La langue que Maupassant prête à ses paysans n'est pas la fidèle reproduction d'un parler auvergnat, mais un parler stylisé, compréhensible à tout lecteur et comparable aux faux « patois » du théâtre de Labiche ou de Feydeau. A la différence de ce qu'il fait dans les contes normands, Maupassant n'a pas introduit dans *Mont-Oriol* de mots dialectaux, peut-être par manque de familiarité avec le paysan auvergnat, peut-être aussi pour ne pas rompre l'écriture du roman.

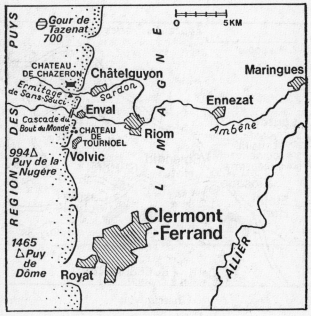

Les lieux.

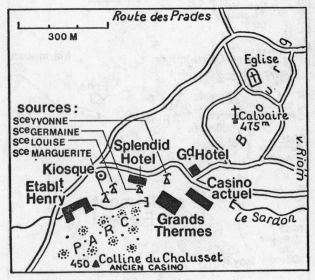

Châtelguyon.

ORIENTATION BIBLIOGRAPHIQUE

I. ŒUVRES DE MAUPASSANT

Œuvres complètes, Conard, 1907-1910, éd. Pol Neveux.

Œuvres complètes, Librairie de France, 1934-1938, éd. René Dumesnil.

Œuvres complètes, Cercle du Bibliophile, éd. Pascal Pia et Gilbert Sigaux, 1969-1971.

Contes et Nouvelles, texte établi par A.-M. Schmidt et G. Delaisement, 1956 et 1957, I et II, Albin Michel.

Romans, ibid., 1959.

Contes et Nouvelles, éd. de la Pléiade, préface d'A. Lanoux, introduction de L. Forestier, texte établi et annoté par L. Forestier, 2 vol., 1974-1979.

Romans, éd. de la Pléiade, texte présenté, établi et annoté par L. Forestier, 1987.

Contes normands, éditions Garnier, préface et notes par M.-C. Bancquart, 1971.

Contes cruels et fantastiques, éditions Garnier, préface et notes par M.-C. Bancquart, 1976.

Contes parisiens, éditions Garnier, préface et notes par M.-C. Bancquart, 1984.

II. SUR MAUPASSANT

M.-C. BANCQUART. *Maupassant conteur fantastique*, Archives des lettres modernes, Minard, 1976.

Ch. CASTELLA. *Structures romanesques et vision sociale chez Maupassant*, Lausanne, 1973.

P.-G. CASTEX. *Le Conte fantastique en France de Nodier à Maupassant*, 1951.

R. DUMESNIL. *Guy de Maupassant*, 1933.

A. LANOUX. *Maupassant le Bel-Ami*, 1967.

J. PARIS. *Le Point aveugle*, 1975.

A.-M. SCHMIDT. *Maupassant par lui-même*, 1962.

A. VIAL. *Guy de Maupassant et l'art du roman*, 1954.

III. SUR MONT-ORIOL

« Une page inédite de Maupassant », par Henri FRICHET, *Gil Blas*, 1er août 1912.

« Maupassant et la composition de *Mont-Oriol* », par A. GUÉRINOT, *Mercure de France*, 15 juin 1921, p. 597-623.

« Présence de Gustave Flaubert dans *Mont-Oriol* », par Robert Bismuth, *Flaubert et Maupassant écrivains normands*, PUF, 1981.

« Maupassant antisémite », par Mathilde La Bardonnie, entretien avec Serge Moati, *Le Monde*, 9 mars 1980.

Mont-Oriol a fait l'objet d'une adaptation télévisée de Serge Moati en 1980.

IV. SUR CHATELGUYON

Dr Robert A. ACCART. *Histoire de la station thermale de Châtelguyon*, I, 1760-1914. Clermont, de Bussac, 1967.

Dr BARADUC. *Châtelguyon et les eaux purgatives allemandes*, 1876.

— *Châtelguyon*, 1894.

Ch. BOUET. *Contribution à l'étude analytique des eaux minérales*, 1884.

Dr DURAND-FARDEL. *Traité des eaux minérales de la France et de l'étranger*, 1883.

H. LECOQ. *Les Eaux minérales du Massif central dans leurs rapports avec la chimie et la géologie*, 1864.

L. QUARRÉ-REYBOURBON. *Châtelguyon*, 1890.

F. RIBEYRE, *Auvergne. Châtelguyon illustré*, 1884.

Dr E. VOURY. *Les Eaux de Châtelguyon*, 1882.

DOSSIER

DU MÊME AUTEUR

Dans la même collection

COLLECTION FOLIO

Dernières parutions

Impression B.C.I. à Saint-Amand (Cher),
le 2 juin 1995.
Dépôt légal : juin 1995.
1er dépôt légal dans la collection : juillet 1976.
Numéro d'imprimeur : 1/1403.
ISBN 2-07-036811-4./Imprimé en France.

73067